To my friends and readers
in China -

This book may cause you to
lose some sleep. You've
been warned!

I hope you enjoy it and thanks
for reading.

N. Sparks.

猎物

All The Dangerous Things

[美] 史黛西·威林厄姆 著
袁婕 译

中国致公出版社

图书在版编目(CIP)数据

猎物 / (美) 史黛西 · 威林厄姆著 ; 袁婕译 . -- 北京 : 中国致公出版社 , 2024.5

书名原文 : All The Dangerous Things

ISBN 978-7-5145-2244-0

Ⅰ . ①猎 … Ⅱ . ①史 … ②袁 … Ⅲ . ①长篇小说—美国—现代 Ⅳ . ① I712.45

中国国家版本馆 CIP 数据核字 (2024) 第 048769 号

著作权合同登记图字：01-2024-2080 号

猎物 / (美) 史黛西 · 威林厄姆　著　袁婕　译

LIE WU

出　　版　中国致公出版社

（北京市朝阳区八里庄西里 100 号住邦 2000 大厦 1 号楼西区 21 层）

出　　品　雁北堂（北京）文化传媒有限公司

（北京市西城区高梁桥路 6 号西环广场 A 座）

发　　行　中国致公出版社（010-66121708）

作品企划　雁北堂（北京）文化传媒有限公司

责任编辑　董　娟

责任校对　魏志军

内文设计　冉冉工作室

责任印制　卫　晴

印　　刷　天津雅图印刷有限公司

版　　次　2024 年 5 月第 1 版

印　　次　2024 年 5 月第 1 次印刷

开　　本　880 mm × 1230 mm　1/32

印　　张　9.75

字　　数　261 千字

书　　号　ISBN 978-7-5145-2244-0

定　　价　58.00 元

献给我的姐姐，马洛里

睡眠就像是一种死亡体验，令我厌恶至极。

——佚名

序　言

今天，是第三百六十四天。

我已经失眠三百六十四天了，约等于九千个小时，五十二万四千分钟，三千一百万秒。

换句话说，在这五十二周，也就是十二个月里，我几乎没怎么睡过觉。

整整一年的不眠之夜。

这一年，我每天都在半梦半醒间挣扎游走，经常在睁开眼后，发现自己身处某栋大楼的某个陌生房间。但什么时候来的，以及怎么到达那里的记忆，却是一片空白。

这一年，我的生活离不开安眠药、咖啡因和眼药水。我，双目空洞无神，双手失控颤抖，同时习惯了与黑夜做伴。

梅森离开我整整一年了，但我依然没能弄清真相。

第一章

现 在

“伊莎贝拉，你五分钟后上场！”

地毯上的一小块地方吸引了我的注意力。那个地方原本没什么特别的，但我觉得很顺眼。我盯着看了一会儿，那个地方在视线里变得越来越清晰，越来越立体，周围的一切逐渐模糊起来，我仿佛进入了隧道一样。

“伊莎贝拉！”

我希望我能一直行走在黑暗的隧道里，可以选择性地只专注于某一个点，其他一切物体于我而言都是静止的，一切声音都弱化为白噪声。

“伊莎贝拉！”

啪，啪。

一只手在我面前不停晃动着，啪啪地打着响指，我不由自主地眨了眨眼。

“醒醒！伊莎贝拉。”

“不好意思。”我晃了晃脑袋，好像这样做能摇散脑子里的那团迷雾，如同雨刮器清理掉模糊了挡风玻璃的雨水一样。我又使劲眨了眨眼睛，试图将注意力再次聚焦到刚才那个地方，但怎么都做不到了。我知道它消失了，消失在地毯下，踪迹全无。我希望自己也能那样彻底消失。“对不起，好的，五分钟！”

我拿起便携装的加浓美式咖啡抿了一口，干裂的嘴唇贴在杯子上发出吸溜声。以前，我很享受清晨第一杯咖啡的滋味，咖啡豆的迷人香气会溢满整个厨房。我还喜欢站在后院的走廊上，捧着马克杯，感受咖啡的温热逐渐传向我冰冷僵硬的指尖，然后安静地欣赏日出，直到晨露打湿我的皮肤。

但我现在意识到，我依赖的不是咖啡，而是那种习惯和熟悉感。便携装的咖啡就像是加了自来水的方便面面饼，放进微波炉里叮一下，就成了一顿正儿八经的饭。不过我现在已经不在乎什么舒不舒服、习不习惯了。舒适感对现在的我而言是一种奢望，而那些习惯也早已不复存在了。

现在我需要的只是咖啡因，能保持清醒就行。

“两分钟后上场。”

我抬头瞅了一眼站在我面前的这个男人，他双手背在身后，手中拿着一个夹着节目单的板子，板子背面抵在臀部上。我冲他点头示意，然后低下头，把剩下的咖啡一口气喝光，苦涩的味道瞬间袭击了我的味蕾。真难喝，但是无所谓，只要能让我保持清醒。我伸手从包里掏出抗疲劳的眼药水，熟练地往双眼里面各滴了三滴。我想这现在已经变成一种习惯了。我站起身，整理了一下裤子，拍拍大腿，表示我准备好了。

“请跟我来。”

我做了一个请的手势，示意男人带路，我紧随其后。我跟着他出了候场室的门，穿过昏暗的走廊，荧光灯发出滋滋的电流声，像电椅行刑时的响声。我们来到另一个房间门口，门被打开的一瞬间，热烈的掌声扑面而来。我越过他走到舞台的一侧候场，站在巨大的黑色幕布后，几乎看不到观众席的情况。

这次的场面可不小，是我经历过的最大的场面。

我低头看了一眼我的手，过去我习惯拿着便笺卡，上面有用铅笔记录的要点，还有一些注意事项，提醒我什么能说，什么不能说。这些东西可以帮我讲好我的故事，就像一份菜谱，能够详细地指导我如何一步步地做好一道菜，并且像添加作料一样，用细节丰满整个故事。但我现在不再需要这些便笺卡，因为这个故事我已经讲过太多遍了。

而且，也没有什么新的事情发生。

“下面，我将请出这位大家期待已久的嘉宾。”

我打量着舞台上那个离我大约三米远的男人，他的声音通过舞台的音响撒在会场的每一个角落，云雾般笼罩在我的四周，又好像穿过我，直抵我内心深处。观众席上再次传来欢呼声，我清了清嗓子，提醒自己接下来要干什么。

“女士们，先生们，《真实罪案》（*True Crime Con*）的观众朋友们，让我们有请今天的主讲嘉宾，伊莎贝拉·德雷克！”

在一阵热烈的掌声中，我走到了聚光灯下，主持人示意我，让我站在他的旁边。观众依然在欢呼，有些人甚至边鼓掌边站了起来。无数的手机摄像头，像一只只眼睛朝着我的方向不停地眨着。我面向观众席，却只能看到一些模糊不清的轮廓，等眼睛适应了周围的环境，我挥了挥手，挤出一丝微笑，朝着舞台的中央走去。

主持人递给我一支麦克风，我点了点头，接了过来。

“谢谢。”我的声音听起来仿佛自带回声，“感谢所有周末抽时间来到现场的观众朋友们，以及各位出色的演讲者。”

我的话让观众席再次躁动起来，我开始习惯性地观察人山人海中那一个个陌生的面孔。在座的观众大部分是女性，一般这种场合，女性观众会相对多一点。一些稍微年长的女性，会三五成群地坐在一起，享受着脱离日常生活和责任的片刻愉悦，沉浸在自己的无限遐想中；二十多岁的年轻女性则看起来有些局促不安、惊慌失措，就像偷看成人电影时被人抓了个正着。当然，现场也有男性观众，比如被自己老婆或者女朋友硬拽来的那部分人；戴着金丝边眼镜，胡子都还没长齐的青少年，他们瘦弱的手肘异样地突起着，像长满疙瘩的树干一样；一些独自前来的观众，他们一般会坐在角落里盯着你看，看得人浑身不自在；还有负责巡查走廊的警察，正在那里无聊地打着哈欠。

接下来，我开始打量这些人的穿着。

一个女孩穿着一件胸前印着“红酒与罪行”的T恤，罪字头上的横折，是一支枪的造型。还有一个人，穿着一件白色的T恤，上面分布着一些不规则的红点，那应该是模拟血迹喷溅的痕迹。一名女性观众穿着件印有邦迪（Bundy）、达默（Dahmer）、盖西（Gacy）、伯科维茨（Berkowitz）四个臭名昭著的连环杀手名字的T恤，我之前路过电视台纪念品商店时，见过这件T恤。当时这件衣服被紧紧地固定在塑料模特身上，高价卖给那些狂热的粉丝，就像演唱会纪念品店售卖的乐队文化衫一样。

一股熟悉的苦涩感瞬间涌上我的喉咙，强烈又快速地流动着，我不得不转移视线。

“我相信大家都认识我，我叫伊莎贝拉·德雷克。我的儿子梅森，一年前失踪了。这个案子至今未破。”

观众席瞬间安静下来，只能听到一些椅子挪动和清嗓子的声音。前排一位灰褐色头发的女观众轻轻摇了摇头，眼里泛着泪光。我知道，她进入状态了。对她来说，这样的场景就像吃着爆米花看心爱的电影，嘴里重复着那些熟悉的台词。她听过我的演讲，知道接下来的故事，可尽管她知道，她还是来了。所有人都一样，对发生在别人身上的悲惨故事百听不厌。T恤上印的那些人，是罪犯；穿着黑色制服的警察，是英雄；我儿子梅森，是受害者。那我是什么？

我可能，算是个孤独的幸存者吧，一个留下来讲述不幸的人。

第二章

我在靠走廊的位子坐了下来。一般我会选择窗边的位置，不是为了睡觉方便，而是可以靠在那里闭目养神，放空大脑。我的医生说，这叫微睡眠[1]。短暂失去二到二十秒的意识，然后脖子就像一把上了膛的猎枪一样迅速支棱起来。这不稀奇，特别是在飞机上，不停打架的眼皮和支撑不住的脑袋随处可见。

我看了一眼右手边的座位，空的。我希望这里一直没人坐，毕竟二十分钟后飞机就要起飞了，现在登机口应该已经关闭了，这样的话，起飞前我就可以挪过去靠着休息一会儿了。

至少试着休息一会儿，就像过去这一年里，我一直努力尝试的那样。

“打扰一下。”

我吓了一跳，抬头看了一眼，面前的空姐轻轻拍了拍我的座椅，露出一副略微不满的表情。

“请调直您的座椅靠背，并确保它处于锁定状态。”

1　医学名词，即打盹，一般持续二到三秒钟，是因过度疲劳而导致的睡眠不足现象。

我低下头，按动扶手上的银色按钮，我的身体开始随着椅背逐渐前倾。看到我照做后，空姐继续往前走，一边走一边合上头顶置物舱的舱盖。当她再次走到我的位子旁边时，我伸手拦住了她。

“可以麻烦你给我倒一杯苏打水吗？”

“我们将在起飞后第一时间提供饮料服务。”

“麻烦你了，”看到她准备离开，我抓住她的胳膊说，“如果方便的话，麻烦你给我先倒一杯水可以吗？我今天说了一天的话，嗓子很干。”

为了表达我的迫切，我用手摸了一下喉咙。她看了看过道两边的其他乘客，他们有的在座位上不舒服地扭动，不停调整着自己的安全带；有的在背包里翻找着自己的耳机。

而后空姐挤出一句：“好吧，请稍等。”

我微笑着点了点头，舒服地窝回我的座位，开始打量飞机上的其他乘客。在接下来的几个小时里，我将会和这些人共享这架由洛杉矶飞往亚特兰大的飞机上的空气。我会和自己玩一个游戏——猜测这些乘客搭乘这趟航班的原因。是什么让他们在此时此刻，和这样一群陌生人聚在一起？我想知道他们做了什么，或者想要做什么。

这次飞行对他们来说，究竟是旅途，还是归途？

首先，我注意到一个孩子。他一个人坐在那里，戴着一个很大的头戴式耳机。我猜，他的父母大概离异了，所以每个月都有那么一周的时间，他像货物一样从一个城市被运往另一个城市。然后我又想到，梅森如果长到这个男孩的年纪会是什么样，他眼睛里的那抹绿色会不会变得更深，会不会和他父亲那双绿宝石般的眼睛一样闪闪发光？他那婴儿般光滑的皮肤，会不会在这个年纪显现一些我的橄榄皮基因，变成不需要晒就能获得的健康肤色？

想到这里，我的鼻头有些酸。然后我强迫自己转移视线，扭过身去看左边的那些乘客。

有些年长的男性正在看电脑；有些女性在看书；青少年们则瘫坐在

座位上，摆弄着手机，双腿抵着前排的座椅靠背，规律地抖动着。有些乘客要去参加婚丧仪式；有些人开始了一趟商务旅行，或秘密的逃亡之旅；也有些人，藏着不为人知的秘密。每个人都有秘密，但有些人的秘密，是如此难以启齿。那些深藏的、阴暗的秘密就像病毒，潜伏在皮肤下，顺着血管，蔓延至全身。

这些病毒会在他们的体内分裂，复制，再分裂。

我想知道，这些人是会选择让秘密永远烂在肚子里，还是让秘密一口一口地吞噬自己。

在这架飞机上，没人能想象我今天经历了什么。我用自己最痛苦的回忆取悦一群素未谋面的陌生人。我是有稿子的，一篇精心设计，不需要太多情感就能倒背如流的稿子。

当这些文字从我嘴里说出来，或者出现在报纸上的时候，我知道会产生什么样的效果，也能精准拿捏观众沉寂的那个片刻。当我意识到观众情绪紧张，需要缓解的时候，有关梅森的温暖回忆就要适时登场了。当我讲到有关梅森失踪的细节，讲到那扇开着的窗户、留有余温的卧具、潮湿的微风、床头的小汽车，还有蹦蹦跳跳的毛绒小恐龙，我会略微停顿，然后一阵哽咽。接着，我开始讲他学说话时的趣事，讲他如何把霸王龙念成“啪王龙”；讲哄他睡觉的时候，只要他用手指一指床头的小玩具，我丈夫就会故意发出夸张的呼噜声，逗得他咯咯笑个不停。故事讲到这里，观众一般会微笑，甚至笑出声来，他们的肩膀会明显放松下来，身体靠在椅背上，长舒一口气。

这就是观众的心理，他们并不喜欢过于刺激的东西，我很久以前就明白了这个道理。他们不想切身实地地感受我经历过的那些可怕瞬间，他们要的是浅尝辄止的体验，是好奇心的满足，仅此而已。一旦他们觉得内容过于痛苦、过于真实，就会咂咂嘴，流露出不满的情绪。

而这，并不是我希望的。

人都喜欢暴力，从一个旁观者的角度来讲，确实是这样。不同意这个观点的人要么口是心非，要么藏着秘密。

“您的气泡水。”

我抬起头，刚才那位空姐递给我一个小杯子，里面装着透明的液体，小小的气泡不断上涌，发出令人愉悦的滋滋声。

“谢谢。”我从她的手里接过杯子，放在腿上。

“请保持小桌板的收起状态，”她继续说道，“我们很快就要起飞了。”

我笑着抿了一口气泡水，表示知道了。她走开后，我弯下腰，把手伸进手提包，摸到那个被我塞进侧兜的小瓶子。当我正小心翼翼地准备拧开瓶盖时，我感觉有人离我越来越近。

“我的座位在这里。”

我抬起头，以为来人是我认识的人，因为声音听起来有些熟悉。但眼前站着一个陌生人。他站在我的座位旁边，一只胳膊上挎着《真实罪案》的手提袋，另一只手指着我旁边的座位。

那个靠窗的座位。

他看到我手里的小瓶子，咧嘴一笑：“我不会告诉别人的。”

“谢谢。”说着，我起身让他过去。

我试着不去怒视对方，并尽力在之后几小时的飞行时间里，忘记我身边一直坐着一名现场观众。这种感觉很复杂，我厌恶这些粉丝，但我也需要他们。他们的眼睛、耳朵和对案子的关注是不可或缺的恶。因为就算全世界都忘了梅森的案子，他们仍然会记得。

这些人会孜孜不倦地搜寻每一篇有关的报道，乐此不疲地在业余侦探论坛上发表自己的观点，仿佛我的生活是个有趣的脑筋急转弯。到了傍晚，他们会舒服地窝在沙发上，一边品着红酒，一边沉醉地观看《日界线》[1]，就像使用了替身演员一样，无痛体验了一下刺激的人生。这就是《真实罪案》这类节目存在的理由。人们花几百美金在机票、酒店和门

1　美国 NBC 电视台的一档犯罪节目，同时也推出了播客。

票上，就是想要有这样的一个安全领域，可以让他们在血腥犯罪带来的感官刺激里尽情地沉浸几天，从受害者的痛苦中取乐。

但他们不明白，也不会明白，罪恶之手会在不经意间从电视屏幕里伸出来，像寄生虫的触角一样，吸附在他们的避风港和平静生活之上。为了牢牢地依附在宿主身上，触角上的吸盘会不断向更深处蠕动、吸吮，吸取宿主身上的血液，直到彻底与宿主共生。

人们总是不信同样的厄运会发生在自己身上。

这个男人绕过我，坐到自己的座位上，把挎着的包塞进前排的座椅下面。我重新坐了回去，继续刚才做的事。我轻轻拧开那个小瓶子的盖子，把伏特加倒进空姐给我的气泡水里，喝之前，我用手指在里面搅了一下。

“我看了你的演讲。”

我能感觉到身旁的男人正在注视我，我假装没有听到，闭上眼睛靠在椅背上。等伏特加的后劲儿上来，眼皮重得抬不起来时，我就能休息一会儿了。

“对于你的遭遇，我感到很抱歉。”这个男人接着说。

“谢谢。”我闭着眼睛回复他。尽管睡不着，但我至少可以假装一下。

“不过，你很厉害。我的意思是，你很会讲故事。”我能感觉到他呼出的气息掠过我的面颊，闻到他嘴里嚼着的口香糖传出的一股留兰香的味道。

“那不是故事，”我说，“是我的生活。”

我的话让他安静了片刻。我通常不喜欢给人难堪，以往我都会认真扮演一个心怀感激的母亲的角色，握手、点头、满脸堆笑，然后转身，像擦掉口红一样卸掉这些伪装。但现在，我已经离开演播室了，表演结束了，我不想装了。我要回家，不再想那些痛苦的回忆。

我听到头顶的广播响起，伴着沙沙的回声。

“客舱乘务员请注意，请再次确认舱门关闭，并做好起飞准备。”

“我叫韦伦。”男人说道，与此同时，我感觉到他朝我这边伸出了手，“韦伦·斯宾塞，我自己制作了一档播客节目……”

我睁开眼，看向右边。我清楚地知道，这熟悉的语气，这紧身鸡心领T恤配深色水洗紧身牛仔裤，还有那油光锃亮的头发，在后脖颈处剃成一个整齐的弧度，他一点也不像个观众。这些案件对他来说不是娱乐，而是商机。

我一时间竟不知道哪种更令我厌恶。

我看了一眼他伸出的手和期待的表情，回过头，闭上眼睛重复道：“韦伦，我不想让自己显得很没礼貌，但我不感兴趣。”

“我的节目还挺受欢迎的。”他丝毫没有停下来的意思，反复强调着，“排节目榜第五。”

“挺不错。”

“我们甚至帮忙破获了一起悬案。”

飞机开始滑行，我的胃有点不舒服。这个装着我们的巨大金属盒子开始加速起飞，巨大的冲击力使我紧紧贴在椅背上无法动弹，鼓膜也很难受。我不知道是因为环境原因，还是这个男人的话，突然让我产生了不适感。

我深吸了一口气，紧紧地抓住了扶手。

“你是紧张吗？”

“你能别说了吗？”我扭过头去，咬牙切齿地说了他一句。我的突然失控吓了他一跳。

他眉毛一耸，看起来有些尴尬：“不好意思，我以为你会愿意在我的节目上讲讲你的故事。”

“谢谢，但不必了。”我试着让自己的语气听起来缓和一些。飞机开始爬升，我们都向后仰靠在椅子上，脚下的机舱开始发出巨大的轰鸣声。

“好的。”说着，他伸手从口袋里掏出钱包，打开那只褪色的皮夹，从里面抽出一张名片放在我的腿上，“如果你改变主意了，可以联系我。”

我再次闭上眼睛，他的名片就那样躺在我的腿上。我们已经在天上了，穿过云层，阳光不时会透过那半扇小窗，在我的眼睛上洒下一束光。

“我以为你那么做就是为了这个。”他低声说。我本想无视他，但好奇心还是战胜了我。

“我做什么？”

“你的演讲啊。我知道那很不容易，一次又一次地揭开旧伤疤。但为了不让这个案子石沉大海，为了早日找到真相，你别无选择。”

我使劲闭上眼睛，把注意力放在眼皮内侧的红血丝上，视线里猩红一片。

“但是播客不一样，你不需要跟所有人讲，至少不用直接面对他们，你只要跟我讲就行了。”

我敷衍地点了下头，暗示他我明白这个道理，但我并没有兴趣回应。

“不管怎样，你可以考虑一下。”说完，他调整了座椅靠背，向后靠着坐好。

我能听到他在调整坐姿时，牛仔裤发出的摩擦声。我知道，要不了几分钟，他就能轻而易举地完成我过去一年都无能为力的事。我眯着一只眼，看到他把蓝牙耳机塞进耳朵，浑厚的贝斯声我听得一清二楚。然后，我注意到他慢慢进入睡眠状态，他的呼吸变得缓慢而平稳，放在大腿上的手指偶尔会抽动两下，微微张开的嘴巴就像一扇合不上的柜门，嘴角还挂着一溜口水。五分钟后，他的喉咙里发出了轻微的呼噜声。我咬紧牙关，腮帮子感到一阵酸疼。

我闭上眼睛，想象自己睡着的感觉，哪怕只有一瞬间。

第三章

我把钥匙插进锁孔里，转了一下。

已经凌晨两点了。怎么到家的，我已经记不清了，就像一张曝光过度的照片，上面只有忙碌的上班族在火车站留下的一道道残影。飞机抵达亚特兰大哈茨菲尔德·杰克逊国际机场后，我没有客套地告别，而是将韦伦放在我腿上的名片塞进手提包，快速收拾好随身物品，然后立即冲向出口，一路狂奔到转机登机口，跳上了飞往萨凡纳河机场的航班。

在那四十五分钟的飞行时间里，我全程都百无聊赖地盯着前排的座椅靠背。下飞机后，我险些忘记取行李。在出租车上度过了摇摇晃晃的四十分钟后，我终于跌跌撞撞地踏上台阶，回到了家。

钥匙转动的瞬间，我听到我的狗发出的哼唧声。不用想我都知道，它一定端端正正地坐在门后，疯狂地摇着尾巴，尾巴在实木地板上扫来扫去，就像一把毛刷子。罗斯克从小就很喜欢叫，这个习惯在它长大后也没有改变。我有点嫉妒它，嫉妒它能坚持做自己。

有时候，我照着镜子甚至有点认不出自己，不知道镜子里的那个人究竟是谁。

我揉着罗斯克的耳朵，轻声地说："嗨，我想你了。"

罗斯克发出了低沉的哼哼声，把爪子搭在我的腿上。我离开家的这段时间，是邻居在帮我照顾它。我觉得，邻居大姐可能是心疼我，或者，她真的需要我留在桌子上的每天二十美金的托管费。她每天都会放罗斯克出去撒欢，在它的碗里倒满狗粮，还会详细地记录它上厕所的次数和饮食情况。说实话，对于把狗丢在家里，让别人帮忙照顾这件事，我一点都不觉得内疚，因为邻居大姐比我照顾得更好。

我把包扔在桌子上，翻看起邻居帮我收的那沓邮件，这里面大部分都是垃圾信件或账单，突然，其中一封信引起了我的注意。信封上的笔迹有些熟悉，左下角是我父母家的地址。我抽出这信封，把手指伸进信封粘贴的空隙处，撕开了它。信封里面是一张正面印有花朵图案的卡片，当我打开卡片时，一张支票飘了出来，落在了地上。

我把卡片轻轻地放在桌上，缓缓吸了一口气。我没有力气去碰那张支票，去面对支票上的数字。至少现在，我不想。

我转过头对罗斯克说："你想出去溜达一下吗？"

罗斯克兴奋得直转圈圈，毫无疑问，它愿意。我不自觉地笑了，这就是动物的优点——适应能力强。

自从我成了夜猫子，罗斯克也跟着我变成了一只"夜狗子"。

九个月前，我第一次去哈里斯医生那里看病，那是无数次中的第一次。我的眼睛什么都看不清了，只能感受到压力和刺痛。我知道这是因为充血，那些微小的毛细血管爬满了我的眼白，就像是坏了的雨刮器，血迹斑斑、破损不堪、难以复原。无论我怎么眨眼，都无济于事。我的眼皮就像是一张砂纸，每次眨眼，都把我的眼球磨得生疼。

"你还记得你最后一次正常的睡眠是什么时候吗？"哈里斯医生问我。

当然，我当然记得。那是一个我无论怎么努力，都永远无法忘记的日子。我多么希望那不是现实，只是我的一场噩梦，一场恐怖至极、让我至今还能随时惊醒的可怕梦魇。

“三月六日，星期天。”

“那时间有点久了。”说着，他看了一眼桌子上的病历，“有三个月了。”

我点了点头。在我失眠以后，生活里那些稀松平常的小事都会随着时间的流逝被慢慢放大，无法屏蔽。角落里闹钟的滴答声变得震耳欲聋，就像长长的指甲在有规律地敲打一面玻璃；空气中的灰尘也尤为显眼，那些微尘总是飘浮在我的视野中，就像是有人篡改了我周围环境的设置，把所有东西都变成高对比度的慢镜头。我能嗅到哈里斯医生午饭残留的气味，他办公室的空气里飘浮着罐装吞拿鱼的气味，那股咸咸的鱼腥味窜进了我的鼻腔，让我感到一阵反胃。

“那天晚上发生了什么特别的事情吗？”

特别的事情。

在那一觉睡醒之前，确实没有什么特别的事发生。现在回想起来，那的确是个普通得不能再普通的夜晚。我换上自己最喜欢的睡衣，把头发扎了起来，然后开始卸妆，接着去哄梅森睡觉。我给他读了睡前故事，然后像往常一样轻轻晃着小床陪他入睡。可后来，我无论如何也想不起给他讲的是什么故事，只记得几天后，那些用来保护现场的黄色警示胶带被撕掉了，我站在他的小屋里，整个房间一片寂静。这种寂静，把房间放大了好几倍。我站在那里，盯着书架上的《月亮，晚安吧！》（*Goodnight Moon*）、《饥饿的毛毛虫》（*The Very Hungry Caterpillar*）、《野兽出没的地方》（*Where the Wild Things Are*）出神，迫切地想要记起我最后到底给儿子讲的是哪一个故事，我跟他说的最后一句话是什么。

但我一点印象也没有，完全想不起来。因为，那就是一个普普通通的夜晚。

这时，我丈夫本插了一句：“那天晚上睡觉的时候，我们的儿子失踪了。”他站在一旁，把手放在我的膝盖上。

哈里斯医生肯定是知情的，整个佐治亚州，甚至整个美国都知道这件事。接着，他就和其他所有意识到自己说错话的人一样，表现出一副不知所措的样子，机械地摇着头。这个话题就这样戛然而止。

“伊兹的睡眠一直都……有问题。”本继续解释道，我突然觉得自己像犯了错被留下的学生，“她患失眠症之前，就有其他睡眠方面的问题，和失眠刚好相反的那种。”

听了这番话，哈里斯医生开始上上下下、仔仔细细地打量我，好像我是什么亟待破解的医学难题一样。

“大约百分之五十的睡眠障碍病例都与焦虑、抑郁或者某种心理创伤、障碍有关。鉴于你之前的经历，你会出现这些症状就不难理解了。”说着，他按下笔头，边说边写，“肯定是失眠症。”

我记得自己抬头看了看窗外，明明是个晴朗的白天，我的眼皮却在流逝的每一秒里变得越来越重；我的大脑就像笼罩在一团迷雾中，愈发阴郁。医生手中的那支笔还在咔咔作响，那声音就像定时炸弹的计时器，随时准备爆炸。

“我们会给你做一些检查。”哈里斯医生终于写完了，“可能还会给你开一些药。我们会让你的生活尽快恢复正常。”

在找狗绳的时候，我被走廊镜子里的自己吓了一跳，这是种下意识的反应，就像手指被烫到了一样。我知道我应该对自己好一点，可这一年我经历了太多，那些无法入睡的夜晚在我脸上留下了难以遮掩的痕迹。疲惫的双眼，耷拉的眼袋，短短几个月的时间，就让我看起来老了好几岁。泪腺下面那层薄薄的皮肤从温暖的橄榄色变成了深紫色，就像大理石纹般的瘀伤；脸上其他地方的皮肤也蒙上了一层灰色，像是因为在冰箱里放了太久而失去水分的鸡肉。

这十二个月里，我瘦了二十磅。这听起来也许不算多，但当你之前已经又高又瘦弱，这二十磅作用在身形上便非常明显了。我的脸颊更加凹陷，锁骨更加凸起，屁股——我已经瘦得没有屁股了。那头原本富有光泽的深棕色秀发如今也枯萎了，开叉的发梢就像被闪电击中后断裂的树干一样，毫无生机。

我强迫自己扭过头，不去看镜子里的自己。出门前，我给罗斯克扣好了狗绳。夜晚刺骨的寒风刺痛了我的皮肤，我出门右转，踏上我们经常走的那条路。

希望岛是个不到两平方英里的小地方，我来过这里几百次了。斯基达韦河边的那条路蜿蜒曲折，像水蛇一样闪亮、光滑。道路两边的橡树交织在一起，形成了一个巨大的拱门，那些树的枝干如同患有关节炎的手指，被紧紧绑在一起，随着时间的推移，相互纠缠着生长。

同样的场景，白天和夜晚看起来却如此不同。黑暗中，这条在我成年后无比熟悉的平坦步道，仿佛直通那阴暗呜咽的河。白天不会留意到的路灯，此时变得十分显眼，一盏一盏的路灯，只有在人经过时才会忽地亮起，待人离开后又瞬间熄灭。这孤独的光成为衡量我走了多远的唯一依据。影子们都复活了，一举一动都勾魂摄魄，仿佛是地上随风起舞的枯叶，或是小幽灵推动的空荡秋千，秋千上的铁链在风中发出吱呦吱呦的声音。灯都熄灭了，窗帘紧闭着，经过每栋房子的时候，我都会想象屋里面会是怎样的场景：熟睡中的孩子轻轻翻身，夜灯亮着昏暗的光，在墙上投下怪异的影子；夫妻紧紧相拥入眠，抑或背对着背睡在床的两侧，仿佛床的中间有一道无形而又冰冷的分界线。

这两种，我都经历过。

黑夜中的其他活物，比如我，只有在万籁俱寂时才从自己的洞穴中匍匐出来。夜色中窜来窜去的浣熊，在垃圾堆里翻找着食物，猫头鹰凄厉地叫着，蛇也从阴暗的藏身处出来，爬行着完成蜕皮。草丛中穿行的蟋蟀和蝉，还有其他难觅踪迹的昆虫，发出阵阵叫声，就像静脉中流动的血液，平静有力。

走到家附近的沼泽边，我停了下来，凝视着漆黑的水面，听着水花拍打岸边的声音。我出生在波弗特，距离这里差不多一小时的路程。我在海边长大，脚边追逐的小鱼和退潮时滑过海面的虾陪我学会了游泳。

我曾经用细绳绑住鸡的脖子，把它们挂起来，耐心地等待几个小时后绳子那端传来熟悉的生命流逝感。眼睁睁地看着无数的小动物挣扎死去，多么变态的娱乐方式，但那时的我并不这么认为。

我闻到了沼泽的气味，这股腐臭味一下子将我拉回了过去，拉回了小时候的家。海水中的盐分混合在空气中，黏稠得像乳酪，潮湿的泥土散发着一股蚍牙的腐臭味。这就是自然规律，腐烂的味道是生与死缠绵交织的吻。

无数生物的坟墓，也是无数生物的家。

我盯着远处，不自觉地抬起胳膊，摸了摸耳朵后面那块柔软的皮肤。每当陷入回忆——那段回忆，我都会下意识地做这个动作。我试着不去在意胃部突然的绞痛，即使那感觉就像有人把手伸进我的胃里，紧紧抓着不放。

我低下头看罗斯克，它也站在沼泽边，盯着黑暗里的某个地方。

“来吧，回家了。”我拽了拽绳子。

我们回到家里，刚一进门，我就立刻锁上前门，挂上了保险栓。我给罗斯克的碗里添满水后，开始在冰箱里翻找各种吃食。我取出一个装着意大利面的保鲜盒，打开盖子闻了闻，把里面的面条倒进一个碗里。盒子是什么形状，倒进碗里的面条就是什么形状。我把这块“长方形的晚餐”塞进微波炉，托盘在里面旋转着，而我则一直盯着控制面板上的时间发呆。这些数字在黑暗中泛着幽蓝色的光。

凌晨三点十四分。

微波炉叮了一声，我的晚餐好了。我把碗端到餐厅的桌子上，将桌子上堆着的各种文件、文件夹和便笺推到一边。便笺上有我在睡不着的晚上，用快没水的笔记录的杂乱思绪。我拉开椅子准备坐下时，椅子发出了响动，罗斯克听到声音后走到我的脚边，趴卧了下来。我把叉子插进面条里，搅了几下。

然后我又望向墙壁，墙上一双双微笑的眼睛就那么盯着我，让我不寒而栗。

这些邻居的照片是我从教会名录和员工年鉴上剪下来的。他们的证词、不在场证明、爱好和每天的日程安排都被我一一贴在照片下方，那些从警方简报上扯下的、从报纸上撕下的陌生人的照片，贴满了餐厅里的那面墙。我站在照片墙的对面，仔细分析着犯罪嫌疑人无神的双眼和那些陌生人细微的表情，就像一个女高中生把偶像的海报贴满卧室，不受控制地沉沦其中。我凝视着这些照片，思考着，想透过它们进入这些人的大脑，窥探他们的内心。因为这些人就像飞机上的那些乘客，总有某些人深藏着秘密。

一定有人，知道我想要的真相。

第四章

回　忆

我猛地清醒过来，有种被摔门声或玻璃破碎声惊醒的心慌感。这不是温柔的叫醒，而是一种刺激神经的惊醒。我立刻意识到身边有人，对方正紧紧贴着我的后背，像一个漏水的锅炉，温暖又潮湿，脖颈处传来一股热气。

我转过身，使劲眨了眨眼。两只大眼睛出现在我面前。

“你又那样了。”

我用手背揉了揉眼睛，看向我的妹妹。她那头凌乱的头发像一堆融化的焦糖。此刻，她正用拇指轻轻抵在嘴唇上，盯着我，等我开口。我努力回忆昨晚发生了什么，想要记起她是如何走进我的房间，吃力地抬起我的手臂，将她瘦小的身体和我紧紧靠在一起，再费力地将我的胳膊像系安全带一样环抱在她的胸前。

我想回忆起这些场景，但失败了。

“对不起。”我说。

“你每次那样我都很害怕。”

“没事。”我用手指沾了点口水，帮她把头上缠在一起的头发弄整齐，就像大猫帮小猫舔毛那样，“只是梦游而已。”

“对，但我不喜欢你那样。”

“可我控制不了！”那一瞬间，我有点恼火。我早上起来总是头晕眼花的，所以有些起床气，脑子由于被迫清醒变得异常烦躁。很快我便意识到，我妹妹也控制不了自己说那些话，毕竟她只有六岁。

我用力深吸一口气，然后缓缓呼出来，试着让自己平静下来。

“梦游的时候我干吗了？”

她半张脸埋在我的枕头里：“你就睁着眼睛站在那里。”

我翻了下身，仰躺在床上，眼睛紧盯着天花板，注视着那些如同大海支流一般的裂纹，从吊灯的底部出发，最终汇聚到天花板的角落，仿佛纵横交错的静脉血管。从记事起，我就是一个睡觉睡得很沉的人，只要脑袋一挨枕头，很快就能进入深度睡眠。没有什么能吵醒我，什么都不行。几个月前，火灾的报警器在我卧室门外疯狂鸣叫，也没有把我吵醒，后来是空气中弥漫的烟雾把我呛醒了。黑暗中，我光着脚走在沾满露珠的草地上，爸爸将我的手紧紧地攥在他的手心里。我们就这样双手紧握着，走到了屋外。我在原地站了三十分钟，身体僵硬、神志不清，木然地看着消防员扑灭了吞噬我家厨房的大火。

“当时我在哪里？”

“在我的卧室。”说着，玛格丽特用眼睛来来回回地盯着我的脸看，“你把我吵醒了。”

一想到妹妹睡得迷迷糊糊时，突然看到一个人站在床边盯着她睡觉，在仔细辨认后发现，黑暗中一动不动站在那里的竟然是面无表情的我。一股强烈的羞耻感瞬间爬上了我的后颈。

“你叫我了吗？”

“没有，妈妈不让，她说那样做很危险。”

“哪有什么危险，都是民间传说而已。”

玛格丽特使劲裹紧了被子，而我则努力在脑海中想象那个画面：睁着双眼且目光呆滞的我，身体坐得直直的，瘦巴巴的双腿悬在床边踢来踢去，就像坐在码头边，脚在泥泞的沼泽里肆意划拉着，丝毫不在意沼泽里有什么。我踩着毛茸茸的地毯，穿过房间，打开房门，蹑手蹑脚地来到走廊。

我试着继续回忆，但脑子里一片空白。

“那时候你在干吗？”

“我就躺在那里，等你自己离开，然后跟着你到了你的卧室。”

“但你干吗跟到我床上来？”

她耸了耸肩说：“我也不知道，我睡不着，我害怕的时候就想和你一起睡。”

我看着她，用手抚摸了下她的脸，心疼地笑了笑。玛格丽特就是我的小尾巴，我走到哪里，她跟到哪里。她害怕的时候就会黏着我，哪怕是我吓到她也不例外。

“你什么时候能不再梦游了呀？”

“我也不知道。”我叹了口气。说真的，我不知道。我不知道自己多久梦游一次，但从过去几个月的经历看，我在陌生地方醒来的次数还挺频繁的。比如我醒来时发现自己僵直地站在客厅的电视机前，电视机幽幽地发着蓝光，或者深夜里独自坐在厨房的桌子上，手里捧着一碗麦片。清冷的月光下，我穿着白色睡衣，像个迷路的孤魂一样四处游荡。医生说我这种情况并不严重，对于我这个年纪的孩子来说，是比较常见的。只是身体不听大脑指挥这件事有点诡异，仅此而已。第一次梦游，我是在玛格丽特房间的地板上醒来的，我清醒过来时，她坐在我旁边，玩着她的娃娃。她甚至没意识到我在干什么。“爸爸说，我长大就会好的。”

“多大呢？”

“我不知道，玛格丽特。”我用力咬紧牙关，不让自己说出那些令人懊悔的、伤人的话，“我很抱歉玛格丽特，我发誓，我不会伤害你的。”

她看着我，思考着我说的话，然后点了点头。

我掀开被子说："我们走吧。"

我抬起腿准备起床时，发现了一件事。这让我的喉咙哽住了，一种深不可测又无形的恐惧瞬间笼罩了我，地毯上有不少脚印，虽然模糊不清，但是有。那些沾着泥巴的脚印从卧室门口，一直延伸到床边。我咽了下口水，立刻望向窗外，望向紧靠着沼泽的那半亩草地，那个平缓的、泥泞的斜坡。

我用脚使劲搓其中一个脚印，试图把它搓掉。

"走吧，我们去吃早餐。"最后，我只能希望玛格丽特没有注意到它们。

第五章

现　在

电视机正小声播报着正午新闻，我穿过房间去给自己煮咖啡，这将会是今天的第三杯咖啡。我昨晚洗了澡，换了衣服，但当清晨第一缕阳光从窗户照进来时，我又从沙发上爬起来，走进浴室，打开淋浴喷头，仰起头，让水彻底淋湿自己。

然后我会闭上眼睛，屏住呼吸，像之前尝试了无数次的那样，想象着溺水的感觉。

疲惫会对人的大脑产生一些奇怪的影响，而且这些影响很难找到一个合理的解释。自从我睡不着觉以后，脑子里总是会蹦出和折磨人有关的东西，不是那种明显的暴力行为，诸如用生锈的刀片划过皮肤，或者用一把旧钳子夹张开的手指。我想到的，是那些日常生活中不可或缺的东西，例如睡眠和食物，它们同样能把我们折磨得痛不欲生、孤独无助、感官失调、无法呼吸。

如今，我对这种感觉已经十分熟悉，我知道彻夜难眠、满脑子胡思乱想有多么让人崩溃。

在这一年的时间里，我不可能完全没有睡过觉，不然人早就撑不住了。有时候我会在候车室或出租车上打盹，睡醒后，看看表，才意识到自己并不知道上一个小时发生了什么。这些微睡眠有时仅仅持续了几秒钟，却属于深度睡眠，睡意强烈且毫无来由，似乎不知从哪里冒出来，又以同样的速度消失不见。有时我躺在沙发上不停地打盹，每十五分钟醒来一次，然后又迷迷糊糊地睡过去。

刚开始的时候，哈里斯医生给我开了安眠药，让我每天晚上吃一片。我试过几次，但剂量太小，完全不起作用，于是我开始攒药。我会一次性吃三四片，直到眼皮终于重得抬不起来，可就算这样，我还是会在几个小时后突然醒来，脑袋昏昏沉沉的，行动迟缓，无法思考，什么都做不了。

有时候，尽管我们很努力地想要控制大脑，但总是徒劳无功。

这会儿，我坐在厨房的桌子旁，捧着杯子，盯着面前那个信封，这是我昨晚从那个拿着节目单的男人手里夺过来的。不知道妓女收钱时是不是和我一样尴尬，毕竟，我也是为了得到一些东西才在这么多人面前抛头露面的。

虽然我出卖的不是身体，而是灵魂，但这种感觉更令人崩溃。

我喝了一口咖啡，伸手把文件袋翻过来，解开上面的夹扣，把里面的东西倒到桌子上。这就是我的报酬——一份完整的观众名单，这里面包括每位购票者的姓名和电子邮箱。梅森案的主办警官曾告诉我，罪犯们经常会出现在案件的新闻发布会，或者受害者的纪念活动等公共场合，重温犯罪时的快感，享受逃脱制裁的侥幸，或者了解案件的最新进展。按照这个逻辑，只要是自己参加的活动，我都会要求主办方给我提供与会者名单，希望能从中发现一些可疑的人。每当我提出这样的要求时，主办方都会拒绝我，声称这侵犯了观众的隐私。但我会立刻指出，这些观众在参加活动时，早已在相关条款和协议中同意公开他们的信息了。

当然，这些都是写在协议的细则里的，永远用小号字体打印的细则，那样最容易被忽略。

最终，主办方都会对此妥协。因为梅森的案子备受关注，所以即使案件目前没有什么进展，但警方依然没有放弃。也因此，像我这样的演讲者，每次出场费都高达几千美元。可我不要钱，我只要信息。这些信息可能会给我提供一些线索，任何与案件有关的线索，我都不会放过。

我扫视着名单，这些人的名字是按照字母顺序排列的。

亚伦·皮尔斯、阿比盖尔·费希尔、亚伯拉罕·克拉克、亚当·施雷德。

接下来我会进行一系列操作：在社交网站上搜索这些人的名字，仔细翻阅他们的个人资料，试图推测他们的住址。我会重点关注几类人：没有孩子的女性，养很多猫且很闲的独居者，或是看上去就令人怀疑的男性，以及那种眼神凶狠冰冷、让人不寒而栗的人。

亚历山大·伍德沃德、艾丽西娅·布赖恩、艾伦·拜尔斯、贝利·迪恩。

之后我会登录到性犯罪数据库网站，看看这些人是否有过犯罪记录。一旦发现任何可疑的点，我就在名字下面做标记。诸如此类，往复循环。

这是一项枯燥而乏味的工作。但没有嫌疑人，也没有任何线索，这就是我现在的处境。这些枯燥的事，是我唯一能做的了。

这些名字中有些看着很眼熟，我知道我曾经搜索过。一段时间后，有些名字会不断重复出现，他们是这类节目的常客。不知道怎么回事，他们总会找到我，有的会再次介绍自己，有的则认为我应该记得他们。他们期待我能解答他们的疑问，或参与他们的讨论，好像我是他们读书俱乐部的作家似的。

我想我应该问问他们对我的遭遇有什么感想，对一团乱麻的案件有什么头绪，对发生的一切有什么看法。

我说话的时候，他们会用手轻轻扶着我的胳膊，似乎在担心我会随时随地崩溃，这样的举动真让我抓狂。他们的头会像好奇的小狗一样歪着，声音总是低几个八度，让我不得不靠近一些才能听清他们在说什么。他们耳朵下方的甜腻香水味，以及嘴巴呼出的难闻热气都让我反胃。

谈话结束时他们会说："我简直无法想象你承受了多大的痛苦。"

没错，他们无法想象。这种感觉除非亲身经历，否则没人能感同身受，但等你真的经历了，一切就都来不及了。

因为这就意味着，他们变成了受害者。

罗斯克在我脚边睡着了，我能听到它均匀平缓的呼吸声。它会时不时抬头朝门口看，项圈上的狗牌发出叮叮当当的声音。突然，它站了起来，跑到窗边坐下来。窗外闪过一个黑影，我心里一沉，紧紧闭上眼睛，深吸了一口气，把手放在胸口，手指隔着衬衫摩挲着项链，然后朝门口走去。

不敲门我都知道是谁。

"早上好。"打开门，我才意识到现在已经是中午了，门口站着的，是我的丈夫，"没想到你会来。"

"嗨，我能进来吗？"他说话时，眼神一直在回避我。

我打开门让他进来，可他生硬客气的样子，仿佛我们是两个陌生人，好像他从未在这栋房子里生活过，从未亲吻过我的每寸肌肤，也从未抚摸过我的每个胎记和疤痕。他俯下身轻轻拍着罗斯克，嘴里不断小声重复着"真乖"。我看着他们之间如此平静、自然的互动，真心希望罗斯克能龇起牙冲他狂吠。因为他抛弃了它，也抛弃了我。

但罗斯克只是舔了舔我丈夫的手指头。

"你来干什么？"我双臂交叉，紧紧抱在胸前。

“我来看看。今天是个重要的日子……你知道的。”

“嗯，我知道。”

今天，是第三百六十五天。距离我们最后一次见到儿子，已经过去整整一年了。一年前的今天，我给他讲了睡前故事，掖好了被子，然后回到自己的房间，躺在本的旁边，闭上了眼睛。我就那样轻易地进入了平静而悠长的幸福梦乡，浑然不知黎明时分，地狱之门会悄然向我们敞开。

“还是睡不着吗？”

我尽量控制着自己的情绪，我知道他没有别的意思，但即便他没有，我依然讨厌他这么说。

“你怎么知道？”

我努力挤出一个微笑，想告诉他我是在开玩笑。但我不确定自己挤出了什么表情，也许看起来疯疯癫癫的，因为他并没有笑。

一开始我不敢合眼，是怕梅森突然回来了，毕竟他是被人带走的。梅森被人带走的时候，我竟然在睡觉，世界上怎么会有我这样的妈妈？我应该有预感的，我应该能感应到一些不好的事情正在发生，但是我没有，我没有任何感觉。所以开始那几天，我告诉自己，我得醒着，万一呢？或许半夜的时候，我去他的房间偷偷瞄一眼，会看见他直直地坐在自己的小床上，好像什么都没发生过一样。他会发现我在偷看他，开心地冲我笑，然后将手伸向我，手上还紧紧抓着自己心爱的毛绒玩具。

为了看到这样的场景，我想保持清醒，不，我必须保持清醒。

几天变成了几周，几周变成了几个月，梅森依然杳无音信。但从那时起，我不再是从前的我。我变了，大脑里的某些东西突然断裂了，就像一根绷到极限的橡皮筋，再也无法承受一丝一毫的张力。最开始的时候，本曾苦苦哀求我，试图拽走那个半夜一动不动地站在窗前，直勾勾地望着窗外的黑夜，毫无睡意的我。

他对我说：“你这个样子没有任何意义。你需要休息，伊兹。”

我知道，他说得没错，这样做确实没有任何意义。但没有办法，我控制不了自己，我真的睡不着。

“工作怎么样？”他努力地找着话题。

“进展缓慢。”说着，我把一缕头发别到耳朵后面，因为没有用吹风机吹头发，这缕软软的头发一直散在我额头上，痒痒的，“目前我没有收到很多工作邀请。”

“我觉得现在机会应该会相对多一点。你懂的，媒体的作用。”说着，他走到沙发旁边坐下。我有些生气，因为他没有经过我的允许就坐下了。不过，这个沙发确实是他掏钱买的。

“我不想利用媒体。”

“这和你现在做的事情有什么区别？”

我瞪着他，他也瞪着我。这才是他今天来这里的原因——真正的原因。他肯定是从哪里听说了我的演讲，我明白他迟早会知道，只是没想到这么快。

“你为什么不直接说你想说的？说啊，你倒是说啊！”

“好，我说。你到底想干什么？”

“我不想让警察放弃他的案子。”

“没有放弃！”他愤怒地喊着，“伊莎贝拉，警察一直在努力寻找线索。”这样的对话我们不知道经历过多少次了。

伊莎贝拉。他不再叫我伊兹了。

“你必须停止你现在做的这些事，所有的事。”说着，他朝着餐厅走去。我注意到他刚进门时朝那里瞥了一眼，经过那个拐角时，他的眼神下意识地闪躲，好像随时准备挨一拳一样。他的眼睛扫过墙上那些贴得乱七八糟的照片，那里曾经挂着我们婚礼的油画。“这有点病态，而且，看起来……”

“看起来怎么了？请你告诉我。”我打断了他，一股怒火在胸腔里燃烧。

"看起来不对劲，"他一边搓着手，一边说，"你，在儿子失踪整整一年的前一天，站在一帮心理变态的观众面前讲这个事情，这一点都不正常。"

"那你告诉我，本，我应该做些什么？怎样才算正常？难道什么都不做吗？"

我瞪着他，指甲用力地抠着手掌心。

"这些都是一无所有的人，他们没有家庭，本。罪犯现在还逍遥法外，带走我们儿子的人……"我停下来，使劲咬住嘴唇，忍着不让眼泪掉下来。深呼一口气后，我继续说下去："我不明白你为什么一点也不在乎，不明白你为什么不想快点找到他。"

本突然从沙发上弹了起来，他的脸涨得通红。我知道我说得太过分了。

"我不许你那么说！"他用手指着我，愤怒地吼道。他的嘴上挂了一串唾沫，正随着嘴唇的抖动上下颤动着。"你凭什么说我不在乎？你根本不明白这件事对我的打击有多大，他生前也是我的儿子！"

"去掉那两个字。"我轻声纠正他，"他现在也是你的儿子。"

我们陷入了沉默，隔着客厅凝视着彼此。

"也许他还活着呢。"我的眼泪再次溢满了眼眶，"或许我们找到他的时候，他还……"

"伊莎贝拉，他已经不在了，不在了。"

"他可能……"

"不可能。"

本叹了口气，把手插进头发里，从额头一直捋到脑后，然后他走过来，抱住了我。我没有力气拥抱他，只是站在那里，如同行尸一般。

"伊莎贝拉。"他用手指轻抚着我的头发，在我耳边轻声说道，"我不想反复跟你争论这些，真的。这件事也让我痛苦不堪，但你越早面对现实，就能越快回到平静的生活中。你必须尽快走出来！"

“一年，才一年你就能忘了吗？”

“我还做不到，但是我在努力，努力让自己走出来。”本说道。

我安静了下来。他的手放在我的脑后，耳畔是他温暖而潮湿的呼吸，隔着胸膛，我能隐约感觉到他的心跳声。我刚张开嘴准备道歉，他却突然松开了手。

“说到这里，我想起一件事。”他放下手臂，“这件事我一直想跟你说。”

我歪了下头，不知道怎么接话。

“我的心理治疗师跟我说，想要继续好好生活，就要迎接新的可能性，你知道的，就是对未来重新怀有期待。不论什么人、什么事。”

“好的。”我抱紧双臂，试图压制住内心燃起的复杂情绪。我不否认我曾经幻想过这样的场景：本回来了，为自己在我最需要他的时候离开我而自责忏悔。

但也不能全怪他。失去孩子会让一个女人失去很多的东西，比如理智和思考能力。

“我想告诉你，我在和别人约会。”

他的话像一记重拳打在我的肚子上，又快又狠。我试图掩饰我的震惊，但我很肯定我的表情出卖了我，因为他没有等我做出回应就继续说下去了。

“并不是正式的恋人关系，只是刚开始，才见了几次面而已。但萨凡纳是个小地方，大家都喜欢说闲话，所以我想先告诉你。”

“哦。”我终于控制住了自己的情绪，指甲把身体两侧的皮肉掐得生疼。我想象着指甲印留在我的身体上，留下月牙状的小口子，像咬痕一样深深地嵌进我的皮肤里。

“我纠结了很久要不要在今天告诉你，结果……我不知道该怎么说，”他把手插进口袋，“我只是不想你从别人口中知道这件事。”

“没事。”我努力组织着语言，却依然词穷，“挺……挺好的。我的意思是，这对你来说，挺好的，我觉得……你能告诉我，我挺开心的。”

“那就好。”他的肩膀稍微放松了点，然后长舒了一口气，仿佛心里的压力在顷刻之间如冰雪消融了一般消失，“即便这段关系最后没有结果，我依然觉得挺好的，因为她让我重新燃起了对生活的希望。伊兹，我希望你也能这样。”

我的耳朵突然被一个熟悉的称呼灼痛，伊兹，此刻，这个昵称从他的嘴里说出来，是那么不合适且令人作呕。曾经那么温柔的，充满了渴望和爱意的称呼，现在听起来却像是一种惩罚，充斥着同情的味道。这就像你曾深爱过的人发现你出去享受却没带对方一起时，对方抛过来的那个不冷不热的笑。

“今晚见？”他从裤兜里抽出来一只手，轻轻地放在我的肩膀上问道。

我点点头，微笑着，看着他拍了拍罗斯克，然后朝门口走去。在这个过程中，我试着不去在意刚刚被本碰过的皮肤，因为那里正隐隐作痛。当他关上门后，我内心感受到一种缓慢的撕扯感，空虚正在膨胀，像个裂开的黑洞。

我把手伸进衬衫，寻找到脖子上的项链，然后一把攥住项链上的那枚戒指——那是本的戒指。挂着它的链子被我使劲拽着，紧紧缠绕在我的脖子上。

第六章

本离开后，房间里依然充斥着令人厌恶的味道。他那刺鼻的须后水、肥皂味的发胶，以及他过来时在车里吃的辣酱火鸡三明治。我在他的衣领上看到了红色辣酱的污渍。几年前，当他笨手笨脚地弄脏衣服时，我会白他一眼，再舔下手指头，在污渍上搓几下，然后故意把手指塞进嘴里逗他，好让他白天上班时想起我。

可如今物是人非了。现在的他冷冰冰的，我一看到他，就有一种用舌头舔硬币或者新鲜伤口的感觉，有一股血腥味，仿佛我的身体不想让我忘记他把我伤得有多深。当他用那双温柔的眼睛注视着我时，我也不会像以前那样，融化在他奶油般柔软甜蜜的眼神里了。

不仅如此，我还愈发漠然。

"失去孩子，是一对夫妻所能经历的最艰难的事情之一。"我第一次单独去哈里斯医生那里咨询的时候，他便这样告诉我。我不需要说什么，他都知道，也许他在那时就已经预见了我们的未来。"有些夫妻挺过来了，感情变得更加牢固。但大多数根本挺不过来。"

我本希望我们能成为那一小部分的夫妻，我真的那么想过，甚至没有奢望我们的感情能更加牢固，只要能挺过来就好。但这种情绪问题，没有任何说明书或参考步骤能够告诉你，要如何从悲痛中走出来，继续你的生活。本是个现实主义者，他总会向现实低头，然后逆流而上。

从梅森失踪的那天起，他每天都依靠数据和事实来评估梅森生还的可能性，最终，他选择了放弃。我们已经输了，是时候承认失败，放弃寻找，然后放过自己了。我知道这对他来说十分痛苦煎熬，我也知道他用尽了全力，才说服自己向前看，甚至需要更多的勇气，才能强迫自己停止徒劳无功的寻找。可我做不到，我还困在原地。从一开始，我就拖着他，让他和我一起沉溺在悲痛的苦海中。当他意识到自己无法同时拯救我们两个人的时候，他选择拯救自己。

我们最终也没能挺过来，成为走散了的大多数。

现在回想起来，我很好奇那些没能走下去的大多数夫妻，都坚持了多久。反正我们只坚持了六个月。

我和本不是传统的恋爱关系，所以当我们这段始于冲动与激情的关系，以同样惊人的速度消失时，我并不应该感到奇怪。但不论怎样，我们在一起度过了七年的时间。整整七年。

这意味着很多。

我总是忍不住回想我们第一次见面时的场景。老实说，那种感觉就像是命运的安排，两个注定要在一起的人，相遇了。这让我想到了恒星：两颗恒星碰撞后会融为一体，变成一颗更大、更亮、更强的恒星。可那时候的我并不知道，如果两颗恒星相撞的速度过快，不仅无法变成一颗新的恒星，反而会一起爆炸，然后化为乌有。

大学毕业后的第三年，我搬到萨凡纳生活，住在一套几乎没有什么家具的单间公寓里，那里离我的新办公室只有几个街区远。不记得从什么时候开始，我决定成为《毅力》(*The Grit*)杂志的一名专栏作家。那仿佛是一件顺理成章的事，就像医生和消防员，他们坚守着自己儿时的梦想，一直到成年。被梦想紧紧裹缚住的他们，甚至忘记留意人生还有没有其他可能性，还有什么机会在等着他们。

在我最美好的几段记忆里，有这样一幅画面：玛格丽特和我趴在父母房间里的一块铁锈红色的地毯上，细细的腿在空中摇来晃去。她一边翻看着光滑的书页，一边给我指她最喜欢的图片。她会很小声地跟我说："给我讲个故事吧。"然后我就一字一句，大声地为她读图片旁边的文字。那是一本无论在机场还是杂货店里都很容易被人注意到的杂志，它有着厚厚的哑光封面和看起来很昂贵的纸张；是一本我父母这类人会买回家，用来装饰咖啡台的杂志。这本杂志完美地诠释了它的受众定位：成熟、富裕、有文化。

杂志的标题简洁得无可挑剔——《毅力：讲述南方的故事》。

十月底，上班的前一周，我搬了家。那时候的我觉得，这些南方城市在某些方面都有一些相似之处，比如都有巨大的橡树和西班牙苔藓，还有爬满了茉莉花的铁门，但它们似乎又都有一些不一样的地方，每座城市都有它的独特之处。萨凡纳让我想到了家乡，但只有美好的那部分，就像用弹簧刀割掉了黏黏的伤口，只留下了新鲜的皮肤组织，等待愈合。

我很喜欢这座城市，真的很喜欢，可有整整五天的时间，我一直独来独往。这里没有一张熟悉的面孔，也没人能陪我说句话，这让我感到无比孤独。所以那个周末，我决定打扮一下，出去走走。

记得当时，我双手插着兜，漫步在萨凡纳河边，一股刺鼻的烟味和墨西哥辣椒味突然冲进我的鼻腔。我快步走到一家露天酒吧，大口大口地喘起气来，然后在吧台点了一杯啤酒。

"自助餐，十五美元一位。"服务员过来招呼我，他身上有股海水和沼泽泥土的味道，还伴着啤酒发酵后的酸味，"我们还提供牡蛎刀和毛巾。"

我掏出钱包，递给他一张二十美元的钞票，服务员递给我一把蓝月牌牡蛎刀和一桶在煤炉上蒸熟的牡蛎。我一手拿着啤酒杯，一手拿着牡蛎刀和那桶牡蛎，刚一转身，就撞上了身后的那个人，手中的啤酒洒得到处都是。

"对不起。"我连忙道歉，手忙脚乱地阻止剩下的啤酒顺着手腕往下流。与此同时，我看到一些白色泡沫状的液体，正从那个人的夹克上滴下来。“哎呀，实在不好意思，我没看到你。”

那个人低头看了看自己的夹克，用手套擦了一下，然后他转过头，目光落在我的脸上，接着他笑了起来，嘴角轻轻上扬，露出了洁白的牙齿。

“没关系，”他指着我手里的牡蛎刀说，“至少你没用那玩意儿戳我。”此时，我留意到那把牡蛎刀的刀刃正明晃晃地朝着他。“被一把牡蛎刀送走，可不怎么体面。”

我低头看着手里的牡蛎刀，又抬头看看他，一脸惊恐，如同拿着剪刀乱跑后被大人骂了一顿的小孩。

“我开玩笑的。”看到我的脸被吓得通红，他连忙说，然后咧着嘴冲我顽皮一笑，“你知道怎么用那个东西吗？”

“不知道。”我说谎了，但不知道自己为什么要说谎。我当然知道怎么用牡蛎刀，把刀尖塞进牡蛎的缝隙，然后转动刀柄，将其撬开。可面前这个男人太帅了，已经独自一人度过了一周的我，不想草草结束我们之间的对话，也不想就这样放他走，只留下我一个人。“你可以教教我吗？”

他带我找了张空桌子坐下，桌上放着一个倒过来的威士忌酒桶，桶中间有一个洞，用来扔牡蛎壳。他抓起一只牡蛎，把撬出的牡蛎肉放到一块苏打饼干上，然后递给我。

“这个要多放一些鸡尾酒酱，再挤一些柠檬汁上去，”他看着我说，“这样吃会没有那么咸。”

“谢谢。”我笑着把他递过来的饼干塞进嘴里，舔了舔嘴唇，然后伸出另一只手，“我叫伊莎贝拉。”

“本。”他用力地握了一下我的手，我注意到他没拿喝的东西。

“喝点什么吧，我请客，至少让我表示一下歉意。”

“其实我刚刚是去结账的。”

“啊！”我的脸马上红了起来，没想到那句调情似的玩笑话会适得其反，“这样啊……不过还是谢谢你教我用牡蛎刀。刚刚实在不好意思，把啤酒洒到你身上了。”

他犹豫了一下，看了看吧台又看了看我，好像在认真思考着什么。

“其实，”他再次开口说道，“再喝几杯也没关系。我请你吧，因为你的啤酒刚刚被我的夹克喝了。”

我笑着目送他去吧台点酒，内心涌起一阵莫名的兴奋。他一回来，我就迫不及待地和他聊了起来，根本没给他掌控聊天节奏的机会。我们聊到了萨凡纳以及他在这里住了多久，在聊到波弗特的时候，我几次试图转移话题，但他还是问起了我的家人和兄弟姐妹。

“我有一个妹妹。”我只说了这个，仅此而已。他不需要知道更多有关玛格丽特的事，至少现在，我没必要跟他说那么多。

他似乎觉察到了什么，很快转移了话题，聊起了我的工作。

“我是《毅力》杂志的专栏作家。”我丝毫不掩饰语气中的兴奋，“下星期一是我第一天上班。”

我注意到他的眉毛扬起，嘴角露出了一丝欣赏的微笑。

“真的吗？《毅力》杂志！”

“我已经迫不及待了！”我脱口而出，三杯啤酒下肚，让我整个人都放松下来，话也变多了，“我很激动，虽然还没去过办公室，但我听说那里装修得很有品位，就像杂志里的一切走进了现实。我的意思是，它当然会是那种风格，毕竟这本杂志自身设定的品牌形象……”

我停了下来，突然意识到自己在胡言乱语。而坐在对面的本正盯着我微笑，努力不让自己笑出声来。

“不好意思，我一直说个不停。你是做什么工作的，本？”

“我想我算是个独立作家吧。”说完，他低头看了看桌子，“大周末的，我们不聊工作了。”

他继续滔滔不绝地说着，但那个时候，我已经听不进去了，一个字都听不进去。我一直盯着他看，享受着这突如其来的美妙夜晚。这个英俊潇洒的男人，不仅善良幽默，更要命的是，他竟然也是个作家。我不知道是因为那些塑料杯装的啤酒，还是桌子旁的篝火，我的脸颊又热又红，有种久违了的感觉，让我终于觉得自己是正常的，是被需要的。这一刻的感觉实在太美好了，美好得让我觉得如果我不抓住这个瞬间，我将会后悔终生。于是我鼓足勇气，靠近他，吻了他。

我记得，他柔软的嘴唇咸咸的，嘴里还有一些啤酒的余味和冰凉的余温。我把手放在他的脸颊上，用手指轻轻抚摸着他的头发。几秒钟后，我坐回了座位，用手背轻轻擦了一下嘴唇。

“对不起。”我红着脸说，突然觉得有些尴尬，“不好意思，我也不知道我怎么了。”

“没事。”说完，他脸上的表情变得不一样了，似乎有些害羞，“真的，别放在心上。”

我连忙说：“我得去趟洗手间。”现在的我急需离开这张桌子，离开他一小会儿，整理一下自己的思绪，想想接下来应该说些什么，于是我起身去了洗手间。看着洗手间的镜子，我注意到自己的眼圈有点发黑，眼神有些涣散。每次我喝多了就会这样。但因为一直在笑，我的脸颊红润，胸口也流动着一股暖意，这股暖意不仅来自外套和篝火，也来自刚刚和他相处的那些瞬间。一种令人满足的温暖填满了我，触动了我尘封多年的心。

我鼓起勇气走出洗手间，一边用手整理头发，一边朝我们的桌子走去。我决定拿这件事开个玩笑，自嘲一下自己是个无足轻重的人，刚才的那个吻不用放在心上。但很快，我发现事情有些不对劲。

座位上没有人，本不见了。他走了。

就在这一刻，我突然意识到刚刚那个吻有多么尴尬。在我亲了他以后，他的笑容变了，与之前的笑容大不相同了，他僵硬地站在那里，双臂一动不动地放在身体两侧。

他并没有回吻我。

第七章

我努力将自己从回忆中抽离出来，然后朝餐厅走去。在重新开始研究那些观众名单之前，我打开了电脑，点开搜索栏，输入了自己的名字。刚输了几个字母，名字就被自动填充好了，毕竟我已经搜过太多次了。等结果加载出来以后，我会点击筛选栏中的“新闻”选项，然后让搜索结果按时间顺序排序。

不出所料，一个多小时前，一篇关于我在《真实罪案》演讲的文章发布了。我不知道本是不是设置了快讯提醒，只要网上出现我的名字，系统就会立刻通知他。这个念头让我的心情好了一些，可几秒钟后，我又意识到——即便他设置了提醒，也不是出于对我的关心，而是因为他的愤怒。

我点开一个链接，开始浏览这些新闻。

本周末《真实罪案》的主讲人是伊莎贝拉·德雷克，该节目是世界上最大的、与真实案件相关的活动，吸引了全球超过一万名观众前来。本期的焦点是她的儿子梅森·德雷克，他于二〇二二年三月六日从自己的卧室失踪，至今下落不明。

虽然这个案子引起了各地“真实犯罪迷”的好奇心，但一年的时间过去了，这个案子仍未告破，既没有发现值得怀疑的嫌疑人，也没有得到任何可靠的线索。德雷克女士也在积极寻找有用的线索，并在全国各地的会议和活动中公开谈论此案。不过萨凡纳警察局的亚瑟·多齐尔警探还是恳请公众对他们后续的调查工作保持“耐心和信任”。

虽然大多数人认为德雷克女士只是一个寻子心切的母亲，但也有人认为她介入公开调查可能会给案件侦查带来一些未知的后果。

我看着屏幕上的照片，照片中的自己正张着嘴对着麦克风讲话。对外，我一直把自己患有失眠症的情况掩饰得很好，比如画上让眼睛看起来更有神的眼线，打上一些让气色显得更好的腮红。除了本，没有人知道现在的我究竟过着什么样的生活。

没有人知道，白天对我来说有多么难熬，夜晚有多么漫长。

录制现场那刺眼的灯光照在我的结婚戒指上，只要去公共场合我都会戴着它。想到这里，我又把手伸进衬衫，摸了摸那枚属于本的戒指，那冰冷的金属缠绕在我的脖子上。我必须说明一下，这不是他的结婚戒指，这是一枚金色的、有大学图章的戒指，上面刻着他的名字和毕业日期。几个月前，在他打包自己的东西离开后，我在梳妆台上发现了这枚戒指。记得当时我把它拿了起来，看着它，想到自己又失去了一个生命中最爱的人，眼泪止不住地涌了出来。

然后，我毫不犹豫地把那枚戒指塞进了口袋。

我甚至不知道自己为什么要那么做，也许是因为他要离开这个家，离开我，而这枚属于他的戒指是我唯一能留下的东西。或许是因为他的离开夺走了我最后的一丝希望——一切都会好起来的希望，所以我也想从他身上拿走一些东西。尽管这是个小物件，而且不是什么特别重要的东西，他可能都很难发现这个东西不见了。可一旦他在某一天发现这枚戒指不见了，他就能体会到那种永远失去的感觉。当他想要寻找它的踪迹时，就会像我想在他眼中找到一丝早已不复存在的感情一样。

我扫视着照片上的人群，认出了其中一些人，那个穿着T恤的女孩，以及坐在第一排、哭成泪人的那个灰褐色头发的女人。她们盯着我，就像秃鹰准备啄食将死的猎物。闪光灯为他们的眼睛加了奇怪的特效，让他们看起来更加贪婪，仿佛闪着贪欲的光。

看起来，他们好像要把我生吞活剥了，舔舐我骨缝里的血。

我不再去想那个可怕的画面，而是向下滚动到评论区，这是新闻的重头戏。现在已经有几十条评论了。

那个可怜的女人。无法想象她经历的这些。她讲得很好。

醒醒吧，她这么做不就是为了自我推销吗？她可是个作家。接下来肯定要出书了。

闭嘴！我希望你的孩子也被人带走，这样你就知道失去孩子的感受了。

伊莎贝拉·德雷克是个婴儿杀手。我不再相信她的话了。

我猛地合上笔记本电脑，罗斯克听到声音跳了起来。我用大拇指按了按太阳穴，深呼了一口气。

伊莎贝拉·德雷克是个婴儿杀手。

我知道自己不应该在意这些评论，这些只是垃圾信息而已。我亲身体会过人们对他人痛苦的病态迷恋，那些迷恋像静电一样附着在他人的痛苦上。他们认为你做的每一步都是错的，仿佛他们什么都懂，如果他们处在我的位置，一定能做到不慌不忙、得心应手。

我永远也无法忘记，梅森失踪的第二天早上，周围的邻居是如何争先恐后地在我家附近收集茶余饭后的谈资。当他们看到警车停在我家门前，一些穿着制服的警察在房子周围勘查时，他们马上赶来慰问我。一开始还挺真诚的，他们会顶着一头乱发，睡眼惺忪地把一杯温暖的咖啡塞到我手里，在我耳边轻声鼓励我。但随着时间的流逝，他们都消失了，这些人再也不会踏进我的院子，只会站在一步之遥的自家门口，漠然地看着我们，仿佛有人在我的房子周围竖起了一圈隐形的篱笆。这些人像是在担心，如果和我们靠得太近，不幸的事情也会发生在他们身上。厄运的魔爪会像吞噬我一样，吞噬他们的生活。所以，他们警惕地看着警察撕掉保护现场的警戒带，我不再是他们窃窃私语的对象，而是内容。因为从一开始，他们就觉得这件事是一场误会，比如梅森半夜溜出了家门，仅此而已。他们相信会在附近的某个地方找到梅森，一定会的。他可能只是迷路了，找不到家了，但肯定会毫发无损地回来。

但是，一天，两天，一周，一个月过去了，希望变得越来越渺茫。他们找不到可以指责的人，于是他们决定把一切归结于我。

这就是为什么这些演讲对我来说不容易，因为我知道一半的观众都在想些什么。他们的眼睛不断地审视着我，等着我露出马脚。他们认为是我杀死了自己的孩子，像苏珊·史密斯[1]或者凯西·安东尼[2]一样，丧失了母性。他们中的一些人认为我确实这么干了，因为照顾孩子过于辛苦，所以在某个不眠之夜，我趁着他熟睡闷死了他；还有人说我是自找的，因为我没有尽到一个母亲的责任。

不论哪种，他们的矛头都指向了我，孩子的母亲。在他们看来，这一切都是我的错。

我告诉自己不要去在乎这些流言蜚语，因为无论他们怎么想，都不能让我的儿子回来。但如果我说，在我内心深处的某个角落，那些飘浮在潜意识深处的自我保护碎片，都不曾向这些人证明我自己的清白，那一定是在撒谎。我想证明自己有母性，想证明自己是个好妈妈。

1　苏珊·李·沃恩·史密斯是一名因谋杀亲生儿子而被判终身监禁的美国女性。

2　凯西·安东尼在二〇〇八年八月，因涉嫌谋杀其女儿被捕。

又或许，我只是想说服我自己而已。

我从桌子上抬起头，朝窗外看了一眼，这个下午就像在坐牢。实际上，我一直在倒数时间，直到太阳再次落山。时间年轮中刻下的这一笔，可怕的命运转折点的象征，是任何一个失踪儿童的家庭都不愿面对的。

已经整整一年了。

快三点了。六点的时候，市区有一场为梅森守夜的活动。这场活动是我和本一起策划的，尽管我们的出发点完全不同。他想留下些什么，虽然“纪念”这个词很难说出口，但它确实是这件事的本质。而我只想引起人们的关注，就像坐在码头，放着长线，等着大鱼上钩。

张机设陷，只待凶手自投罗网。

我推开椅子从桌边站起来，去厨房拿我的手提包。我没带着那些名单，因为我不想再用一天的时间沉溺在那些痛苦回忆里，也不想一个人在这间屋子里待三个小时。这里充斥着与梅森有关的回忆，家里的柜子上还粘着儿童锁，冰箱上也贴着他用蜡笔画的画，那间被关起来的婴儿房，是这栋房子里唯一一个我不愿踏入的房间。

这就是失去孩子的家庭。没人告诉过你，对这样的家庭来说，他们的孩子其实一秒都没有离开过。或者说，突然的消失，会让这些孩子永远“活着”，只不过看到他们的机会很少而已。脑海中的记忆将永远定格在他们离开时的样子，当你经过走廊时，他们会突然出现，在某个阴冷的角落，或者像一团氤氲的烟雾，转眼便消失不见，只留下一抹飘忽的痕迹。

“我一会儿就回来。”我小声地对罗斯克说，然后把包挎在肩上，朝门口走去。我迈出大门的那一刻，门在我身后关上，外面的阳光异常耀眼，深深地刺痛了我的眼睛。

第八章

回 忆

我们蹑手蹑脚地走下楼梯，玛格丽特每一步都走得很小心。左脚，再右脚，然后左脚，然后再右脚。我拉着她的手，陪着她一步步慢慢地往下走。

不论去哪里，只要是和玛格丽特一起，都快不了。毕竟她个子很小，而我们家又很大。三层楼高的房子里，每一层都是环绕式的走廊。按理说，那时候的我应该知道大和小只是一个相对概念，但我确实没法分辨我们家算不算大，因为那是我唯一生活过，也是唯一知道的地方。也许别人家的房子也这么大，大到不管玩多少次捉迷藏，我都能发现新的藏身之处；也许他们的房子也这么老旧，木头会发出可怕的嘎吱声，那种声音对我来说就像家人一样，虽然令人害怕，但很熟悉。

不过我并不认为所有人的房子都是这样的，因为路过我们家的人总会忍不住多看两眼。他们脖子上挂着相机，抓着铁栅栏，想要从缝隙里一窥房子的全貌。我经常在房间里看着这些路人，他们会阅读砖柱上早已风化了的铜牌，铜牌上写着我们家房子的背景介绍。那个介绍我读过很多遍，熟悉得都能背下来了。我大声背诵的样子，就像在引导并不存在的游客参观画廊展览。我永远不会忘记第一次看到铜牌时，我的手指在冰冷的金属上移动，就像在看盲文。

“海沃思府建于一八四〇年，废弃于几年后的大淘……桃……”

“逃亡，”爸爸笑着说，“大逃亡[1]。”

“大逃亡。”

我以前从来没有听过“逃亡”这个词，但我很喜欢。在认字的过程中，我学着欣赏每一个字，我喜欢它们的与众不同，如同人的指纹，独一无二。有些字读起来，会让牙齿嘶嘶作响；有些则像顺滑的油，从嘴唇上滚落；还有一些顶着上颚，发出啪啦的响声，像嘴里嚼着口香糖。

每个生字都能带给我一种新的体验，新的发音，新的感觉。每一种组合都是一个新的故事，新的世界，等着我去探索。

我接着往下念：“在……什么什么……进行翻修后，海沃思府被联邦士兵改造成了医院。”

我用求助的眼神看了一眼爸爸。

“重建时期（Reconstruction Era）。”

“重建时期。”

那天过后，我对这栋房子产生了一种别样的感情。这里不仅仅是我的家，从某种意义上来说，这里属于每个人，但又不属于任何人。就像妈妈送给妹妹的圣诞节礼物，一栋一模一样的、有柱子的玩具屋，我、我的家人，也只是一个个玩具娃娃，被一只无形的手从一个房间带到另一个房间，表演着一幕幕名为“人生”的戏。

我想起那些游客窥探的眼睛，脑海中浮现出他们用手指紧紧抓住我们的身体，操控着我们的四肢，让我们像木偶一样机械舞蹈的画面。

我还试着在脑海中想象这样的画面：一楼那些放钢琴和毛绒沙发的地方，曾经躺满了仰卧在担架上、头缠纱布、浑身是血的男人。我以

1　一八六一年七月，联邦军队在与南方军队的第一次重大对抗中，从奔牛河战场一路逃回华盛顿特区。该事件被称作“大逃亡（The Great Skedaddle）”。

前问过妈妈，这些受伤的士兵中有没有死掉的，有的话，他们会被埋在哪里？她只是耸耸肩，告诉我应该有，然后抬头看向自家后院，眼神空洞阴郁。现在，一楼是我们最重要的活动区域，那里有门厅、厨房、客厅、储藏室、餐厅，以及爸爸的办公室——一个禁止我们随便进入的地方。我和妹妹住在中间那一层，这层有一条长长的走廊，走廊两边有很多间卧室，但大多数都空着。第三层是妈妈的工作室，那是一个巨大的开放式房间，有落地窗和通向露台的法式拱门。她的房间里摆着画架，一张沾满颜料的旧木桌，画笔浸在浑浊的水中，在墙边一字排开。那是我最喜欢的房间，因为那里的风景很美。

有时吃过晚饭后，我会和妹妹一起去三楼，裹着毯子蜷缩在阳台的地板上看日落，咸咸的微风会调皮地落在我们的皮肤上，黏着不肯走。

“我想吃法式吐司，可以吗？”

我们刚走下楼，玛格丽特就迫不及待地伸出小手，蹦蹦跳跳地跑进了厨房。她四肢瘦弱，皮肤晒得黝黑，就像一头突然从森林里窜出的小鹿。

“我不会做法式吐司。”我跟在她身后走进了厨房，“不然我们吃煎蛋卷吧。”

“我吃够煎蛋卷了。”说着，她拉出一把椅子爬了上去，双腿蜷起来抱在胸前，手里提着爸爸上次出差给她带回来的玩具娃娃。她走到哪里都带着这个娃娃，娃娃则永远睁着那双陶瓷眼睛，跟着我们在房子里转来转去。

“我要放点奶酪。”说着，我打开冰箱，取出一堆东西堆在备餐台上：一盒棕色的鸡蛋、切达芝士碎、牛奶和小香葱。我把鸡蛋打到碗里，开始用叉子搅拌，然后加入其他配料。玛格丽特抱着她的洋娃娃，在一旁哼着歌。

“嘘，小宝贝，不要说话。妈妈给你买只知更鸟。”

我点燃炉子，把搅拌好的鸡蛋和蔬菜倒在热锅里翻炒，平底锅发出嘶嘶的声音，厨房里飘散着盐和调料的香味。我忙着挥手赶走蒸汽，没有留意到从楼梯口慢慢靠近的脚步声。那脚步很轻，踩在地板上几乎没有什么声音。突然，一个声音加入了我们，那声音轻盈甜美得像发泡的牛奶。

“我的宝贝们。”

我转过头去，看见妈妈靠在厨房的门框上看着我们。她穿着一条白色睡裙，薄纱细密，像个天使。当她经过窗前，阳光洒在她的身上，我能看到她腿和臀部的曲线，以及轻微凸起的小腹。

“你们俩真的长大了呀。”说着，妈妈打开了窗户透气，然后大步走到桌前，坐在玛格丽特旁边。她双手托着腮，一头浓密的棕色卷发从肩上层层叠叠地垂下来，我看到她睡裙袖口上残留的颜料：宝蓝色、翡翠绿和血红色，像是彩虹色的胎记，一直留在那里。“我希望你们永远都是妈妈的小宝贝。”

她用手揉捏着玛格丽特的小脸蛋，然后微笑着，用一种不可置信的眼神看着我们，仿佛不敢相信我们是真实存在的。

“你给她起名字了吗？”她指着玛格丽特的娃娃问，手指心不在焉地拨弄着自己的头发。

“埃莉，”玛格丽特歪着脑袋说，“埃洛伊丝的昵称。”

妈妈安安静静地听着，指尖停留在发梢，整个人仿佛静止了。

“埃洛伊丝。”她重复了一遍这个名字。

玛格丽特笑着点了点头，又唱起了刚才那首童谣：“如果小鸟不唱歌了，妈妈会给你买一枚钻石戒指。”妈妈被她逗得大笑起来，笑声尖锐纤细，像破碎的玻璃。

第九章

现　在

我跳上车，开车去了市中心，在奇佩瓦广场附近找了个停车位停了下来。三月初的空气清新干净，我决定在守夜活动开始前随便走走。我路过了一个芳香四溢的杜鹃花花园，还有一座锈迹斑斑的黄铜雕像，雕像是詹姆斯·奥格尔索普将军（General James Oglethorpe）俯瞰着众生的造型。在广场上漫步总能给我一种平和宁静的感觉，今晚的我就需要这种感觉。最后，我溜达到了阿伯康郊区，站在殖民地公园的公墓外，面前是一座巨大的石砌拱门，拱门上有只青铜鸟，我透过拱门凝视着公园里面。

这座公墓里有一万多块墓碑，这是我第一天去杂志社上班时学到的没用的冷知识。我朝左边望去，我的办公室就在那边——以前的办公室，往北走几个街区就能到，离河边很近。那时候我每天都能看到萨凡纳河，透过那些华丽的落地窗，看着河水从远处蜿蜒流过，而我就坐在窗边的书桌前，敲着文章。

“你相信有鬼魂吗？”

我记得那时，我抬起头看着凯茜。她是我的导游兼导师，也是一名负责生活板块的记者，她比我大两岁，我第一天上班时，就是她在门口迎接我的。在我的记忆中，那天她的一切都是完美的，梦想成真的超现实感给一切蒙上了一层温暖的白光，她金色的卷发，在咖啡杯上轻轻敲着的纤长手指，还有杯子里装着办公室咖啡机制作的拿铁。当她带我参观公司时，她的高跟鞋踩在翻修过的木地板上，发出清脆的咔嗒声，我得努力加快脚步才能跟上她。

“不好意思，你说什么？”

“鬼魂，”她重复了一遍，“据说萨凡纳闹鬼。实际上，这应该是美国最容易闹鬼的城市，就连你面前的这栋建筑都可能有一两个跟鬼有关的故事。”

我环顾了一下四周，觉得这个现代化的办公室和鬼屋完全不沾边。

“听其他人说，当他们晚上最后一个离开公司时，他们的后背会感到一阵冷飕飕的凉意。”

“哈哈。”我笑了，我不确定她是不是在开玩笑，但从她的表情来看，她没有在开玩笑，“我不信，说实话。我不信这世界上有鬼。”

我没说谎。从某种程度上讲，我的确不相信有鬼的存在，至少不相信有传统意义上的鬼，就是电影里出现的那种。但母亲过去常常给我们讲一些另类的故事，一些难以解释的事情。她曾经给我们讲了很多永远无法用语言解释清楚的奇特感受。比如，有时候你会感觉脖子后面痒痒的，像是忘记什么东西一样挥之不去，然后在某一天，你去了一个新地方，那种似曾相识的感觉突然冒了出来。这是其他灵魂在试图向你传递某些信息。那些人是生是死并不重要，就是其他灵魂而已。我从来不将这种情况归结为闹鬼，那只是一种温柔的提醒，一种平静的暗示，告诉你有些东西需要被记住——某些重要的东西。玛格丽特和我有时也会在晚上紧闭双眼，试图用意念控制对方溜进彼此的卧室，或者从厨房的食品柜里拿一块饼干。

我还常常幻想自己能用思想控制玛格丽特的手，就像通灵牌上缓慢移动的占卜板。她小小的身体被一根看不见的绳子轻轻拉着，在屋子里穿行，而绳子的另一端是我。当然，这些臆想从来都没有实现过。

“好吧，你很快就会相信了。”她笑着说，“那扇窗户外边是殖民地公园的公墓，里面有一万多块墓碑，但这还不是最令人毛骨悚然的地方。你知道阿伯康街吧？就是去奥格尔索普路要经过的那条人行道。”

我点了点头，抬手把一缕头发别到耳后，指尖又碰到耳后那块熟悉的皮肤。

“那里其实也是公墓的一部分，虽然那里已经被浇筑成了道路，周围也没了栏杆，人们每天都在那条路上走来走去，但那下面真的埋着几百具尸体。”

我又朝窗外望去，一想到自己每天上下班都要经过那条路，就不愿再想下去了。

“这边是艺术部。”她话题转变得如此突然，让我有些猝不及防。我看着眼前这一排排的桌子，每个桌面上都摆放着巨大的苹果电脑，桌子后面坐着平面设计师。他们礼貌地向我招了招手，我也客气地跟他们招了下手。“办公室这边是公司的编辑团队，当然，你也是团队的一员！”

当时，我看着自己的办公桌，想象着自己未来会遇到的人，将要探索的世界，构想着我要讲述的故事：那些完美展现了对部分人来说十分熟悉，但对其他人来说完全陌生的生活方式的故事。比如在哪里可以找到好用的小刀、在东海岸靠卖海鲜为生的路易斯安那渔民家庭的长篇报道、小龙虾烹饪或餐桌摆放的指南、乡村音乐发展史，以及完美番茄馅饼的秘方。

工作环境真的很棒，一切都是我希望的模样，就连名字也是完美的。“毅力”，这个词可以是一种粗玉米粉[1]——像奶油般黏稠、给味蕾带来享受的南方主食；也可以代表坚韧，是一种带着泥土味的决心，会让我想到渔夫和种甘蔗的农夫，以及他们炎炎夏日下的辛勤劳作。回家

1 英语中毅力（grit）与粗玉米粉（grits）拼写相近。

前，他们会从指甲缝里剔出污垢，然后带着脖子上刺痛的晒伤和长满老茧的手回到家，坐在空调前，喝一杯甜茶；他们的鞋里会钻进小石子，鞋也会把脚后跟磨得生疼；他们会撬开一只牡蛎一口吞下，舌头上残留着细小的沙粒。

两个毫不相干的意思毫不费力地融进了同一个词。这其实很矛盾，但这是一种合乎逻辑的矛盾。

说实话，这个词让我想到了自己。

我决定朝拉斐特的方向走走，将自己和那段回忆拉开一点距离。我不愿再靠近以前办公的地方了。当时的我并不知道，我在《毅力》的职业生涯还没来得及开始就已经结束了，不能说对自己的选择感到后悔，因为我并不这么觉得。但当我来到这里，离我的过去只有几步之遥时，我很难不去想象，如果当初做出不一样的抉择，我的人生将会有多么不同。

我被迫放弃了多少东西啊。

我走到广场附近时，天色渐暗，不远处闪着微光，拿着蜡烛的人群已经开始聚集。他们让我想起了夏天的萤火虫，绕着树上那些西班牙苔藓飞舞闪烁的样子。有些人拿着鲜花，轻轻地放在一个喷泉旁，喷泉被内部的绿色灯光照亮。梅森的照片在人群最中间摆放着，翠绿色的大眼睛一眨不眨。

“德雷克太太。”

听到一个熟悉的声音在叫我，我转过身去。多齐尔警探从我身后走过来，两个粗壮的大拇指正勾着腰间的制服皮带。记得去年三月的时候，我还觉得他看起来有些吓人，毕竟他身材高大，肌肉发达，还留着浓密的八字胡。我一直觉得男人留八字胡就是为了向同性展示而已。

“警官。”他走近时，我朝他点了点头。他的手没有离开皮带的意思，所以我也没有主动握手。

“今晚我们安排了一些便衣警察，他们会在这附近监视参加活动的人。”说着，他朝广场的方向扫了一眼。又有一些人默默地朝着喷泉的方向走去。

“谢谢。”

我看着他，看着他扭头扫视人群时，脖子上那根紧绷的筋。以前我总觉得他有些可怕。他站在那里，或者来回走动时，粗壮的胳膊会一动不动地垂在身体两侧。他总是一眨不眨地瞪着眼睛，说话也不带任何感情色彩，让人永远猜不到他在想什么。

但随着时间的推移，我们见面的次数越来越多，一种麻木感裹挟了我，就像被打了一针麻醉剂，麻药在我的静脉里慢慢扩散。现在面对他，我不再感到恐惧、希望、感激或愤怒。我没有任何感觉，什么都没有。

也许是因为我目睹了太多次失败。

“我建议你今晚不要有任何过激的行为。”跟我说话的时候，他的目光也没有从人群中挪开。然后，他慢慢扭过头，再次盯着我看。我想起每次去警察局接受询问时，多齐尔警探的态度就像用小火来来回回地烘烤我，用不同的措辞问着同一个问题，让我一遍遍重复自己的证词，然后在这个过程中观察我的微表情，寻找着我的破绽。

“什么意思？”我问道，虽然我知道他是什么意思。

他盯着我的脸看了一会儿，没理会我的问题，接着说：“我听说你昨晚的表演了。”

表演。

“最近我会给你提供一份名单。”我告诉他，尽管我知道他提起昨晚的事不是为了这个，“但这份名单比较长，我需要一些时间来整理。”

“德雷克太太，你这是在大海捞针。警方一直在努力侦查，你应该相信我们。”

“等我把名单发给你，你能抽时间看看吗？”

“我们会的，但是我已经跟你说过很多次了，这是在浪费警方的时间。这会消耗我们搜集其他线索的精力，我想你并不希望看到这样的结果，对吧？”

“当然不想，但你们有其他的线索吗？有的话，我一定洗耳恭听。”

他没有说话，我注意到他面部的肌肉正在用力。他的沉默回答了一切。

他把目光从我身上移开，越过我的肩膀，再次朝我身后望去，人群越来越密集了。他呼出一口气，把大拇指插回制服皮带里。

“你丈夫来了。”说完，他转过身朝树林走去，“如果你需要任何帮助，我就在后面。”

第十章

我一眼就注意到了本手上的结婚戒指。参加公开活动的时候，我们都会心照不宣地戴着它。本中午来找我的时候，他手上没有戒指。我知道，因为我特别留意了一下。

他朝我走过来，张开双臂抱住我，把脸埋进我的衣领。我感到脖子上的另外一枚戒指被他紧紧挤压着，硌在胸口上。我深吸了一口气，闻着他身上熟悉的味道：耳侧的古龙香水味，嘴里的留兰香漱口水味，还有他每次刮胡子时涂的须后水的味道。但我在意的不是这些熟悉的味道，而是某个陌生的气味。

她的气味。

“你父母来了吗？”他松开手的时候问了一句，眼睛在人群中寻找着他们的踪影。

我摆了摆手：“他们没来，没时间。”

这不是事实，但也不算谎话。

“那我们过去吧，时间差不多了。”

我点点头，回头看向喷泉的方向。天色暗了下来，喷泉在灯光的映衬下仿佛熔化的白银，倾泻而下。这让我想起了父母家后院里的那块小沼泽，每到夜晚降临时，那里就会被月光打磨成一面光滑的玻璃。

我打了个寒战，不知是因为突然袭来的寒意，还是冰冷的回忆。

本拉着我的手，慢慢地往前走去。人群自动让出了一条道，很宽的一条道，好像有磁场效应一样，周围所有的东西都退向两边。走到广场的尽头后，我转过身。这一刻，就像昨晚在演播室的舞台上一样，所有人的目光都落在了我和本的身上。

我们的目光对峙般相互审视着。

“感谢大家参加今晚的守夜活动。”本语气中的悲伤和感激之情流露得恰到好处，“大家应该都知道，今天是我们的儿子梅森失踪整整一年的日子。”

此时，人越聚越多。有些人正站在不远处朝这边观望，可能是路过的游客，也有可能是不愿意靠得太近的参与者。我看到一些熟悉的面孔，有老同事，还有邻居。梅森托儿所的老师站在最前面，眼里噙着泪水。大部分人手里都举着蜡烛或手机电筒，点点微光在空中安静地舞动着。这时，一个女孩走到喷泉边，像宗教仪式的献祭环节一样，在地上放了一个恐龙的毛绒玩具。

“现在请大家保持静默，把我们的力量传递给梅森。希望他无论身在何处都能感受到爱，希望他尽快回到我们的身边。”说完，本低下了头。

几声啜泣打破了沉默，那些为此伤怀的人正拼命压抑着自己的哽咽。所有人都低着头，只有我，目不转睛地直视前方。我想用眼睛记录下这群人，找出那个与这悲伤氛围格格不入的人。可能会是张意料之外的熟悉面孔，也可能是某个十分可疑的陌生人。突然，我好像看到后面闪过一道光，红色的光。当我努力想要看清时，却留意到多齐尔警探从人群后面投过来的锐利目光，仿佛在警告我。

活动结束的时候天已经完全黑了。广场上堆满了鲜花、烧过的蜡烛和小玩具，等我们离开后，这些小玩意儿很快就会被拾荒的人捡走。可我还不想回家，不想再孤独地度过一个漫长又寂静的夜晚。所以，我在广场上找了把长椅坐了下来，静静地看着喷泉。

“伊莎贝拉。”

听到有人叫我，我扭过头，看到一个熟悉的面孔。尽管多年不见，但她看起来似乎没有什么变化，那头卷发仍然垂在肩上。只不过以前的金色头发，变成了现在的茶棕色。

“你好，凯西。”

“天哪。”看到我的一瞬间，她瞪圆了双眼，“你还好吗？”

在认识的人的眼中看自己，有时是种很奇特的感受。“镜子”里的我不是一夜之间变得如此憔悴不堪的——那是一种灵魂逐渐枯萎的抽离，就像一点点被饿死或是慢慢腐烂的尸体——但对他们来说，震惊的程度就像脸上突然挨了一巴掌。

“哎，你知道的。”我笑了笑，并不想回答她的问题。

凯西脸上再次露出了吃惊的表情，好像刚刚才记起我是谁，经历了什么。她在我的身旁坐了下来，把手放在我的膝盖上，侧着头再次小声地问：“你怎么样了？”

这个举动有些出乎我的意料，让我有点措手不及。我低头看了看她的手，又抬起头看了看她的脸。

“就那样吧。”

听了我的回答后，她说：“大家都很想你。”

我强忍着没流露出内心的不屑，我知道她说的不是事实，也很清楚那些人是怎么看我的。

“七年了，谁还总回忆过去啊。”我换了个话题，转过头看着她说。

“天哪，那么久了吗？时间过得可真快啊！”

“确实。”

“你想不想去喝点东西？”她的语气很快就恢复正常了，“我刚好约了一些同事要去天高餐厅。”

听到这里，我用力咬住了嘴唇。原来每次加班结束，大家都会去这家餐厅。但在公司工作了两个月后，有一次，我和凯茜一起去那里参加了公司的圣诞派对，我便再也没有去过那家餐厅。

“今晚不了，谢谢关心。”我挤出一丝微笑。

“好的。”她慢慢站起身，低头注视着我，脸上写满了同情和担忧，“如果你改变主意了，记得告诉我。今天晚上不是私人聚会。”

我就这么目送着她离开。凯茜把双手插在大衣的口袋里，默默走到了转弯处。这时，她突然停了下来，好像在思考是否应该回头。

最后，她回过头，在黑暗中搜寻着我的身影。

“你其实不用独自承受这些，可以找我们帮你。”

这句话仿佛在她心里憋了很久，就像她在脑子里翻来覆去地思考过，却一直没有勇气说出来。我不知道该怎么回答，只是点了下头。她笑了笑，看起来既伤心又无奈，然后转身朝街道的另一边走去。鞋跟的咔嗒声，在我的耳边回响。

第十一章

空气里透着一股寒意，刺骨的冷风迫使我站了起来，朝着对面的大教堂走去。那座雄伟的教堂矗立在广场旁，一对尖顶拱门高耸入云。我从来都不是一个虔诚的信徒，现在就更不是了。但此刻，教堂似乎是个不错的去处，一个能坐下来思考的好地方，一个制订计划的绝佳场所。

教堂里面没什么人，只有零星几个坐着祷告，或在走廊里伸着脖子四处闲逛的人。我在后排的座位坐下，周围安静得可以听到脚步的回声，旧木凳在我身下吱吱作响。

我深吸了一口气，闭上了眼睛。

还记得第一天上班，我跟在凯茜身后，她带我熟悉公司的各个部门。那时的我，眼睛清澈明亮。那张属于我的办公桌上，摆满了各种办公用品，还有一个闪闪发光的金色名牌，上面刻着我的名字——伊莎贝拉·瑞德，生活记者。

当参观进行到最后的时候，她故弄玄虚地打开了一扇办公室的门，然后说道："这是一位我们都需要感谢的人。"

我把头探进总编的办公室，正准备做自我介绍，眼前的一幕却让我的脸色瞬间变得煞白。

是他。

坐在我面前那张巨大的红木桌子后面的，是酒吧里的那个男人。

他在对着我笑，那种得意的表情，就像某个游戏节目最后的揭秘者。但我却不清楚自己究竟是输还是赢。

“欢迎你，伊莎贝拉。”

我能感觉到自己的脸颊滚烫，瞬间就变成了深红色，就像那天晚上我撞到他时那样。他的声音悦耳且熟悉，像醒过的红酒一样丝滑。我不知道该怎么开口，我的声音像一块被泡烂的面包一样，卡在喉咙深处的某个地方。

“嗨，非常感谢您给了我这个机会。”我终于开口跟他打了声招呼，一低头，就看见桌子上的金色名牌，那上面印着他的名字——本杰明·德雷克。我当然知道主编叫什么，每份杂志的刊头都印着他的名字。但那晚他介绍自己的时候说他叫本，一个再普通不过的名字。我以前从来没有见过主编的照片，当然我这种初级职位的面试也用不着总编出面，所以压根儿没听过他的声音。

“不用谢。”

我注意到他那双放在桌子上十指交叉的手，无名指上紧紧地箍着一枚金色的结婚戒指。那天他戴着手套，所以我没有看到他手上的戒指。

“凯茜，我想和伊莎贝拉单独说几句话。”

凯茜微笑着退了出去，从外面咔嗒一声关上了办公室的门。当房间里只剩下我们两个的时候，那天晚上发生的种种突然涌进了我的脑海：我们当时靠得那么近，畅所欲言地聊了几个小时。当我告诉他我是《毅力》的一名专栏作家时，他的脸色突然变了，我天真地以为他很欣赏我，可其实事实并非如此。我现在终于明白了，他当时那个表情应该是吃惊。当他意识到自己在周五的晚上，竟然花了那么长时间和一个新来的同事聊天，而且这个新同事还是他的员工，一个二十五岁的下属。

当然，还有那个吻，我靠近他主动送上的那个吻。去洗手间之前，我曾用手温柔地捧着他的脸，回来后却发现他已经走了。在独自回家的路上，我感到无比的尴尬和疑惑，脑子像爆炸了一样嗡嗡作响，脑海里一遍又一遍地回放着整个夜晚发生的事，试图找出遗漏的信号或忽略掉的细节。

“顺便告诉你，我很喜欢。”

我又一次语塞。他正看着我，跟我说话，但我满脑子都是那天晚上的那个吻。他说的肯定不是那个，应该……不是吧？

“你……你说什么？”

“你的文章。”他补充说，“你简历上附的那篇文章，我读了一遍。”

“哦。”我松了一口气，“对，我的文章，谢谢。”

申请《毅力》的职位需要提供几篇以前发表过的署名文章，附在简历上。但那时的我大学才毕业没几年，没发表过什么作品，所以，我附上了一篇自己写的故事。那个故事讲的是有人看到一只海豚在波弗特港徘徊的时间比以往更长，从它背鳍上的小咬痕能看出来是同一只海豚。我想知道它在那里做什么，为什么日复一日地围着码头游来游去，于是我采访了码头的工人。

“它在哀悼。”工人告诉我。

“哀悼什么？”

“它的孩子。”

手里拿着笔记本的我看上去一脸困惑，那位工人把一条油腻腻的毛巾披在肩膀上，继续跟我解释。

“海豚是一种很复杂的生物，亲爱的。它们是有感情的，和你我一样。几周前，那只海豚的宝宝死了，如果你走近一点，就能看到它一直推着它游来游去。”

“推着什么游来游去？”

“它的孩子。”他重复道，“它的宝宝。”

我透过刺眼的阳光费力地向码头看去。他说得没错，远处不止一只海豚，是两只。一只活着，另一只体形小得多的一动不动，像是死了。

“它这样会持续多久呢？”

那一刻，一种奇特的感觉涌上心头：有同情，也有对这只动物推着它死去的孩子尸体的厌恶感。那浮肿的尸体像个浮子一样忽上忽下，让人感到毛骨悚然。这让我想起了最近从新闻上看到的一个故事，一个母亲把她夭折的孩子存放在冰箱里，在一堆蔬菜的中间。

“要很久吧，直到它不再感到伤心难过。”他回答。

“这种悼念方式听起来很奇怪。”

“悲痛会让人失去理智。”他摇着头说，“每个人都一样。”

但我听说，海豚幼崽的死亡有时发生在分娩时，有时发生在分娩之后。雄性海豚偶尔也会出现“杀婴”的疯狂行为，它们会把幼崽溺死，以便雌海豚满足自己的性需求。我在文章中省略了这个细节，因为这不是我想讲的故事。

但是，这一切确实有种诡异的吸引力。看起来这么美丽宁静的生物，竟然有如此黑暗、暴力的一面。

“打扰一下。”

有人轻轻拍了下我的胳膊，把我吓了一跳。我左右张望了一下，发现一位老妇人正站在我的身后，她皱皱巴巴的手臂正在我肩膀上方晃动着。

“教堂五分钟后就要关门了。”

“哦。”我的心跳平缓下来，环顾四周，发现教堂里面已经空无一人。那些在教堂走廊游荡的人早就不见了踪影，只有我，独自一人坐在这里。“不好意思，现在几点了？我只是想找个地方坐着……”

“没关系。”说话时，老妇人的眼神看起来疲惫但亲切，她估计是看到了我脸上惊慌失措的表情，所以用手轻轻握住我的胳膊说，“星期一晚上有一个小组活动，如果你想参加的话。”

“小组？”

“悲伤辅导。”她说道，“你绕到后面的工作人员出入口，那里有一个指示牌。”

“不，不是的。”我拿起手提包准备走的时候，突然想起凯茜在夜色中看着我的眼睛温柔地低声说，“你其实不用独自承受这些，可以找我们帮你。”

“你再坐一会儿吧，什么都不用说。”那位老妇人眨了眨眼，似乎察觉到了我的犹豫。

我收拾好东西出来，呼吸着晚间清冷的空气，沿着教堂的一侧走着。广场上空荡荡的，只有未熄灭的蜡烛还闪着微弱的光。

当我走到教堂后面时，发现一扇开着的门，廉价的荧光灯亮着刺眼的光，从门缝里透出来，洒在了人行道上。

我把头探进去，一股咖啡的苦涩味扑面而来。

“请进。”

我转过身，打量着眼前的这个女人。她看起来很年轻，三十岁左右的样了，她的皮肤是橄榄色的，别在耳朵两边的棕色头发看起来很有光泽，她的眼睛很大，看起来甚至有些飞扬跋扈。她微笑的时候，脸颊上的酒窝深得像两道伤疤。

“我叫瓦莱丽。”她边说边伸出了手。但一秒钟后，她脸上的表情逐渐发生了变化，她的笑容消失了，酒窝也不见了。

她认出了我。她当然认识我。

“我是伊莎贝拉。”虽然看起来我应该不需要自我介绍了。

我扫视了整个房间，看到围成一圈的金属椅子，以及摆放在后面的折叠桌，桌上有瓶装的咖啡，还有一些小点心。你能想到的所有悲伤场景里需要的东西，这里都有。

“我看到那些蜡烛了，”她指了指门外，“布置得很温馨。”

“谢谢。”

“你是来参加我们今晚的活动吗？”

我犹豫了一下，回头看了看那圈椅子，想起了昨晚那些放在节目现场的座位，想起了那一束束凝视我、审视我的目光。

“不了。”我摇摇头说，“我就是有点好奇而已。”

瓦莱丽笑了，眼神里流露出心领神会的神情。她刚张开嘴，准备再说点什么，身后的一个声音打断了她。我转过身，目光落在一个上了年纪的男人身上。他刚从门外走进来，似乎对打扰到我们感到有些抱歉，他礼貌地看着我们，伸手向那圈椅子示意了一下，然后走过去坐下。他身上充斥着烟味，还混合着一股棕色酒（Brown Liguor）[1]那令人反胃的甜味。

“对不起。”不知道为什么，我突然觉得有些尴尬，也许我不该到这个令人触景生情的地方来，“我该走了。”

“随时欢迎你。我们每个星期一晚上八点都有活动。”

我微笑着点了点头，感激地挥了挥手，然后朝着我的车走去。我在手提包里翻来翻去地找车钥匙时，手指碰到了一个又薄又硬的东西，像是一张卡片。那是张名片。我把它拿了出来，指尖掠过压印在这张质地厚实的黑纸上的那个名字。

韦伦·斯宾塞。

突然，我想起了飞机上的那个男人，那是昨天发生的事情。我想起他看着我，说想要帮助我的样子。这件事刚好发生在节目结束之后，那些虚伪的善意，总是显得格外别有用心。但此时此刻，他的话在我的耳边不断回响，散发着诱人的吸引力。

“但是播客不一样，你不需要跟所有人讲，至少不用直接面对他们，你只需要跟我讲就行。”

我继续朝我的车走去，心里想着那些对我生活中的一举一动都了如指掌的人，比如本、多齐尔警探，还有那些来自观众席上的一双双审视

1　西洋烈酒根据酒体颜色主要分为 White Liguor（透明酒）和 Brown Liguor（棕色酒），前者主要指伏特加、朗姆酒等，后者则主要指威士忌和白兰地。

着我的眼睛。可其中一些人的名字却躺在我餐厅的桌子上，这又何尝不是一种讽刺。

那也挺好的。不用向所有人证明我的清白，展示我的痛苦。只需要跟他一个人说就行了。

我看着韦伦的名片，扫视着上面的信息。不再给自己犹豫的时间，我立刻掏出手机，打开邮箱，开始写新邮件。

第十二章

回 忆

今天的空气湿润又黏稠，懒洋洋地缓慢流淌着。让我想起从勺子上滴下来的浓稠肉汁。给食物浇上肉汁后，肉汁会钻进缝隙，所有食物都变得黏腻起来。玛格丽特和我待在屋子外面的水边，我们身上穿着的薄睡衣被汗水浸透了，贴在皮肤上。我们双腿交叉着坐在草地上，想要感受那偶尔从树林里吹出的微风。这里总是微风习习，可现在却静得让人难受，仿佛天上的云都屏住了呼吸。

“喝茶吗？”

我抬头看向妹妹，眼睛努力适应着头顶上突然放晴的天空。她把花园里的雕像排成了一个半圆形，每个雕像面前都放了一个塑料茶杯。我不得不说，这是个非同寻常的派对。我们的头发被潮湿的空气浸透了，卷发乱糟糟的，还穿着一模一样的白色睡衣。睡衣上的丝带和花边蹭得我们的脖子痒痒的。我跟玛格丽特相差两岁，可妈妈还是会给我们买同款衣服，包括睡衣，好像我们生下来就是一套产品——真人版俄罗斯套娃。

有时候，我想把玛格丽特包裹在自己的身体里，就好像她是我要保护的人。没有她，我是不完整的。

我扫了眼那些雕像：有一只弹尤克里里的青蛙，还有一个长着翅膀的婴儿。我正对面是个女人的雕塑，它比其他雕塑大一些，嘴巴张得大大的，眼睛直勾勾地看着我。我猜她以前应该是个喷泉里的雕塑，因为许久没有被用过，她的嘴巴里长出了一些黑色的藻类植物。那些黑乎乎的东西顺着她的下巴一直垂到脖子，看起来就像鬼附身一样。

“女士？”

我回头看了看玛格丽特。她手里拿着一个茶壶，眼睛在我和我面前的杯碟之间来回地瞅。

“请。”我用自己最标准的英国口音说道，然后举起杯子，故意把小拇指翘得高高的，逗她开心。玛格丽特咯咯地笑起来，用两只手端着茶壶，费力地往我的茶杯里倒水。我看得出来，茶壶对她来说太重了。茶壶里的冰块和液体一下子倒了出来，溢满了我的杯子，然后洒在草地上。

“很抱歉。”说完，她舔了舔茶壶的侧面，又把它放回原位。不知道为什么，我突然很想笑，因为玛格丽特说话的样子，像个小大人儿。我想她一定是在什么地方听到过，也许是在妈妈打电话的时候，或者是看电视节目的时候，然后她在自己的小脑袋瓜里反复模拟练习，像鹦鹉学舌一样突然冒一句出来。

她总是认真地看，仔细地听，像海绵一样静静地张开每一个孔，不停地吸收新知识，被我们影响着。

“我看到那些脚印了。”

我扭过头去看玛格丽特，她依然站在我面前，头歪向一边，像只好奇的小鸟。原本我希望她没有注意到那些从走廊一直延伸到我床边的、沾满泥巴的模糊脚印，可我应该猜到的，什么都逃不过玛格丽特的眼睛。

“你出去了吗，昨天晚上？”她问我。

我不知道该怎么回答，于是把视线转移到那片沼泽上。看着不停拍打着码头的水面，我试图努力唤醒自己失去意识时，在某个遥远的地方跳舞的记忆。

“可能吧。”我想了想，还是回答了她的问题。

“那你干什么了？”

“我不知道。”

“你去游泳了吗？”

“我不知道。”我又重复了一遍刚才的话，无奈地闭上了眼睛。

“你为什么不能正常地好好睡觉呢？”

“我不知道，玛格丽特。”

她扑通一下坐在我旁边，古铜色的腿光溜溜的。她把几缕湿漉漉的头发别在耳朵后面，然后再次转向我，眼睛里充满了疑惑。

“是因为之前发生的那件事吗？”

死去的回忆突然闪现在我脑海中，像噩梦里的怪物突然复活，我蹑手蹑脚地穿过走廊，小心翼翼地，生怕被发现。爸爸手中紧紧握着一瓶棕色酒，在大厅里来回踱步。我的妈妈，四肢摊开平躺在床垫上，白色的床单上一片鲜红。

“我们不该谈论这件事的。”我说。

“这栋房子有时候阴森森的。”

我回头望了望矗立在山顶上的那栋房子，那个我从小生活的地方。从刚出生时牙牙学语的婴儿，到现在坚强独立的八岁女孩。随着我一天天地长大，有些东西也悄悄发生了变化。包括我自己在内，我们都在变，都不再是原来的自己，都变得越来越陌生。就像岁月在木头上刻下一道道痕迹，改变了它的模样。

“是的。”我觉得玛格丽特说得对，“因为它太大了，也太老了，而且总是会出现奇怪的声响。”

“你觉不觉得这个屋子里除了我们还有其他人？”

我想起了家门前的铜牌，还有所有把这里称为家的人。那些似乎活着的雕像，还有死了的士兵。士兵们的尸体也许就散落在院子的各个角落，成堆的森森白骨，就那样安静地躺在我们的脚下。

“肯定是我走来走去的声音。”我不能跟她说我也有这样的感觉，某种来自另一个世界的、难以名状的存在。某种永远存在的东西或人，散发着强大的气场，似乎在警告我们、恐吓我们。所以每当看到爸爸用卷起的报纸拍打甲虫，或捏死一只蜱虫时，我都会本能地回避，并默默地祈祷。因为我知道，每多一具尸体，就会增加一笔孽债，这栋房子的阴气也就更重。

我回过头去看玛格丽特，但她已经不再看着我，而是望着面前的海水。她脖子后面的脊柱凸起来，像条瘦小的蜈蚣在皮肤下面来回蠕动。

“别胡思乱想了。”我最后说。

玛格丽特点了点头，她的眼睛仍然盯着远处的什么东西，我顺着她的目光，看到我们家边上那棵巨大的橡树。它残破的枝干倒垂在水面上，西班牙苔藓像打了结的头发一样，缠绕在枯老的树皮上。现在退潮了，海水在慢慢退去，我听到小招潮蟹爬过同伴的咔嗒声。这让我有种错觉，仿佛大地是有生命的，和我们一样，一呼一吸。

第十三章

现　在

昨天，我试着休息了一会儿，为今天要做的事情做准备。

中午的时候，我吃了几片安眠药，然后窝在沙发上，闭上了眼睛。我能感觉到眼珠在向后滚动，凝视着眼皮内侧的皮肤和血管，温热的红色模糊了我的视线。

我的意识正肆意游走着，游走在一个疯狂的梦境里，一扇开着的窗，以及散发着远古恶臭的沼泽。

这种一半地狱一半人间的感觉，就像炼狱。

我瞥了一眼时间，随即打开笔记本电脑，浏览了几封邮件——一些来自想方设法找到我邮箱的《真实罪案》的粉丝，还有几个采访邀约，其他大部分都是垃圾邮件——然后我又点开星期一看到的那篇关于《真实罪案》的文章，想看看有没有新的有价值的留言。

所以大家丝毫不关心这个女人的背景吗？还有她的过去？

放过她吧！她只是个悲伤的母亲。

可怜的孩子。别忘记他才是真正的受害者。

他去了更好的地方。

我的鼠标停在最后一条留言那里，喉咙哽住了。他去了更好的地方。留言的时间是昨天，梅森失踪整整一年的日子。我扫了眼用户名，很普通，是一堆随机组合的数字和字母，头像是默认的那种灰色轮廓。我试着点进头像看看，但没有找到任何信息。

他去了更好的地方。这句话到底是什么意思？我目不转睛地盯着屏幕上的这句话，直到这些字变得模糊不清。我盯着这些字愣了一会儿神，又摇摇头努力让自己清醒一些。我给多齐尔警探写了一封新邮件，并把网址粘贴在邮件里。

“读最后一条留言。可以查到这个人的 IP 地址吗？”

点击发送。我再次闭上眼睛，慢慢调整着呼吸。然后我拿着手提包站了起来，强迫自己出去走走。

我走进街角一家叫覆盆子的小餐馆，这里离我以前的办公室很近。我那时经常来这里吃午饭。我故意来得早一些，在吧台选了个位置坐下，点了一杯白葡萄酒和一份法国洋葱汤。食物端上来的时候，我没有一点食欲。但我仍然拿起勺子往下压融化的奶酪，看着那些棕色的液体一涌而上，汇聚在一起。

这让我想起了沼泽地上的脚印，里面溢满了沼泽水。

我盯着面前的汤，发了一会儿呆。外面的街道变得热闹起来，放学的艺校生和提前开溜奔向快乐的上班族，让这条街恢复了生机。我隐约看到远处有几盏灯在闪烁。那些拉着游客去享用晚餐的马车，正嗒嗒地穿过鹅卵石铺成的小路。那是一种平静的节奏感，就像节拍器的咔嗒声，或指甲敲击玻璃的声音。

我的脑袋开始不由自主地晃动起来，就像逐渐被沙子填满，脑袋变得越来越重，重到脖子就要因为负荷不了而折断一样。

咔嗒，咔嗒，咔嗒，咔嗒。

“德雷克太太？”

一个声音突然靠近，吓了我一跳，我的头猛地抬起来，就像有人拽着我的头发把我提了起来。我环顾左右，想看一眼时间，想知道我那样一脸迷茫地盯了吧台多久。

五秒钟？五分钟？我的身体还在这里，但意识已经出走，去了一个很远的地方。

“不好意思。”我一边抬起头，一边使劲眨了眨眼睛，收回自己的视线，“我刚刚在想事情……”

我不得不眯起眼睛，在昏暗的餐厅灯光下辨认他的脸。我的眼睛还是有点看不清楚，过了一会儿才认出他。韦伦，没错，是他。我旁边空着的椅子上方，传来了他深沉而轻柔的声音。我揉了揉眼睛，试着让自己振作起来。这会儿的餐厅比我刚坐下时更热闹了，我的汤一口没喝，已经有些凝固了。

“介不介意我坐下？”他问我。我察觉到他有些局促不安，就像他的不请自来打扰了我的晚餐。但实际上，我们约好了在这里见面。

“当然不介意。”我做了个手势，示意他坐在我旁边。我注意到他环视了一下餐厅，坐下时还下意识地低着头，好像是想让自己看起来更不起眼一些。“谢谢你能来。”

“我当然会来。”他叫来酒保，点了一杯加冰的威士忌，“收到你的邮件以后，我放下了手头所有的事情。”

我喝了一小口白葡萄酒。星期一晚上给他发邮件的时候，我也不知道自己打算做什么，只是说愿意尝试一些新的、不一样的方式，一些可能有帮助的东西。韦伦立刻回复了我的邮件，就好像他一直都坐在电脑前等着，等着我摁下发送键。

“萨凡纳是个不错的小镇。”说话时，他用胳膊浅浅地比画了两下。我知道，这只是深入讨论我们见面的真正原因之前的客套话而已。

“确实不错。”

“你一直住在这里吗？”

“不是。”我犹豫了一下，不是很想继续这个话题。但是韦伦依旧沉默地看着我，我必须找个话题来避免尴尬，“不是的，我家在南卡罗来纳州的波弗特。那里也是一个沿海城市，比萨凡纳小。我住在波弗特的罗亚尔港。”

“在那边长大是什么感觉呢？”

我突然顿住，盯着韦伦，猜疑瞬间占据了我。

“我不是很想聊这些。”

韦伦吃惊地扬起眉毛，我感觉到自己的心跳在不断加速，怦怦怦，仿佛快要从嗓子眼里蹦出来。我突然意识到，不论以前参加过多少次节目，讲过多少次我的故事，都跟这次不一样。这次我不用站在舞台上，不带丝毫感情地背诵自己早就滚瓜烂熟的故事，说给一群陌生人听。

这是一次私密的采访。我无法预判他会问我什么问题，也无法回避。

“好的，”他抿了一口威士忌，“那我们就直接开始吧。跟我说说那天晚上吧，事情是怎么发生的？”

他知道发生了什么，我敢肯定。他看过我的演讲。而且，这些消息动动手指就能在网上搜到，在那些录播的新闻里，在数百篇关于那个可怕夜晚的文章中，他能找到他想了解的一切。我猜他只是想听我亲口说一遍，不背稿子的那种。所以我又跟他描述了一遍，那天晚上我是怎么像往常一样，七点左右开始哄梅森睡觉。我还给他读了一个睡前故事，虽然我不记得自己读的到底是哪个故事。最后，我打开了小夜灯，在走廊上给了他一个飞吻，转身关上了房门。

“我丈夫和我几个小时以后才睡的觉，我们看了会儿电视，喝了一点酒。十一点的时候我在他卧室门口悄悄地看了一眼，他睡得很香，之后我就去睡了。”

“晚上你有没有听到什么奇怪的声音，或者响声之类的？”

“没有，我原来睡觉都睡得很沉。”

“原来？”

“现在我的睡眠质量不如以前了。”关于这个话题，我不想多说。

“所以如果你丈夫半夜起来了，你也不会知道，对吗？”

我看着他，翘起了眉毛：“我知道他也受到了很多的质疑，他是有可能半夜起来，但是他不会伤害我们的儿子。他没理由那么做，我们以前挺幸福的。”

“那周围的邻居呢，他们有没有看到什么？”韦伦接着问。

我摇摇头，默默地抿了几口酒。

“你几点发现他失踪了？”

我安静地回忆着那个早晨。我像往常一样在早上六点多醒来，给自己煮了一杯咖啡，然后在厨房里悠闲地待了一会儿。浪费了宝贵的两个小时在刷手机、看报纸和煎鸡蛋上。在这两个小时的时间里，我都没有想过去看一看他。早上的时间总是给人一种错觉，让你觉得它无比充裕，就好像这一天在你面前伸了个懒腰，刚要缓缓展开一样。我记得，他的卧室里一直没有发出任何声音，这种缓慢而平静的感觉让我如释重负。没有尖叫声、哼哼唧唧的声音或是哭声。我很感激他睡了个懒觉，让我比平时多了一些宁静的时光，只属于自己的宝贵时光。

当我把头探进他卧室的那一秒，我并没有意识到，自己很快就要和时间赛跑，求它停下来。

“八点多一点。”

“房间里有什么线索吗？比如指纹？DNA？”他问道，眼神里闪着急迫的光。我低头看着他的酒杯，发现他正有节奏地转着杯子。

“窗户是开着的。但我几乎可以确定，前一天晚上我把窗户关上了。有时候我们会打开窗户通通风，但我绝对不会……”

我顿住，深吸一口气，又喝了一口酒。

警察没有在窗台上找到其他人的指纹，只有我和本的。窗户外的泥路上有个不太完整的脚印，可那天早上下过雨，所以这也不算什么有价值的线索。

“大概是多大尺码的脚印呢？”

“警方说应该是九码到十一码之间。但我们家会有进进出出的工人，也有可能是他们留下的脚印。灭虫的人前一天也来过，就在那个地方喷了药，所以我们也不确定是不是他……”

“你一直说‘他’，”韦伦打断我，“你确定带走梅森的是个男人吗？”

“其实，我不确定。”我承认，“但在绝大多数被陌生人绑架的儿童绑架案中，犯罪嫌疑人都是男性。”

“可除了陌生人，还有可能是亲属，”他说，“身边的、亲近的人。”

“对，”我强忍着内心的怒火，“在绝大多数被父母绑架的儿童绑架案中，犯罪嫌疑人都是女性，也就是孩子的母亲。如果这就是你得出的结论，那我们还有什么说下去的必要呢？”

我盯着韦伦，眼神凌厉。

“我没有伤害我的儿子，我没有做任何伤害他的事情。我只是想找到那个绑架他的人！”

“我没有……那个意思。”韦伦举起双手，做出投降的姿势。他看起来有些惶恐，又一次被我突然爆发的情绪吓得手足无措，就像上次在飞机上那样。我点了下头，快速把目光转移回吧台。我慌乱地扫视着昏暗灯光下那些闪着微光的各种琥珀色液体，脸颊热得发烫。

“还有没有什么你觉得比较重要的事情？”他问道，试图再次和缓地继续之前的话题，“我指线索。”

“有，”我的胸口一阵痉挛，“他们在附近找到了他睡觉时喜欢搂着的毛绒玩具，一只小恐龙。”

“附近的什么地方？”

我沉默了，把手指伸进杯子，扫了一下粘在杯口的沉淀物。

“沼泽边，泥地里。”

“我猜他们应该搜查了沼泽周围，对吗？有没有其他发现？比如……”

“直升机、潜水员都出动了，但是他们没有其他的发现。不过，因为退潮，就算还有其他和他有关的东西也都被卷到大海里去了，也就发现不了了。”我抢在他说完之前回答了他的问题，这样就不用从他嘴里听到那个词——尸体。

“你自己有没有什么猜想？你认为发生了什么？”

我叹了口气，脑海里浮现出餐厅墙上的那些东西，还有那些被我彻夜查找搜索的名单。我总是抱着一丝希望，希望某些重要的线索最终会拨云见日般地浮出水面。

“我不知道。”这就是我的回答，也是令人崩溃的真相。无论我用多少个不眠之夜仔细研究他的案件卷宗，四处走访，或是在网络上寻找任何和这件事有关的蛛丝马迹，我仍然不知道到底发生了什么。

我不知道他在哪里。

“我真的想不通。我一直反复回忆那天晚上我做过的一切，试着回想一些也许十分重要的细节，一些没注意到的小细节……”

“或许你不应该一直纠结自己做过什么。”他突然打断了我，看着我说，“也许你应该换个思路。”

我转过身，看着他在昏暗灯光下的侧影。

“或许吧。”我耸了耸肩，转向吧台，“这就是我给你发邮件的原因。”

我们坐在这里时，一个酒保走了过来，在离我们很近的地方擦了很久的高脚酒杯。我注意到他的眼睛瞥了我们好几次，不知道他是不是认出我了。我想知道他到底听到了多少我们的对话。直到另一位客人招手示意，他才不得不离开。

“你没有婴儿监护器吗？”韦伦问我，好像他刚刚才突然意识到，整个过程有可能被摄像机拍下来。他说话的方式让我感觉他在指责我，但这只是我的推测。

我闭上眼睛，垂下了脑袋。我需要一些时间才能鼓足勇气回答这个问题。再开口时，我听到了自己支离破碎的声音。

“我们有婴儿监护器，是无线的，但是没有电了，所以什么都没有拍到。”

韦伦没有说话，他在思考。他肯定在想，这件事本来可以不这么复杂的。也许他在想，那天晚上我应该仔细检查一下窗户有没有关好，或者应该锁好窗户。也许他又在想，我应该睡得轻一些，这样只要梅森发出任何声音我都能立刻冲到他的房间。以及我应该在睡醒后第一时间去房间看看他，这样早上六点钟我就会报警，而不是等到八点。还有，当发现婴儿监护器的电池没电了，我应该第一时间换上新电池，而不是等到有时间去商店的时候才去买新电池。

“这不是你的错。”他说着，把杯子里剩下的酒一饮而尽，“你知道的，对吧？”

一涌而上的泪水刺痛了我，我闭上眼睛，压抑着内心涌动的情绪。我很少听到别人跟我说这样的话。用手背擦掉脸颊上的泪水后，我冲他点了下头，微笑着对他的安慰表示感谢。我不想让他知道，其实我内心深处并不觉得自己无辜。我指的不仅仅是作为母亲的负罪感，这个不知是谁强加在母亲这个角色上的枷锁。它一遍又一遍地提醒着我们，无论我们做什么，无论我们多努力，结果都是错的。每一个细节都是错的，我们不够称职，也不配当一个母亲。那些尖叫、泪水和委屈颤抖的嘴唇，都是我们的缺点和失误造成的。

我的愧疚远远超过这些。

那种感觉再次袭击了我，是妈妈曾经跟我讲过的，难以解释的奇怪感觉。似乎是某个地方的某个人，想要告诉我一些事情，那些被我忽略掉的、非常重要的事情。

同时，那个感觉还在暗示我，我应该知道些什么。但我怎么也想不起来那到底是什么。

第十四章

我到家的时候已经是凌晨了。也许该怪那杯葡萄酒，也许是昏暗的灯光让我忘记了时间，或者是因为我知道回家后除了空荡荡的房子和漫长的寂静之外，没有人在等我。左右不过是另一个无尽的等待，等待那些伴着太阳升起的人间烟火，点亮清晨的第一缕微光。

但无论因为什么，韦伦和我昨晚确实在吧台坐了很久。

进屋后，罗斯克在门口等着我，我挠了挠它的耳朵，然后脱下大衣走进厨房。我给自己倒了一杯水，打开了电脑。

“等我一分钟。”我一边对罗斯克说，一边敲着键盘，屏幕的光照亮了我在黑暗中的脸。我刷新浏览器，查了一下邮箱，多齐尔警探还没有回复我。然后我喝了一大口水，点回到那篇文章的界面，再次下翻到评论区。这时我突然被水呛到了，有种窒息的感觉。我呛了几声之后，感觉喉咙里的液体在撕扯着我，我一把将杯子扔到桌上。

我咳嗽了几下，又眨了眨眼睛，把呛出来的眼泪擦干后，重新看了一遍评论区，什么都没发现。结果还是一样。

那条留言消失了。

“该死。”我靠在椅子上小声嘀咕。我真应该截屏留证。为了再次确认，我又刷新了一下，几小时前还在的那条留言，确实不见了。

他去了更好的地方。

我换了双运动鞋，然后给罗斯克拴上了牵引绳。虽然刚刚进门，但我不想在这个屋子里多待一秒。仿佛有什么沉重的东西笼罩在这栋房子上，就像在寂静中快速移动的暴风雨，有种不祥之兆。

出门后，我长长地吸了口气，夜晚凉爽的空气瞬间涌入肺部，那冰冷的感觉带着轻微的刺痛。走下台阶，罗斯克像往常一样朝右边走去。这时，韦伦的声音像一层迷雾一样浮现在我脑海里：

“或许你不应该一直纠结自己做过什么。也许你应该换个思路。”

我拽了一下罗斯克，让它停下来。

“走这边，”说着，我便朝左边走去，罗斯克只好跟上我，“今天晚上，我们来尝试点不一样的东西。”

我们默默地走着，走向夜色深处，脚下的路像墨水一样流淌向远方。和往常一样，我们路过的房子一片死寂，所有的灯都熄灭了。周围的街道如死亡般寂静，比以往任何时候都更加安静。这让我的思绪愈发震耳欲聋，像罐子里的零钱，在我的脑海里噼啪作响。

以前我总是会想起梅森，当然了，还总谈论起他。但最近，我还会想起一些别的事情，比如我和本的故事、玛格丽特和我的父母，以及我的过去和我充满疑问的人生。一连串的省略号，还有那些悬而未决的问题，答案匿于黑暗处，模糊不清。就像坐在码头上，把脚浸入水中，在一片淤泥中找寻自己的脚趾。

还有那个熟悉的感觉。感觉自己已经无比接近真相，答案似乎触手可及。某个地方的某个人正急切地想要告诉我一些事情，又或者我其实早就知道答案，但我的大脑没能将那段记忆保存下来。就像早上迷迷糊糊地醒来，想要记起昨夜的梦，可那梦却逐渐模糊了颜色。我绞尽脑汁，试着回忆起那些语言、形状、声音或气味，任何能让我更接近真相的东西。

但时间一久，这些画面就会枯萎，从记忆中抹去。如同烧毁的楼宇，一阵微风便能带走最后一抹灰烬。

我和罗斯克已经沿着这条路走了二十多分钟，虽然我对这一带不是特别熟悉，但也意识到我们正朝着回家的方向走。快到沼泽的时候，我不需要再眯着眼睛辨认眼前的路，我的眼睛已经完全适应了黑夜。我能清楚地看到扔在前院的玩具轮廓、车道上湿透的报纸，还有因为主人偷懒没有盖盖子而被动物翻倒的垃圾桶。人行道上随处可见的垃圾，都是浣熊的杰作。

没人会停下来思考昨天晚上，当全世界都睡着以后，究竟发生了什么。那些躲在暗处的陌生人，可能正蹲在一扇窗户的下面，准备悄悄拧开一扇忘记上锁的门。还有那些猎食的动物，饱餐一顿后，温热的鲜血从它们的牙齿上缓缓滴落。我们以为自己闭上眼睛，世界就停止了转动，不受任何干扰和影响地保持着原状。然后第二天一睁眼，一切又像上了发条一样重新开始。仿佛所有的生命都因为我们的沉睡而陷入静止。

这当然不是真的。梅森失踪前我就知道，我总能敏锐地感知那些掩盖在黑夜下，伪装好的邪恶，以及我们睡觉时，笼罩着世界的恐怖。

我和罗斯克走在与我家平行的那条街上，准备拐弯时，一阵低沉的咆哮打破了夜的寂静。

“嘿，”我猛地拽了拽它的牵引绳，“别叫了。”

罗斯克一直在狂吠，而且叫声越来越大，越来越愤怒。它的爪子牢牢地扒着水泥路面，尾巴警惕地向后竖起。它在盯着街对面的什么东西，好像是一幢房子。我顺着它的目光往路灯下面看去，吓得自己一下子捂住了胸口，发出了一声尖叫。

“很抱歉，”我呼了一口气，心脏在胸口剧烈地跳动着，“我没看见您。”

几英尺远的地方，一个男人坐在他家门廊处的摇椅上。他看起来年纪很大，八十多岁的样子；他穿着一件厚实的棕色睡袍，睡袍的腰带紧紧系在腰间；他的头发花白而蓬乱，目光茫然又呆滞。他静静地坐在摇椅上，穿着拖鞋的脚蹬着地，前后摇晃着。摇椅发出轻微的嘎吱声，消散在寂静的夜晚里。

“晚上好。”我微笑着打了声招呼，试图缓解尴尬，“我们好像没有见过，我是您的邻居，伊莎贝拉。我住在……”

我指了指我家的方向，但那个男人没有回应我。相反的，他转过头，死死地盯着我看，那眼神好像要穿透我一样。我想他也许是个聋哑人或者盲人，所以他听不到或者看不到我。我的身体在他看来，就像一团影子一样模糊不清；我的声音，也寂寂如风般无声。

我想知道，为什么凌晨一点他独自坐在门廊上？因为这个时间还待在外面着实有些奇怪。不过，我猜他也是这样想我的。

“好吧。晚安了，先生。”

我牵着罗斯克，强迫它往回走，同时感觉那个男人的眼睛一直盯着我的后背。我们前脚刚踏进门，我就比平时更加慌忙地给门上了锁，我也说不清为什么。但应该不是因为那个男人看起来很危险，或是会跟踪我。

后来，凌晨三点左右，当我蜷缩在沙发上漫无目的地调换着电视频道时，我才意识到自己慌张的原因。

这么长时间以来，夜晚对我来说一直有种专属的奇异感——除了自己，全世界都睡着了。虽然生活在一个热闹的社区里，但我是孤独的。这让我觉得自己是那么格格不入，就像无尽大海中唯一的一条鱼，不论发生什么，都没有人会注意到我。但是今晚，我遇到的那个男人，他凝视夜晚时透亮的眼神，他的摇椅因前后摇动而嘎吱作响的样子，以及那有条不紊的节奏，就像有人转动了他背后的发条。我突然意识到，黑暗中独醒并不是最可怕的。

可怕的是，你不知道还有人和你一样醒着。

第十五章

回　忆

我光着脚、踮着脚尖，蹑手蹑脚地走在走廊上，尽量避开那些容易咯吱作响的木板。我熟悉这屋子里的每一个角落：会在我脚跟落下处发出声响的木板，还有半夜发出窸窸窣窣声的生锈门链。玛格丽特和我把这栋房子想象成了一个魔法迷宫，在走廊溜达时，我们会打开一扇又一扇的门，然后把头探进那些空置的房间，屏住呼吸，用手在落满灰尘的家具上来回摸索，留下一道道指痕。走廊在我面前隐隐铺开，就像一条从幽暗的喉咙里伸出的舌头，但我仍硬着头皮向前走，走向屋子的深处。

那里一片寂静，但我的父母还没睡。我听到他们在爸爸的办公室里小声说着什么。

“你根本不知道那是什么感觉。”妈妈的声音像是被撕碎的绸缎，“亨利，你不会明白的。”

我感到喉咙里像卡了一块石头，我咽了下口水，试图把它咽下去。爸爸在华盛顿工作——瑞德一家从我祖父的祖父开始就在国会工作——但他每个周末都会回来，然后星期一早上再离开。他回来的时候经常会给我和玛格丽特带一些小礼物，比如蜜饯果仁糖、煮熟的花生，或者是从机场回来的路上，在路边小贩那里买的酸甜可口的葡萄。这些本应象征着爱的小礼物，慢慢地开始让人觉得是一种道歉，一种贿赂。

“我想让你回来，和我待在一起，”妈妈接着说，“求求你了。”

“你知道我不能，”爸爸说，他的声音低沉而严肃，“伊丽莎白，你知道的。你一直都知道。”

“我不知道我还能坚持多久。我开始感觉……我也不知道。姑娘们，有时候，我看着她们，我……”

“你可以的。”爸爸说，“你能做到，姑娘们都没事。”

今晚吃饭的时候，玛格丽特又提起了那件事：那些像我的记忆和意识一样模糊了的、地毯上的泥脚印。我听到妈妈的叉子掉在地上的当啷声，爸爸则直直地盯着我们，也许在脑补我半夜在沼泽游荡的情形。那身白色睡裙贴在脚踝、小腿，还有大腿上，水越漫越深，直到把我整个人淹没了。

“也许我们应该寻求一些帮助，”母亲的声音开始变得激动起来，“如果有人能帮帮我的话……”

“不需要。”

房间里瞬间安静下来。这安静是如此沉重，像悬挂在他们头上的一架钢琴，随时可能轰然坠落，将他们埋入废墟。就在这时，我听到妈妈叹了口气，声音中透着一种无力感。她知道不管自己说什么，不管自己怎么苦苦哀求，星期一的早上，爸爸还是会离开，留下她一个人。

“伊丽莎白，我们之前说好了的，”爸爸说，“我的工作在华盛顿，而你的工作在这里。我以为这就是你想要的。”

“曾经是，”她喃喃道，“是的。”

“你可以待在家里，继续画你的画，我们可以继续经营我们的家庭。”爸爸接着说。

又是一片寂静。但这次略有不同，安静的房间里流动着亲密而脆弱的空气。我仿佛听到了椅子的咯吱声、衣服的摩擦声，甚至还听到了嘴唇一张一合时产生的微弱声响。我向后退了一步，准备转身回到楼上。但就在这时，我脚下的地板发出了沉闷的声音。与此同时，房间里所有的声音都戛然而止。我能感觉到门的另一边，他们的目光瞬间穿透了眼前的这扇门，落在惊慌失措的我的身上。此刻的我就像一头闯到汽车前侧的小鹿，在车灯的强烈照射下，慌不择路。

我屏住呼吸，一动不动地站在原地，直到听见椅子被推开的声音，爸爸沉重的脚步声越来越近。

门被打开的瞬间，我猛地一惊。

“伊莎贝拉。”

我抬头望向高大的爸爸，在他面前我是如此渺小。他安静地看了我一会儿，才把门敞开。办公室里，妈妈正坐在爸爸办公椅的扶手上，睡衣挂在一侧的肩膀上，露出了她的锁骨。她透过敞开的门望向我，双眼通红。我敢肯定她哭过了，这让我感到十分内疚，是我让她难过了。

我想起了她对爸爸的喃喃低语，那近乎绝望的恳求。

“你根本不知道那是什么感觉。你不会明白的。”

“我睡不着。”我着急地解释，怕他们以为我又开始梦游了，以为是睡梦中的我游荡在房子的走廊上，然后毫无意识地睁着眼站在这里。

妈妈站了起来，穿过房间和爸爸一起站在门口。她一直盯着我，上下打量着我。那个眼神我很熟悉，有时我从黑暗中突然醒来，就发现她那么看着我，而我则站在浴室里拿着打开的水龙头，或是站在厨房里拿着一把黄油抹刀。妈妈会歪着头，仔仔细细地研究着我，像是在确认眼前的我是不是真的。

像是，她在害怕我。

第十六章

现　在

昨晚碰到的那个在门廊上坐摇椅的男人，像一根刺一样让我如坐针毡、如鲠在喉。

我走进餐厅，手里端着一杯热咖啡，橘黄色的灯光照亮了整个房子。我盯着墙上那面挂满了照片、地图和文章剪报的巨大画布，还有那些没什么意义的深夜随笔便笺。我一点也不觉得他眼熟，甚至根本不认识他，这点让我很震惊。

我应该见过他的。我没有理由不认识他。

社区里的每个人我都认识，他们都在这里，都在我面前的这块画布上。我曾挨家挨户地敲过门，调查过他们，也听过他们的不在场证明和礼貌的安慰，然后强迫自己微笑、点头，感谢他们。我调查了附近所有的人，但我没有见过那个男人，从来没有。按理说他住在这里——而且离我家这么近，他的房子和我家几乎是平行的——我应该知道他是谁，我应该了解他的一切。

但我竟然不认识他。

车道上响起了车轮的吱吱声，我转过身，看到罗斯克从角落里站了起来。

车门砰的一声关上，它开始发出低沉的咆哮。“乖一点。”我警告道。

脚步声越来越近，一阵敲门声随即响起，罗斯克狂吠起来。我三步并作两步走了过去，打开门，发现韦伦站在门口，一只手提着公文包，另一只手拎着一只设备箱。

“早上好。”我微笑着请他进来。昨晚见面时，我同意了今天的采访，这次是录音。他回了我一个微笑，在进门之前他犹豫了一下。我明显感觉到他今天有些紧张，这让我觉得有些奇怪，因为昨晚分别前他看起来是那么放松。不过我想，在我家见面肯定和在其他地方是不一样的。

但我很快意识到，可能是因为狗。

“别害怕，它很友好的，”说着，我把罗斯克赶到了一边，“只是有点怕生。”

“没关系的。”韦伦一边说，一边蹲下来让罗斯克闻了闻他的手指，然后站起来，走进屋内，四下环顾起来。

“家里收拾得很漂亮。”

“谢谢。”

“你一直住在这里吗？”

我知道他在问什么，可这话不过是一种礼貌的掩饰。他想知道的是，这里是不是案发地点，也就是梅森失踪的地方。

“我们在这里住了七年了。”

他再次回到客厅，借着喝水的空当，眼睛不停地搜索着其他人存在的痕迹。比如门垫上扔着的男士鞋、餐厅岛台上的棒球帽，或一张恩爱夫妻搂着梅森的全家福照片。

可他什么都没找到。

“我先生搬出去了。”我紧握着拳头说。这次我没有戴戒指。飞机上第一次遇到他的时候，我还戴着戒指，但今天没有，毕竟只是录音而已。“对夫妻关系来说，这件事的打击太大了。”

“很抱歉。”韦伦苦笑了一下，像在表达着自己感同身受。

“你想喝点咖啡吗？”

我起身去了厨房，因为我不知道要干什么。没有餐厅里昏暗的灯光做掩饰，也没有三杯酒麻痹我的神经，我突然有些手足无措，即使是在自己的家里。仿佛韦伦看着我的时候，能透过我的外在，看到盘踞在我内心深处的黑暗与危险。

“不用了。”他的声音从客厅那边传来。我给自己倒了一杯咖啡，拿着杯子的手在不停地颤抖。“我今天喝了好几杯咖啡了，再喝晚上就要睡不着了。”

我忍住了想笑的欲望。要是他知道就好了。

“你可以把东西放在那边。”我指了指餐厅，我已经清理了那边桌子上的杂物，“如果你需要充电，这里有一个插座。”

“你介意我先四处转转吗？”他问道，“对于播客来说，描述很重要，因为听众实际上什么也看不到。”

我盯着他，双手紧紧地握着杯子。他是想看梅森的房间，他想进到房间里面。

“或者我们直接开始也可以，”感觉到我的犹豫后，他补了一句，“我们直接开始吧。”

我微笑着点了一下头，然后走向餐厅的桌子旁。韦伦跟在我的后面，走到餐厅的转弯处，我几乎可以听到他在拐角处停下来时倒吸了一口气，沉默地和那一堵墙对峙着。

“哇！”站在那面墙前，他忍不住发出了一声感叹。我注意到他的眼睛瞪得圆圆的，像是在欣赏一个艺术作品。“这都是你自己弄的？”

“我有的是时间。”我不由自主地笑了。

他点了点头，又盯着看了几秒钟，然后拿出箱子，打开保险栓。取设备的时候，他的眼睛还会时不时地瞅一眼墙上贴得乱七八糟的文章和照片。他取出两支专业麦克风，两副耳机，一个微型立体声音箱和电池套组，忙着解开各种线圈和电缆线，并把它们插入不同颜色的插孔。几分钟的时间，我的餐厅里就架好了一个录音棚。

“我知道这看起来有点吓人，但我保证，不是你想的那样。”韦伦安慰着我，然后递给我一副耳机。接过来时，我被耳机的重量给惊到了。“这是为了收音效果，它能够去除一些背景杂音，比如空调声、汽车喇叭声或者狗叫声。”

他朝我笑了笑，眨了下眼。我回了他一个微笑，感觉自己稍微放松了一点，然后戴上耳机，松软的皮圈紧贴着我的耳朵。韦伦也戴上了耳机，然后俯身，靠近麦克风。

“喂，喂。”

他的声音非常清晰，就像在隧道里和我说话一样。我吃惊于这些设备可以让人的声音听起来这么洪亮和悦耳。

“听起来确实很不一样。”我对着自己的麦克风说。

“当然。”他拨动音响的开关，我注意到有一个绿灯在闪烁，“伊莎贝拉·德雷克，谢谢你今天邀请我到你家做客。”

“不客气。”我这才意识到，我们的谈话已经正式开始了。不管我刚才说了什么，只要这个灯没有闪，就没有录音。

“我相信大家都很熟悉伊莎贝拉的故事，”他靠近麦克风时，熟悉的声音带着一些正式的腔调，“下面我给那些少数还不太了解她的人简单介绍一下，伊莎贝拉的儿子梅森，于一年前的半夜被人从家里带走，这个案件至今未被侦破。”

“是的。”我自觉地搭了一句。

“警方没有发现嫌疑人，也没有线索，几乎没有任何头绪。目前为止，他们甚至无法将那晚发生的事情完整地还原出来。”

韦伦停顿了一下，给看不到的观众一些思考的时间。然后，他抬起头看着我，嘴角挂着一丝得意的微笑。

“不过，听众朋友们，这正是接下来我们要做的事。”

第十七章

开始的几个小时，我们一直在重复昨晚聊过的事情，就像第一次说到一样，很自然地展开话题。只不过这一次，绿色的录音灯一直在闪烁。

“那天晚上你有没有听到什么奇怪的声音，或者响声之类的？”

“你是几点发现他失踪了的？”

我和昨晚一样，照实说了所有的事情。他皱着眉点了点头，好像再次听到这个故事时，依然会为它着迷。结束的时候已经快傍晚了，一眨眼的时间，一天就在餐厅这张桌子上过去了。

该说的都说完了之后，韦伦伸出手来，按下了开关，关掉了闪烁的绿灯。

“今天就到这里吧。”他微笑着说。

我看着他收拾东西，行云流水般有条不紊，就像同样的动作重复过无数遍一样。也许，这套流程他真的重复过无数次了。突然间我意识到，我并不特别。

我的故事，梅森的事情，对他来说只是生意。工作而已。

“我有东西要给你，”我突然想起了今天早上我给他整理的那份警方笔录，我侧过身去，把它们从包里翻了出来，“我把知道的都告诉你了。不过，也许再读一遍会有所帮助吧。”

我把那沓东西递给了韦伦，他接过去打开，眼睛在第一页来回扫视着，然后用拇指搓到第二页、第三页。他慢慢地、有条不紊地浏览着资料，我知道他在找什么，因为同样的事情我也做过几百次。那里面有梅森的失踪人口报告、他的照片以及外貌描述——棕色头发，绿色眼睛，失踪时穿着翼手龙条纹睡衣，体重二十五磅，身高三十三英寸，十八个月大的年纪，以及一张寻人启事。我记得寻人启事上的那张照片，是我用笔记本电脑编辑的。我把照片拖到屏幕的中间，用软件把它裁得方方正正的，明知道没有意义，可这个现实还是残酷到令我茫然。这是一年前我说服本跟我们一起出国旅行时，给梅森办理护照时拍的照片。当时我把他放在一张白色的毯子上，想办法让他不要乱动，然后抓拍到一张有他正脸的照片。这流程虽然奇怪，但十分必要，因为说实话，那么大的孩子看起来都一样——圆嘟嘟的脸，头发稀疏，嘴唇湿湿地噘着，像条大口喘气的鱼。

我看到韦伦又往后翻了一页。也许他正在看我们家的现场照片，空空的婴儿床，开着的窗户，还有外面泥地里的脚印。又或许是在看我和本那几十页的讯问笔录。一开始面对讯问时，我们惊慌失措到把客厅的沙发抠出了一个个的指甲印。后来，我们又去警察局接受过无数次的讯问。他们将我们分开讯问，试图找到我们其中一人，甚至两个人的破绽，然后戳穿我们的谎言。那时的我望着我们之间的那堵墙，我知道本就在墙的另一边，我能感觉到他，就像你能感觉到有人在一扇紧闭的门后徘徊，仿佛错位的时空。

当时我闭上眼睛，想听听本跟警察说了什么，关于梅森，关于我。我们的描述几乎一字不差，我不明白这为什么不能说明问题。我们都在家，都睡着了，也什么都没听到。

“谢谢。”韦伦说着，把那沓资料放回桌子上。我突然有种控制不住的心痛，他那么快就看完了手里的东西，所有的东西。那是警察关于梅森案件的所有资料，或者至少是能提供给我们的所有资料。那些资料就那么夹在两块板子中间，薄到甚至可以塞进手提包里。

“你拿走吧，我还有一份。”我说。

“你介意我联系这些人吗？”他问道，轻轻拍了一下文件夹的侧面，然后把它塞进了公文包，“比如采访一下他们？家人、朋友、本……”

“家人不行，”我打断了他，“请不要打扰他们。”

“好的，没问题。”他回复道。

“朋友可以，”尽管我现在已经没有什么朋友了，“邻居也行，但是本……”

我停了下来，不知该怎么委婉地表达。我伸手去摸面前的杯子，手指在杯子边缘不停摸索着，虽然杯子里什么都没有。

“本不会愿意配合的。”我终于开口道，“而且说实话，我现在做的这些，他都不支持。所以，我希望你最好不要去找他。或者至少把他留到最后。这样他就不会那么快来找我，让我停止现在做的这一切。”

“好吧，”他妥协了，“但你知道的，你们是梅森的父母。如果只有你一个人参与，会显得有点片面。”

“我知道，我知道别人会怎么看。”

“这看起来有点离谱。你懂的，就像他一点也不愿意在找孩子这件事上出力。”

“人们还说我在利用失踪的儿子来牟利，所以我学着不去在乎别人的看法。每个人都有自己悲伤的方式。”

我又想起了波弗特的那个码头工人，想起我们看着那只海豚用鼻子推着它死去的孩子在港口游来游去的时候，他湿润的双眼。

“那一定很难吧。”韦伦突然话锋一转，“本来应该是两个人一起面对的事情，结果变成你一个人的坚持……”

我抬起头看着他，简单几个字在我的心里扯开了一个口子。他说的一点没错，明明应该两个人一起面对的，却变成我一个人固执的坚持。

“是啊，”我摸着那枚偷偷藏在衬衫下的戒指说，“我们只是处理问题的方式不同。我基本上睡不着，做任何事都没法集中注意力，我只关心这个案子，我想知道每一个细节，至于本……嗯，我也不知道。”

我强迫自己咽了下口水，深吸一口气。我感觉我的眼睛酸胀不已，血压飙升。

“他认为我一个人就可以了，而且他不是例外，还有人也是这么认为的。”

因为我想起了多齐尔警探，他提到我的演讲时，不，用他的话来说是“表演”时，语气里充满了不赞成。

“警察在梅森失踪几个月以后跟我们说，他生还的可能性不大了。”我接着往下说，“从统计学的角度上讲，就算找到他，大概率也只是……遗体。”

韦伦沉默了，我从他的眼睛里看到了同情。

“他们建议我们放下，但我做不到，我不能就这样放弃。”

“任何人都没权利要求你这么做。”

“对。”我摇着头说，“我不认为谁有资格说这样的话，但是我丈夫他想试着放下了。当然，不是忘了梅森，而是继续生活。他想让我和他一起参加悲伤辅导小组的心理治疗，可我还没准备好。我让他很为难。”

韦伦点点头，瞥了一眼墙上的那些照片。如今，这栋房子的存在犹如一根扎在记忆中的刺，时刻提醒着我们被夺走了什么、失去了什么。

“你是什么时候开始收集这些的？”他指了指那面墙说。

“他失踪的几个礼拜后吧，在警方那边的调查没什么进展之后。”

那时的我，对于周围人轻易放下这件事，仿佛一切都没发生过一样的表现感到震惊。我第一次演讲是在新闻播出的几天后，在一所高中的体育馆里。听众的椅子是本和我摆的，几十张金属折叠椅被我们一排排摆好，整个体育馆座无虚席，仿佛全城的人都来了。他们人挤人地靠在垫子上，全神贯注地听着我说的每一句话。听了我的故事后，我感觉他们愿意竭尽所能、不顾一切地帮我找我的儿子。但一周后的另一场演讲上，人明显少了很多。那些志愿者一开始也很上心，他们负责收集热心群众提供的线索、分发传单，但只过了几个月，他们就失去了兴趣。他们厌倦了我的故事，很快就被新的故事吸引走了，毕竟我的故事已经是过去时，激不起他们内心一丁点的涟漪了。我开始考虑回复收件箱里无数封《真实罪案》的节目邀约。虽然我无法理解这些人对暴力和痛苦的迷恋，但至少他们在乎。

“一开始的时候没有这么大，”我边说边往照片墙那边走，“只是把桌子上的一些东西搬到墙上，这样我就能看得更清楚。”

然后它就开始一点点扩散，仿佛拥有了生命一样，蹑手蹑脚地向角落蔓延、变异、扩张、生长，犹如失控的肿瘤。

“这些信息给你提供任何线索了吗？”

“大部分是麻烦。”

“麻烦？怎么会？”

眼睛扫过这些文章和照片的时候，我叹了口气。望着那张巨大的城市地图，我想起把那些深红色小图钉一个个插进去，然后退后一步看它时，自己的震惊。

“这些都是性犯罪者，三十英里内所有登记在案的性犯罪者。”我指着那些红色的图钉告诉韦伦。我永远也无法忘记，当我发现他们已经蔓延到我们的街道、社区，我宛如一只被惊动了的、从巢穴里流窜出来的昆虫，我的后背冒出了一层冷汗。他们就像癌细胞一样繁殖、扩散，直到把整张地图都染成触目惊心的血红色。

“这些人应该都被调查过吧？”

“当然，那些所犯罪行比较严重的，”我指着打印出来并钉在旁边的表格对他说，眼睛一页一页地扫着表格里的姓名和地址，“猥亵未成年人、保存儿童色情作品、强奸。有成千上万个这样的罪犯，可警察只是排查了个大概而已。”

韦伦也站了起来，走近去看那张地图，也许和我第一次看到的时候一样，忽然意识到了这件事的严重性。这些小红点似乎无处不在，他们可能是我们的邻居、同事，甚至是朋友。

“那你做了些什么呢？”他小声地问。

我没说话，安静地盯着那些红色的小图钉，脑海里浮现出守夜那晚多齐尔警探躲进树林里注视我的样子。

“我建议你不要采取任何过激的行为。”

“杂货店以前有个年龄比较大的男人，一直很喜欢梅森，”我面无表情地说，“那时候，他经常在围裙口袋里放些贴纸，在结账时送给孩子们。他的性格很好，我挺喜欢他的，以前我总是在他那里排队结账，和他聊一下……直到我在名单上发现了他的名字。”

韦伦没开口，等着我继续往下说。

“我把这件事告诉了多齐尔警探，但他却不以为然。他说仅仅靠我的一面之词并不能算正当的调查理由，不足以说明什么问题。这让我觉得所有人都不再努力，不再关心梅森的案子了。于是有天晚上我跑去杂货店，亲自找他对质。”

我仍然记得他那时的表情，他冲着我笑，脸上的皱纹都被撑开了，然后他张开双臂，好像在等一个拥抱。而我的内心只有恐惧，一看到他，我便无法自控地咆哮着扑倒他，我的拳头像雨点一样落到身边所有东西上，直到其他店员从震惊中缓过神，冲过来把我拉到一边。

“公然猥亵罪。”我说着，眼睛依然盯着那面墙，说到他的罪名，我有些无法直视韦伦，“他当时喝了太多酒，在酒吧里摔倒了，之后还在警察面前撒了尿。就这样。”

我永远不会忘记照片里他蜷缩在地板上的样子，就像一个颤抖的球。回想起过去的种种，我甚至不敢确定自己是否真的认为他有嫌疑，也许我认为就是他，因为我注意到了他看梅森的眼神，他口袋里的那些贴纸，于是内心的那一小部分怀疑就把我往最坏的方面引导；又或许我只是在找一个替罪羊，一个释放我内心愤怒的出口。

那些愤怒积压得太久了，轻轻一碰便会炸裂。

“任何一个母亲都会做出同样的反应。”韦伦说的话听起来像是出于礼貌，像是想不到其他更适合的说辞了。

“他没有提出指控，所以警察也没有为难我。但从那以后，他们不希望我再惹出什么麻烦了。没过多久，本就搬走了。我想这件事是压垮他的最后一根稻草吧。”

房间里突然安静得让人难受，于是我开始啃指甲，想找点事做。突然，我感到一阵撕裂般的刺痛，撕裂处渗出的血瞬间染上我的舌头。

“你为什么会选择这样的职业？”我终于问了出来，也忍不住发出一声冷笑，“你怎么能忍受一遍又一遍地听这些故事？每当我去参加那些节日的时候，我总是在想这个问题。我问自己，人们为什么会从类似我这样的故事中获得乐趣？”

“嗯，是啊。”韦伦尴尬地把额头上的一缕头发拨开，“我实际上开始做这个是因为，呃……因为我姐姐被谋杀了。”

他的话刺痛了我。我深吸了一口气，突然有些喘不上来气。

我姐姐被谋杀了。

“对不起，我不是有意……”我抱歉地说。

“没关系，我理解你的想法，这确实是份病态的工作。”

“她怎么了？”我小心翼翼地问。我现在才意识到，飞机上的谈话、电子邮件里的交流、那天的晚餐，以及今天的采访，在我们这么多次见面之后，我从来没有停下来思考一下韦伦有什么样的故事。我已经习惯做一个讲故事的人，一个悲剧的主角，我从没想过问问别人有什么难言的痛苦。“你姐姐？”

韦伦耸了耸肩，回了我一个苦笑。

“这就是我要找的答案，我从二十三岁起就一直调查的案子。”

我看了一眼窗外，太阳很快就要落山了，天空在太阳消失前褪成一种不太自然的橘色。这画面让我突然意识到，在过去的三百六十八天里，我第一次没有像往常一样带着恐惧迎接即将到来的夜晚，而这种恐惧总是在我卸下防备、彻底放松的时候出现。这三百多个夜晚，只有我的思绪、回忆和灵魂陪着我，度过孤独难熬的时光。

而此刻，我看到了希望。

我感受到了，真真切切地感受到了。虽然只有一抹微光，但它确实出现了。因为我发现了一些重要的事情，那就是韦伦和我的共同之处比我预想的要多。我们都是受害者，都用尽全力在黑暗中摸索着，找寻着答案。我们都被悲剧玷污，被失去的东西定义，做不到别人希望我们做的事，也做不到忘掉过去，无法继续原来的生活。

他和那些警察、邻居以及观众不同，我知道，他和别人不一样。这对他来说不仅仅是生意，也不是消遣或是工作。

这对他来说，是私事。

第十八章

过　去

今天早上家里的空调坏了，妈妈说是负荷过重，因为天气太热了。

不知为什么，这让我想起偶尔去城里时见到的马车，想起那些马匹用壮实的身体拉着巨大的塞满了人的拖车。滚烫的阳光洒在马的颈部，光滑皮毛下面的肌肉清晰可见，它们的嘴上套着嚼子，粪便在炙热的马路上散发着难闻的味道。我们还曾见过一匹马摔倒，像是被什么绊到了，跪在马路的正中间，然后在一片乘客的尖叫声中，马车夫跳下车，掰开马的下巴灌些水进去。马腿上的伤口涌出了不少血，顺着鹅卵石的缝隙流淌着。

“它死了吗？”玛格丽特抬起头问妈妈。此时，那匹马的肚子上下起伏着，它还有呼吸，但极其微弱，只能看到鼻孔在轻微地颤动。

“没有，它没有死。”说着，妈妈把手放在我们的脖子后面，然后朝相反的方向走去，“因为太热了，马有点超负荷，它太……累了。”

玛格丽特和我这会儿正背靠背坐在母亲工作室的硬木地板上。我扎着马尾，但能感觉到那些小卷儿从皮筋里钻了出来，盖住了额头，和着汗水贴在皮肤上。妈妈一早就把我们放在这里了，然后给我们摆了一堆各种各样的颜料和空白画布，她知道这些东西够我们玩几个小时了。早晨在温暖而缓慢的节奏中慢慢流逝，我从太阳移动的方向看出，现在已经是傍晚了，一天又过去了。

“我好热啊。”玛格丽特一边说，一边用手给自己扇风。我转过身，看到一颗汗珠从她胸前滴下来，消失在她的睡衣领口上。我们各自穿了一件爸爸的旧衬衫，反过来套在睡衣外面，把袖子卷到胳膊肘那里，像是件临时的工作服。

“空调很快就会修好的。”说着，我感觉腿上好像有蠓虫在咬我，痒痒的。我之前打开了院子的门，温热的沼泽风带了些虫子进来。

“多快呢？”

“今天晚上或者明天。爸爸回来就会修好的。”我回答她。

“可我等不了那么久。”

我又瞥了她一眼，发现她的脸颊涨得通红，就像发烧了一样，但我知道这是因为天气太热了。南卡罗来纳的七月是残酷的，甚至有点疯狂，仿佛想把人活活煮熟一样。

“我们能睡在外面吗？”

“不，我们不能睡在外面。”

玛格丽特点了点头，回过头欣赏自己刚刚画好的画。那是一幅涂鸦之作，有种幼稚的抽象。我突然心头一紧，又想起了她的年龄，她本应如此天真。

“你可以睡在我的房间里，”我对刚才语气里包含的烦躁感到有些抱歉，“我们把窗户打开，沼泽那边有风，晚上会凉快一些。”

她对我笑了笑，安下心来，然后爬起来准备再拿一块干净的画布。

“我帮你拿。”我摁住她的胳膊，站起来，“你就坐在那里。”

我跨过满地的涮笔水杯和画笔，穿过画室走到母亲的画架前。那里有几十幅画，画的几乎都是我们，就像是我们家的私人画廊。其中有一张玛格丽特坐在院子里，坐在那圈雕像中间，手里举着茶杯的画，还有爸爸用爷爷的旧烟斗吞云吐雾的画。空白的画布堆在墙边的一角，但我的注意力却被其他的东西吸引了。

我在一堆画的旁边停了下来，有幅未完成的画露了一半出来。我朝它走了过去，把上面的那幅画挪到一边，这样我就能看得更清楚些。可当我真的看到它时，震惊仿佛扼住了我的脖子，让我无法呼吸。

“伊兹？”玛格丽特察觉到空气中突如其来的寂静，而房间另一头的我正一动不动地愣在那里，“怎么了？”

我没有回答，也不能回答。此刻的我，直勾勾地盯着眼前的画布，清清楚楚地看到了摆在我面前的这幅画，一种不安的感觉在我胃里翻涌着。画中的场景是我家的后院，在夜色沉静、皓月当空下，那片绿色的草地一直通向平缓的山坡，山坡紧挨着一条小溪，长长的木头建成的码头蔓延至水中，岸两边的橡树伸展着粗糙的枝丫，像摆动的手指。画面正中是一个女孩，她有一头棕色长发，穿着白色睡衣，站在齐脚深的沼泽里，双臂无力地垂在身体两侧。

“快看！”耳边传来玛格丽特的一声惊呼，我吓了一跳。她突然出现在我的旁边，我根本没意识到她是什么时候过来的。她指着那幅画，指着画中的那个女孩叫道：“快看，伊兹！那是你！”

第十九章

现　在

清晨的薄雾如幽灵般游荡在城市的上空。天刚亮，我就出门了，想要在白天的时候再去昨晚遇到的那个男人家看看。只花了几分钟，我就弄清楚了位置，到了那里以后，我在人行道上仔细打量了一下眼前的房子。这是一栋很不起眼的小砖房，它比街道上其他的房子都要小，房子的一部分被杂草丛生的灌木丛和急需修剪的野生木兰树遮住，墙板上的油漆已经脱落，通往前门的水泥路上长满了霉菌。

门廊上有一把空荡的摇椅，在风中轻轻晃着。

我看着摇晃的空摇椅，开始怀疑昨晚遇见的一切是自己想象出来的，那个人也是我的幻想。他坐在那里，凝望着黑暗的样子；他盯着我，仿佛我是一团空气时的样子，都让我不禁怀疑他只是我脑海中的臆想，潜意识里的一抹微光。因为我已经习惯了深夜的孤独，于是一拍脑袋，幻想出这样一个人，在意识里和我做伴。说实话，我也不是没干过这样的事。

我以前也看到过，听到过，那些压根儿不存在的东西。

当你两天、三天，甚至四天都睡不着后，大脑就会给你开些离谱的玩笑，它能让你相信它想让你相信的东西。比如明明听到刺耳的门铃声响起，可我一走到院子里，门口却空无一人；或是感觉到罗斯克在不停地叫，但我看了一眼，却发现它睡得正熟；还有一些时候，余光里好像有条模糊的线在移动，而且离我越来越近，在我下意识站起来，扭过头尖叫时，才发现那不过是午后昏暗的光投射在空旷角落里的阴影而已。

现在，我依然独自一人。

不对，昨晚他就坐在摇椅上，罗斯克明明直勾勾地盯着他狂吠，我亲眼看到了他，也听到了摇椅发出的嘎吱声。

我还跟他说了话，只不过他没有回应我而已。

我悄悄地沿着门廊的台阶上去，看到了那把摇椅。摇杆下面的木头已经严重磨损，上面的油漆也几乎看不到了，说明它在这个地方放了很长时间了。我又走近了一些，近到可以摸到它，我的手指沿着扶手向下，触摸着上面的裂纹。这时，我突然想起了玛格丽特，想起我们偷偷溜进爸爸妈妈不让我们进入的房间，手指在房间各种各样的东西上划过，触摸着那些不被允许触摸的东西。但这个念头就像一场梦，转瞬即逝。

我低头看了看椅子，然后环顾了下四周，确定没人发现。然后我慢慢地转过身，坐了上去。

坐下后，我像他那样，一言不发地前后摇晃着，看着街道，看着我刚才站的地方。突然，我发现从这个位置竟然可以清楚地看到我家后院的一部分。但必须找对角度，就是栅栏后面，路灯下树丛间的一小块地方。可就是那里，那里就是我家后院。那一小块没人照料的草坪从远处看，显得更荒凉了，右边几英尺被树枝遮住的位置，是梅森卧室的窗户。

我感觉到自己的心跳正在加快，心脏在胸腔里满怀希望地跳动着。也许那天晚上他就在外面坐着，看见了那个翻进我家后院窗户的人，说不定还能指认嫌疑人……

一个个疯狂的念头在我脑海里飞快闪过，我甚至没有听到有人打开前门，一步步靠近的声音。

“你是谁？”

我抬起头，吓了一跳，看见一个人站在我的旁边。这个人我认识，只是想不起来他的名字了。他的样子很难让人忘记：一头红发，五十好几的样子，满脸雀斑，瘦削的身材显得他的髋骨十分凸出。大约一年前，我和他说过一次话，当时我觉得他很有礼貌，也很友好，不过对梅森的案子没有丝毫帮助。

如果不是在这里遇到，我几乎都快忘了这个人。

“嗨。”我站了起来，意识到自己的行为有些唐突。一个陌生女人坐在自家门口的摇椅上摇来摇去，着实有些奇怪。“不好意思，你听我解释……”

“天哪，是你！”认出我后，他似乎放松了下来，但又好像没有。他叹了口气，用手捋了捋头发，一撮头发从他的指缝溜回额头上。这个动作再次触发了我内心的某种东西，一段无处安放的记忆。

“嗨，是我，不好意思。我们去年见过面，当时我正挨家挨户地搜集关于我儿子的线索，我想不起你的名字了。我叫伊莎贝拉。”

我微笑着伸出手，那个男人则一直盯着我看，薄薄的嘴唇抿成一条直线。空气凝固了几秒钟，我的手臂一直悬在半空，意识到他并不想回应后，我抽回了手，清了清嗓子，继续说了下去。

“是这样的，我只是想问一下，这里是不是住着一位老人？那天晚上……”

“从我家滚出去！”

我有些惊慌失措地看着他，他盯着我，直直地盯着我布满红血丝的眼睛和眼袋。此刻我的头发是乱七八糟的，苍白的脸上还残留着前一天斑驳的妆，看上去很是狼狈。他看起来很生气，可能是因为害怕，他的怒不可遏我完全理解。

换作是我，发现有人在离我家这么近的地方鬼鬼祟祟，也会像他一样。

“对……对不起。”我又说了一遍，结结巴巴地想要找到合适的话语来表达我的歉意，“不好意思突然跑到你家来，肯定把你吓坏了。因为有一天晚上，我看见一个人，我在想他会不会看见……”

我突然停了下来，等待一些记忆慢慢浮现。记得星期一的守夜活动，我扫视人群的时候，远处一闪而过的某个颜色吸引了我的目光，貌似有个火红色头发的人，低着头穿行在人群中。

“星期一的晚上你在哪里？”我仔细盯着他的脸，问道，“你是不是在城里？”

“我最后一次警告你，在我报警之前离开这里。”他上前一步警告我。

我回想起多齐尔警探跟我说的话。有时候，罪犯控制不了自己，他们会回到犯罪现场或出现在与此相关的聚集活动上，比如守夜活动时在四周游荡，或者半夜坐在门廊上，盯着他们曾在黑暗中潜入的窗户。

“你叫什么名字？”我坚定了语气，又问了一遍。

我的目光掠过他的脸，投向他的前门。从门缝，我瞥见客厅的一角——一块米色的地毯和一张芥末色的沙发。

“你这是擅闯民宅。”他无视了我的问题。我注意到他的嘴唇在轻微地抽动，像是害怕了。“你的行为足以让我立刻报警把你抓起来。”

我感到胸口一阵痉挛，但我不得不继续说下去。

“那天坐在你家门廊上的男人是谁？”我不顾他的威胁，继续追问着，同时留意到他家所有的窗户都紧闭着，所有的灯也都关着，“星期一的时候你为什么会出现在我儿子的守夜活动上？”

“滚出去！”

“你为什么不回答我？你在隐瞒什么？”

“滚！”他大吼着朝我走来。他不再只是警告，而是冲向我。虽然我也想要冲过去，我全身的肌肉都在呐喊着，想要一把推开他，闯到屋子里去。但那一瞬间，我的耳边再次响起了多齐尔警探的警告。

“我建议你不要采取任何过激的行为。”

我又想起了杂货店的那个男人，一旦我失去理智，事态就会失控。每次我意识到自己快要接近苦苦搜寻的真相，接近梅森的时候，我体内的肾上腺素就开始飙升，身体开始不自觉地颤抖。但一个声音提醒着我，如果我真的冲进去，却发现自己的预感错了，被关起来了，我就再也没办法去寻找梅森和事情的真相了。

"行，我走。"我攥紧了拳头说道。从台阶上往下走时，我的指甲用力地抠着掌心。

我急切地回了家。进门后，伴着鼓噪的心跳，我快步走进餐厅，盯着墙上的地图。我几乎可以确定，那里没有红色的标记。如果这两个男人中的任何一个在性犯罪者名单上，还离我家这么近，我肯定早就知道了。但我还是看了看附近，这周围是安全的，包括那栋房子。接着，我又在电子表格上找卡蒂巷 1742 号。走到那所房子跟前的时候，我看到了钉在门廊柱子上的地址牌。我快速浏览着页面，一页、两页、三页、四页、五页，生怕自己之前错过了什么。我从头到尾全部看了一遍，每个名字、每个地址都检查过了。

没有他。

我拿起手机，打开电子邮件，刷新了一下收件箱，多齐尔警探依然没有回复我。我找出他的联系方式，打了一个电话，电话铃声响起，耳边听到的却是他的语音信箱，我烦躁地抱怨了一声。

留言提示音响了一声后，我迫不及待地说："多齐尔警探，你好，我是伊莎贝拉。我周三给你发了一封邮件，想确认下你收到了没有。"我的手指在桌子上来回敲着，琢磨着到底应该怎么跟他说，"还有一个问题，是关于我的一个邻居，他的地址是卡蒂巷 1742 号。我今天早上和他发生了一些冲突，我感觉……心里七上八下的。"

我觉得说这么多就够了，给他一些细节，但又不太多，足够激起他的兴趣，让他愿意主动回复我。毕竟，我问了一个问题，按理说他应该会回应。

“好的，谢谢。回头再聊。”

我放下双臂，慢慢呼了一口气，仰起脖子盯着天花板看。刚闭上眼睛，我的手机就开始振动，于是我急忙打开手机，期待看到多齐尔警探的名字。

然而，我看到的却是凯茜发来的消息。

短信写道：“那天晚上见到你很开心，邀请依然有效。”

第二十章

《毅力》总是举办奢华的节日派对，更确切地说，本总是喜欢组织奢华的派对。我在那里工作的第一年，差不多入职两个月后，我们去了天高餐厅，那是萨凡纳最好的顶楼餐厅之一。华丽的灯光点亮了整个餐厅，用餐的时候，可以欣赏船只在桥下慢悠悠地划过的景色。

自从在守夜活动上遇到凯茜后，我总是会回想起那个晚上。我和凯茜穿着闪闪发光的礼服，喝着香槟，俯瞰着窗外的桥。桥两头的缆索顶端沐浴着灯光，像黑暗中超大的圣诞树。我们俩站在暖炉的下面，我披着一条人造皮草的披肩。这时，本挽着一个女人走了进来。

"那是艾利森，本的妻子。"凯茜一边说，一边摇晃着高脚杯里的香槟，看着那些小气泡一个个地浮上来。

那是我第一次听到她的名字，艾利森，艾利森·德雷克。当然，我在本的办公室里见到过她的照片，就在上班第一天，踏进他办公室的时候。那是他们的合照，两人在一艘帆船上紧紧地依偎在一起；另一张合照里，他们正懒洋洋地躺在一大片草坪上。虽然我知道她的存在，她当然是真实存在着的活生生的人，但那些照片，就只是照片而已。对我来说，她的存在就像《国家地理》杂志上的珍奇动物一样，只是一个概念、一种好奇心，或者光滑相纸上五颜六色的墨水，仅此而已。关于她的一切都只是我的想象，是不基于任何真相或事实的猜测，我从没听过她欢快的笑声，也没闻过她身上花香的味道，直到她踏进餐厅的那一刻。在这之前她没有名字，没有飘逸的秀发，没有性感的臀部，没有任何一个能给我心头一记重拳的人类特征。

“她真漂亮。”我说。艾利森的确很美，她的肤色较深，像我一样。她有一头栗色的头发，一双棕色的眼睛，橄榄色的皮肤；她穿着一件合身的黑色连衣裙，裙子的衩开到膝盖，显得我的金色亮片裙有些幼稚；她的身材高挑纤细，手臂裸露得恰到好处；她画着黑色的眼线、深红色的口红。“她是做什么的？”

“她好像没有工作，就待在家。”凯茜说。

“全职妈妈吗？”我感到胸口一阵痉挛，胃也有些不舒服。我从没想过本可能已经有孩子了。

“没有，他们没有孩子。她只是个家庭主妇。你说她为什么要上班？她老公的薪水那么高。”

“不知道，我感觉那样很……无聊吧。”

凯茜耸了耸肩膀，问我：“如果不缺钱，你会上班吗？”

我看着他们挨个寒暄、握手和拥抱。本穿着一身海军蓝的西装，看起来比以往任何时候都英俊，我几乎无法把目光从他身上移开。他正游刃有余地和那些同事以及他们的伴侣打招呼，熟练地应对着不同的人，让他们微笑、开心或点头赞同。尤其是他搂着艾利森的样子，他的手一直扶在她的后腰处，无论到哪里。

“我要再来一杯。”凯茜说着，喝光了手里的香槟，朝吧台走去。我点了点头，但没注意她说了什么，直到本和艾利森向我走来的时候，我才发现自己一个人站在那里。我突然意识到，那一刻的我，是那么心酸和孤独。独自一人站在暖炉的下面，没有同伴帮我揉搓冷到起鸡皮疙瘩的手臂，也没有绅士把他的西装外套披在我肩上。

“伊莎贝拉，”本慢悠悠地走过来，露出他完美的笑容，问我，“玩得开心吗？”

“很开心。”我回答道，为了听起来更有说服力，我接着说，“派对很棒，谢谢你给了大家一个聚会的机会。”

我等着他把我介绍给艾利森，或者艾利森做自我介绍，但没想到等来的却是一阵尴尬的沉默。我的眼睛在人群中搜寻着凯茜，希望她能过来替我解个围，但她不知道跑去哪里了。

“你一定是艾利森吧，”我率先打破了沉默，大方地伸出手来，“很高兴见到你。”

“我也是，”说着，她用纤巧的手握住我的手臂，“很抱歉，我不想这么冒昧，但我得去趟洗手间。”她靠近我，嘴贴在我的耳边，我能闻到她嘴里漱口水的薄荷味。“说实话，这条裙子实在是太紧了，我真不该穿它出来。”

她站直身体，朝我眨了下眼，一只手放在肚子上，然后笑了一下。这是那些完美的人惯用的自嘲式幽默，试图引起人们对其小腹或身体缺陷的注意，而事实上这些缺陷在他们身上根本不存在。对这种矛盾的自嘲方式，我只能报以微笑。一方面，我有种奇怪的满足感，因为她选择和我分享这个秘密，我们曾经有过这样亲密的时刻；另一方面，我讨厌她的平易近人，这让我感觉自己糟透了。

我看着她把一只手放在本的脸颊上，另一只手把杯子递给了他，然后起身。我的眼睛一直跟着她穿过餐厅，直到她消失在视野里。但当我转过身来的时候，本正注视着我。

“你觉得《毅力》怎么样？”他问，“一切和你之前想象的一样吗？”

从他的表情、那靠近的额头和扬起的眉毛上看，我知道他指的是那天晚上，我们相遇的那个晚上，这是他第一次承认我们之间发生的事情。虽然我们之间确实发生了点什么，但每隔一段时间，我就会开始怀疑我对那天晚上的记忆是否出现了偏差，怀疑是我的大脑虚构了他看我的眼神，以及我亲吻他之后，他嘴唇轻微的颤动。又或许是我体内的酒精，给那天晚上加了滤镜，让它看起来完全失真。但真相的微光总会不时地闪动，细碎的光亮穿透一切假象，就像阳光总会穿越层层迷雾。可能这件事的本质，是他给了我一个写作任务，让我写一篇关于铁匠制作手工牡蛎刀的故事，刀柄是用黑胡桃木和珍珠贝母手工制成的；以及某个周五的下午，由于我回办公室晚了些，错过了办公室的聚会，而我的桌上放着一瓶冰爽的蓝月牌啤酒，瓶盖已经打开，瓶身上凝结了一层小水珠。

那种感觉，就像他隔着房间对我眨了眨眼睛，只有我能看见。

“一切都比我想象的更好。”

我知道我不该这么说，至少，不该说这句话。我知道自己在暗示什么，也知道他会怎么想。他也许会认为对我来说，他就是一切，甚至超过了其他所有的东西。但是，我知道在那一刻，我们共享着同一段记忆，一段身边任何人都不知道的记忆。那一刻，我对他比以往任何时候都更有感觉。

他拥有艾利森，一个美丽、迷人、善良、有趣的妻子，但他似乎对我也很感兴趣，这让我既感到轻松愉悦，又觉得恐惧恶心。

事实上，我并不想对他产生那种感觉。我不想的。因为这份工作是我的梦想，我的梦想终于实现了，我不希望因为任何傻事毁掉它。因此，在接下来的几个星期，每次经过他的办公室时，我的视线都会避开他办公室的门。就像用石头在清澈的湖面上打水漂一样，一闪而过。我试着遗忘，试着转移注意力，想象着办公室那头坐着的人根本不是他。但我内心深处明白，一切都太晚了，我已经无法控制了，本和我之间无法逃避，因为我们都对彼此有感觉。那种奇妙的感觉就像一颗被点燃的火种，我们一起用嘴唇轻柔地对它吹着气，让这火苗继续燃烧。

然后蔓延成一场熊熊烈火。

第二十一章

我没理会凯茜的信息，但决定给韦伦发条短信。即使多齐尔警探不愿意帮我调查我的邻居和那个坐在摇椅上的男人，韦伦也一定会帮我的。

“忙不忙？”我问他。这条消息才发过去几秒钟，我的电话就响了，是韦伦。

“嗨，”我接起电话，语气少有的轻快，“你回复得挺快啊。”

“是的，我正在考虑走之前要不要顺路去趟你家，跟你告个别。”

“告别？”我的语气中透露出一丝慌乱。

“已经周五了。”他犹豫了一下，“我的酒店订到了这个周末，然后就该回家了。”

“哦，”我突然有点失望，“好吧。但是我们还没……我们的事还没结束对吧？你没改变主意吧？”

我已经失去了一切，现在唯一的希望也要弃我而去，这让我有些崩溃。当然，这不是我第一次苦求答案却一无所获了。但出于某种原因，这次对我十分重要，且与众不同。这是我目前仅有的、最珍贵的东西。

“没有，没有，”他连忙解释道，“当然没有。我回家以后会继续跟进，然后给名单上的那些人打电话，也会和你保持联系，而且过段时间如果你需要的话，我还会再回来的。”

电话那头突然安静了下来，韦伦好像在等我说话。

“我只是不能一直待在酒店，你知道吧？”他尴尬地跟我解释，“我有一些广告方面的收入，但除此之外基本是自费。而且，这些酒店也不便宜。”

“住我家吧。”我的脱口而出打断了他，甚至没来得及意识到自己在说什么、做什么，“你可以住我家，住客房。”

又是一阵沉默。

“谢谢你。但是我不能……不能住在你家，我不想给你添麻……”

“我不觉得麻烦，真的。”话音刚落，我的脑子便开始飞速运转起来。我知道这个提议不合适，但我别无选择。我想起了和本第一次见面的那天，因为我不想一个人待着，所以不知怎么就扯了个剥牡蛎壳的谎话。“这里就我一个人住，明明有许多空房间还让你花钱住酒店，也说不过去。”

韦伦又沉默了，电话那头安静得几乎能听到他思考的声音。也许他在想应该找个什么样的理由来拒绝我，也许他想委婉地告诉我这个提议有点疯狂，毕竟我们甚至都不怎么了解对方。说实话，他和我基本上算是陌生人。我知道我的声音听起来有些绝望，有点想收回刚才的提议，说他说得对，我们确实可以通过电话沟通。但其实，我内心并不想让他走。

我不想孤军奋战。至少不是现在，不是再一次。

“好的。”他终于打破了沉默，“如果你真的不介意的话，我就住你那里。”

“我不介意。”话音刚落，一种轻松与担忧交织的复杂情绪涌上了心头。但转念一想，家里有另一个人，另一个生命和我做伴，我阴郁的心情便瞬间晴朗了一些。“你收拾好行李就过来吧，别跟我客气了。”

挂了电话后，我走进厨房打开了冰箱。虽然我知道和一个男人住在一起的生活是什么样的，但这六个月以来我都是一个人住的，眼下还有些亟待解决的问题。比如食物、日用品、冰箱的共享空间以及个人隐私等，还有他会在这里待多久，哪些行为是我的底线之类的问题。看到厨房柜子上扔着的一摞信件，我便念叨着提醒自己，给他腾些地方出来。

我又看到了父母寄来的卡片，那张支票依然放在最上面。我走过去拿起一看，卡片的封面是一束小雏菊，里面一片空白。

这很符合他们的风格。我随即把卡片丢进了垃圾桶，我们从来都不知道应该和彼此说些什么，很长一段时间来一直如此。

我把那张支票对折后，塞进了钱包。我知道我最后肯定会兑现，甚至可能很快就会，因为我没有任何收入。但在那之前，我不想看到或想起它。对我来说这笔钱像是拿命换来的，是保持长时间缄默的报酬。可我心里清楚，这钱，买的不是我的沉默。

而是他们的。

第二十二章

回忆

玛格丽特先上了床，她的头发湿漉漉的，有股薰衣草洗发水的清香。睡前我们洗了个冷水澡，虽然进浴缸时小心翼翼的，但皮肤挨到凉水的一刹那，我们的腿还是感到了一阵刺痛。

“空调还有多久才能修好啊？太热了。”玛格丽特问道。爸爸几小时前才到家，一到家就开始修空调，但一直到现在也没修好。他一边捣鼓着各种工具，一边低声骂着脏话。工作服的袖子被他卷到了胳膊肘，衣领都被汗水打湿了。

妈妈把胳膊肘支在浴缸的边上，看着我们。她的卷发扎起来放在了肩膀的一侧，发梢和着汗水贴在胸前。我想起了曾经在码头见到过的，生长在水底的那些黏糊糊的绿色藻类，像一缕缕头发，随着波浪摆动。小时候的我认为那坨东西的下面应该长着个身体，身体的表面则是软体动物的皮肤。

“要不了多久，很快就会凉快的。”说着，妈妈用手在洗澡水的表面划拉着，然后掬起了一把肥皂泡，像是某个起风的日子，海滩上被风卷起，不断滚动的海水泡沫一样。

“明早之前吗？”

“当然了，明早之前。”她笑着说。

从浴缸里出来后，我们换上了一样的睡衣，上面有黄色的小雏菊图案。汗水很快从我们的毛孔里冒了出来，就像从海绵里挤出来的水。今天晚上太热了，尤其是室内，整栋房子就像一个大烤箱，把我们困在里面，炙烤，融化。

妈妈把被子扔在地上后，玛格丽特便扑通一声坐在床垫上。我走到窗前，打开安全锁把窗户推了上去。沼泽的味道扑面而来，那沉积许久的臭味好像没有往常那么刺鼻。我家后院那条小溪的水面此时波光粼粼的，显得水比平时更深一些，水面倒映着一轮满月，仿佛一个球状物体从水下慢慢浮现。月亮的倒影将整个院子笼罩在一种诡异的光芒之中，既明亮又幽暗，光亮与暗影相互交错着。我记得爸爸曾经告诉过我，这叫大潮[1]。当地球、月球和太阳几乎都处于一条完美的直线上时，就会出现一些极端的天气现象。

我转过身来，发现玛格丽特蜷缩在床上，紧紧地团成了一个球，像一只潮虫。这让她看起来那么小，那么袖珍。我知道睡在一起，身体散发的热量只会让我们更热，可我也知道玛格丽特的大脑是她最大的敌人。只有别人陪着，她才会感觉安心。

我爬上床，躺在玛格丽特的旁边，她的体温已经把床单暖得发烫了。躺在她怀里的洋娃娃，瞪着那双永远闭不上的眼睛直直地看着我。“别忘了做睡前祷告，我的两个漂亮姑娘。”妈妈坐在床边说。

“你忘了埃莉。”玛格丽特噘着嘴说。

我抬头看着妈妈的表情，看着她疲惫的双眼、疲倦的笑容。她纤长的手指放在汗湿了的唇间，仿佛试图压制着什么东西，防止它从指缝间溜走。

“是的。当然啦，我们不能忘了埃莉。”妈妈清了清嗓子说。

1　大潮：当太阳、月球和地球三者近似处于一条直线上，太阳和月球引起的潮汐相互叠加，使海面涨落的幅度较大形成的自然现象。

玛格丽特笑了，然后闭上眼睛双手合十，手指僵得像用胶水粘在一起一样。

“现在我躺下睡觉，求主守护我的灵魂。”

我瞥了一眼角落里发光的恒温器，看着温度一点点上升，八十四华氏度、八十五华氏度、八十六华氏度……我心里琢磨着，这温度究竟能升到多高？我们还能坚持多久？

我又回过头看着玛格丽特，她依然闭着眼睛。

“倘若我在醒来之前死去，乞求主带走我的灵魂。”

妈妈微笑着，亲了亲我们的额头，然后关上床头灯起身朝走廊走去。卧室瞬间被黑暗吞没，笼罩在一片夜色中。朦胧的黑夜里，我望着玛格丽特，月光像盏聚光灯一样从窗户照射进来，洒在她的身上。

第二十三章

现 在

刚开始，这栋房子因为韦伦的存在而变得有些奇怪，在他进门的瞬间，我们这周才刚刚建立起的舒适的友谊关系似乎消失不见了。刚开始的几个小时，我们在屋子的各处尴尬相遇，手忙脚乱地避让对方，就像激情过后连对方名字都想不起来的露水夫妻。

他主动提出晚上下厨，我猜是为了表示感谢，感谢我让他住在这里。他出去买了些东西，便开始做饭了。可能是因为我在厨房里被他赶来赶去的，于是我索性看着他蹦来跳去地照顾冒泡的锅和沸腾的水，我们之间很快恢复了之前轻松愉快的关系。如果做饭不是为了味道或者外观，而只是为了生存的话，感觉就是个苦差事。但因为另一个人的加入，做饭似乎变成了一种活动、一种消遣，甚至是一种享受，是平淡生活中的一味调味剂。

"红葡萄酒还是白葡萄酒？"

韦伦从一个大纸袋里拿出了两瓶葡萄酒，把它们举起来让我选。我指了指红葡萄酒，他点点头，打开了瓶塞，然后往酒杯里倒了些酒，给我递了过来。

"谢谢。"我握着酒杯感谢道。他取出了袋子里的所有东西后，我们之间陷入了放松过后的突然沉默。我不禁想起我们在飞机上相遇的场景，那时和现在是多么匪夷所思的反差啊，我没想到仅仅一周的时间，我们竟然会发展到现在这样的状态。对彼此来说，我们不再是陌生人，而是合作伙伴，甚至朋友。

“你之前在飞机上说，你曾经破了一个悬案，”我突然想起这件事，于是问道，“是哪个案子？”

“是的，也是一起儿童失踪案。”他回答。

他切着大蒜，眼睛却盯着别处，我猜他回避我的视线是有原因的。因为他知道接下来要说的，是我不想听到的。

“那个案子过去三十年了。”一阵沉默过后，他接着说，“家里人没有任何线索，什么都没有。谁也不知道究竟发生了什么，但我们找到了答案。”

“答案是什么？”

他看着我，眼神中闪过一丝抱歉。

“她死了。”他面无表情地说，“她被镇上的一名交通协管员带走，被关在地下室里。几个月后，他杀了她，然后埋在了树林里。”

我咽了下口水，眼睛飞快地望向窗外，望向那个邻居家的方向。

“你是怎么找到罪犯的？”

“我们找到了一个目击证人，”说着，他也给自己倒了一杯酒，“一个亲眼看到受害人被绑架的人。但他当时很害怕，因为他那时大概只有七岁，所以没有把这件事说出来。我走访了镇上所有的人，最后找到了他。”

“然后呢，警察信了一个三十年前的二年级学生的证词吗？”

“不。”他叹了口气，“但我们给了他们有价值的线索，这样他们就拿到了搜查令。他们搜查了那个人的家，他的名字叫盖伊·鲁尼。一九七八年离婚后，他就一直住在那里，警察在他的地下室发现了一些她的……东西。他收藏的，和她有关的东西。”

我点了点头，咬紧了牙齿，眼睛仍然看向窗外。天空慢慢变了颜色，变成了厚厚的一层蓝黑色，像个淤青的伤口。

“他当场就交代了犯罪事实，并且把警察带到了那片树林。好像被抓了，他反而能松一口气，卸下心里的担子一样。这么多年过去了，他竟然还清楚地记得那个地方，他亲手埋葬她的地方。”

“没一个人发现吗？没发现他屋子里的异常？”我追问道。

“没有。”韦伦说，“这就是可怕的地方。他和前妻的关系很好，他们共同抚养孩子。她甚至记得，曾经有次发现地下室的门是锁着的。当时那个女孩可能还在地下室，但是，你知道的，她根本就没有往那方面想过。”

我打了个寒战，不敢试想对于梅森的案子来说，哪种情况更糟——没有结果，或是，那样的结果。听完这件事，我对那个邻居和摇椅上的老人更加好奇了，他今天早上表现得如此防备肯定是有原因的。他为什么不想我靠近他家？为什么他俩都不愿意和我说话？为什么星期一他会出现在守夜的现场，站在远处观望？

“不说了，”韦伦换了个话题，“我们先吃吧。希望你喜欢玛莎拉酒烩鸡，这是我的拿手菜。”

“你还有拿手菜？”说着，我拿起杯子喝了一口红酒。我还在琢磨怎么开启关于那个邻居的话题。我知道，目前自己没有任何确凿的证据，一个性犯罪网站上没有登记过的位置，一个从未出现过的名字，这真的只能算是一种感觉，我的直觉。“那我劝你不要让我做饭，我的拿手菜是意大利面，我做过最复杂的菜就是炸鸡块了。”

韦伦望着我笑了，笑容里带着一丝悲伤。他肯定在想梅森，我以前经常给梅森准备切成小段的热狗、卡夫通心粉和奶酪作为晚餐，还会把那些小段的食物放在一格一格的塑料盘中给他吃。

“不全是我的功劳，这是我家祖传的食谱，我是意大利人。”他解释道。

“意大利人，”我摆弄着杯子，重复了一遍他的话，“说实话，我也不确定我是哪里人。南方人，算吗？”

“我觉得算。”他拿起煎锅，晃了晃，厨房里立刻飘满了大蒜、橄榄油、比萨草、小葱和盐的香味，“所以，你的家人也一直都住在这附近，是吗？”

我抬起头看着他。每次他提到我的过去、我的家庭，都带着一种很随意的态度，感觉他并不在乎问的这件事本身，只是想了解我。我不知道我的猜想是不是对的，我很好奇他是真的不知道我的过去，还是他比较擅长伪装自己。

“是的，虽然我相信你已经知道答案了。”

他看上去有些不知所措，欲言又止地好像想说些什么。在他张嘴之前，我大声笑了起来，又啜了口酒。

“我开玩笑的。是的，我在波弗特出生，在那里长大。我爸爸也是，还有他的爸爸，他爸爸的爸爸，大概我的家族祖祖辈辈一直都住在那里。瑞德家过去在镇上算是贵族。”

我相信他注意到了过去两个字，但他并没有继续追问。

“那你为什么会来萨凡纳？”

“我来是因为工作。”我在椅子上窝得更深了一些。这种氛围让我觉得非常舒服，这种发生在自己家里的轻松对话已经很久没有过了。这感觉是如此遥远和陌生，却又让我无比怀念。“但我留下来是因为一个男人，我知道这听起来很傻。”

“本？”

“对，本。”

“你们是怎么走到一起的？”

“因为工作。”我笑了，眼睛再次朝窗外看去。我不禁在想，如果有人这时碰巧经过我家，瞥了一眼灯火通明的窗户，看到的将不再是孤零零坐在桌子旁吃饭的我，而是我们。“他曾经是我的老板，我知道这个故事情节很老套。”

“我可没说。”韦伦笑着说。

“但我们不是因为工作才相遇的，在那之前我们就见过面。”我补充道。

“所以为了能和他在一起，你辞掉了工作？”

“算是吧。但被你这么一说，怎么感觉听起来很离谱。”

“你爱那份工作吗？”

“当然，但我也很爱他。”

韦伦往锅里扔了些蘑菇，炒锅立刻发出了嘶嘶的声音。我们沉默了一会儿，我看着他把玛莎拉酒、鸡汤和重奶油混合，搅拌在一起。当人们知道我和本的事情时，总是会对我有一些看法，老实说，如果这件事发生在别人身上，我也会和他们一样。但我从不认为自己是那种女孩，为了百分百地融入另一个人的生活而刻意地改变自己去迎合他。

我和本不是这样的，不是的。

我甚至从不认为我们之间的关系是婚外情，这个词听起来太沉重，太龌龊，太不道德了。我们之间的关系一开始是介乎两者之间的，不能简单说是错的，但也肯定不是对的，那是一种很难定义的东西，只有我们才能理解。我们之间没有任何越界的行为，也没有违反任何的规定，而且从未发生过关系，甚至没有接过吻，除了刚认识的那次。不过那天晚上的那个吻，在我看来根本不算什么。

我从不认为我是第三者，因为我没有插足他们的感情。但与此同时，我确实是，我知道。

对艾利森来说，我就是个第三者。或者说，如果她知道了我和本的关系，那么我肯定是不折不扣的第三者。

现在想起来似乎有些幼稚，或者说固执。但二十五岁时的我，脑海中关于偷情的画面，就是电视里演的那样，现金支付的汽车旅馆房间、一次性手机，还有以遗憾、眼泪和谎言结尾的那些有悖伦理的相遇。但我和本不是那种关系，从来都不是。对我们而言，那是每天清晨的一杯咖啡；是在最喜欢的咖啡馆里的呢喃依偎；是记住彼此的喜好，在杯子上写下给对方起的外号；是只有我们才懂的笑话和说不完的话，轻松愉快地闲聊并且分享自己内心深处的想法和渴求，就像认识了很多年一样；是其他人都下班后，一起分享的一杯鸡尾酒；是凌晨发来的“我睡不着”的信息。这意味着，虽然躺在他身边的是她，但他心里想的是我。从某种程度上讲，我们之间这种单纯的情感依恋，使我们的关系更加亲密和真实，就像高中时纯真透明的爱情，没有因为性而变了味道。我从未质疑过他和我在一起是出于某种不单纯的目的，从未质疑过他的为人，也没有因为后悔而质疑自己看错了人。

本极力克制着与我的身体接触，在那时的我看来，这是一种常人难以理解的坚定意志。每当我们情到深处快要无法自控时，他便会像第一次见面时一样，抽身离去。说话的时候，他总习惯靠得很近，我几乎能感受到他嘴唇的温度，这种感觉令我沉迷不已。他还会微微地向后靠一点，然后轻砾一下嘴唇，仿佛在感受空气中流动的我的味道。晚上下班时，他最后一次回头深情望向我的模样，仿佛想在回到那个和她的家之前，把我刻进他的脑海里。这些写满了克制的细节，让他看起来像个好男人、一个谦谦君子。

看起来像是，如果在一起，会一辈子对我好的男人。

讽刺的是，当时的我并没有意识到，这样的他对艾利森来说却不算个好男人，也不是一个合格的丈夫。在潜意识里，我觉得这是两回事，她和我不一样，我和本之间那种很难用语言形容的感觉，他们没有。

总之，他们是他们，我们是我们。

但我忽略了一件事，那就是让他填满我生活的每一个缝隙是件很危险的事情。他像水一样，涌进我生命的每一个空白格。他是我的生活，也是我的工作，他就是我的全部。可我心里十分明白，我不是他的全部，我知道，在这段三个人的关系里，艾利森依然稳占上风。毕竟，她是他的妻子，她有他亲手戴上的戒指，有他晚上安稳地睡在枕边。对我来说，他就像一本租来的书，使用时间是有限的，所以在有限的时间里，我渴望无限地拥有他的全部。可这本书到底不属于我，所以我既不能在书的空白处涂涂画画，也不能在封面上写上我的名字，我没有权利在这本书上留下任何我的印记。有时在幽静的酒吧里，他喝完了杯子里的酒站起来要走的时候，我能感觉到自己在一点点地失去他，就像捂不住伤口里汩汩涌出的鲜血。

然后他打开门，消失在夜色中。只留下毫无存在感、无比空虚的我。

“我后来成了一名自由职业者，给各种出版社写写文章，四处旅游，去看了看全国各地不一样的风景。”我试着用轻松的语气说服韦伦，我并没因此放弃工作。

韦伦点了点头，把一盒意大利面倒进沸腾的热水里。

“自由职业很不错。”他的语气礼貌、自若，像在评论天气，“为自己工作，非常自由。”

“我们认识的时候，本已经结婚了。”我脱口而出，然后迅速转过身，我不想看到他脸上的表情和眼里的评价。我本来并不想告诉他这件事，毕竟这不是什么光彩的事情，但我心里清楚，他迟早会知道的，因为他会走访我的朋友和邻居，还有多齐尔警探，所以我宁可亲口告诉他。“但是，我没有……我们没有……他们在一起的时候，我们并没有发生什么。”

“他们后来离婚了？”他连忙问道。聊到私人话题后，我们之间的气氛很快变得严肃起来，但说话的时候，我们谁也没看对方。

“没有，”我沉默良久后转向他，深吸了一口气说，“她死了。”

第二十四章

本已经连续三天没来上班了。

我开始有点担心，这和我有关系。也许是有人发现了我们，但是能发现什么呢？我们之间有什么见不得人的事情呢？也许是他后悔了，在故意回避我，想要结束这段说不清道不明的关系。他没有回我的短信，没有说过自己最近要休假，他的日程表上也没有任何出差计划。

我只知道那个星期一，他本来在，但是后来走了。

“你听说了吗？”

凯茜晃悠到我的桌子旁，一支铅笔别在她的耳朵后面。我把眼睛从本紧闭的办公室门和漆黑的窗户上移开，望向她，突然有种不祥的预感。凯茜是个很简单的人，她的情绪就像活页纸上的笔记一样，全都写在脸上。而此刻，我在她的脸上读出了一些不好的讯息。

“没有，听说什么？”我问。

“艾利森死了。”

“你说什么？”

“艾利森·德雷克，本的老婆，她死了。”

“什么?！”我倒吸了一口凉气，用手捂住胸口，像中枪了一样。

“对，她死了。”

“怎么死的？”

她趴在我的耳边悄悄说：“自杀，或者意外服药过量。不管怎样，反正是因为药，她吃了一堆药片。”她的呼吸温热，有股黑咖啡的苦涩味。我想，她是不是整个上午都喝着咖啡在办公室四处游荡，像个兴奋的记者一样传播最新的办公室八卦，沉浸在自己先发现的那些小道消息里无法自拔。

我感觉有些话哽在喉咙里，于是张开嘴想说点什么，但什么也说不出来。凯茜扬起眉毛，歪着脑袋看我。

“不可思议，对吧？”

“太不可思议了！”我终于发出了一声感叹，“她为什么……”

“是啊，”她摇着头说，“我也不知道，她可能是有什么难言之隐。全职太太有时候很容易出现这种问题，她们有太多空闲时间了。”

这唤起了我对艾利森唯一的一次记忆。当时我们站在天高餐厅，她把手放在我的手臂上，本站在一旁看着我们，然后她突然靠近我，和我分享了一个秘密，交换了一个会心的眼神。这让我感觉自己对她来说很特别。

“她看起来挺快乐的。”

话一出口，我就觉得自己很蠢。仅凭一面之缘就觉得自己足够了解她吗？我真的了解她吗？实际上我内心真实的想法是，她怎么会不快乐呢？她拥有本啊。

凯茜耸了耸肩：“人人都有秘密。”

说完，她便走开了。我看着她走到另一排工位前，弯下腰，又开始窃窃私语。我回头望向本的办公室，回想自己之前总在脑海里想象他和妻子在一起的画面。每天晚上和他分开后，我一回到自己的公寓，那种铺天盖地的空虚感就会将我的孤独放大好几倍。我会坐在厨房的柜子上，或瘫在小小的浴缸里，将身体浸泡在温热但几乎没过我胸口的水里，幻想着他们此刻在做些什么。也许他们会在门廊悠闲地品着鸡尾酒，也许他们会一起甜蜜地准备丰盛的晚餐。而我，彼时那刻却在微波加热一份扔在冰箱好久的、冻得硬邦邦的减脂餐。我的脑海中还会浮现出他们在厨房昂贵的花岗岩台面上忘我地缠绵，一旁烧开的水沸腾着溢了出来，在地板上肆意流淌的画面。一想到这个画面，我就忍不住抓狂尖叫。

就在那一刻，我突然意识到一个难以言喻的事实，就像吞下了令人作呕的东西，让我的胃翻江倒海——我对她毫不了解，我对他们一无所知，他们的婚姻生活对我来说是一个谜。而现在，艾利森死了，本的妻子死了，本成了一个鳏夫。

人人都有秘密。

我想知道凯茜这句话是什么意思，她在暗示什么？她的意思是不是说艾利森的秘密是她对药物上瘾，而那些药片最终带走了她的生命？或是无法控制的抑郁，让她选择在本上班之后吞下了瓶子里所有的药？还是说，别人有秘密，而这个秘密被艾利森发现了？

一个，她无法承受的秘密。

第二十五章

提到艾利森的死，屋里的气氛一下就发生了变化。仿佛狗嗅到了某种危险的信号，会发出警惕的呜咽声。

韦伦端着食物走进餐厅，他的眼睛低垂着，把一个盘子放在我的面前。

“闻起来很香，谢谢。”说着，我拿起叉子。

“不客气。”他在我旁边的座位坐下，打开一张餐巾纸铺在腿上，然后叹了口气，看着我的眼睛说，“还挺沉重的，这个话题。”

“是啊，”我一边说着一边用叉子插起盘子里的蘑菇，“是挺不好受的。”

“自杀？”

我用叉子转圈卷着面前的意大利面，眼睛盯着盘子，一直没有抬头。

“应该是的，或者意外服药过量。好像没有定论，因为他们没有发现遗言什么的。”

“你觉得是什么呢？”

我的叉子掉在了桌上，金属与玻璃碰撞的声音吓得罗斯克从桌子底下蹿了出来，我的椅子被撞得晃了一下。我抬起头，发现他正直勾勾地盯着我的眼睛。

“如果非要让你猜测一下的话。”他补充道。

“我不知道。”我呼了一口气，努力稳住自己莫名轻微颤抖的手。也许是因为聊到了艾利森，而我一直对她的死耿耿于怀；也许是因为饥饿，我空腹喝了太多的咖啡。“如果非要让我猜的话，我想，应该是意外吧。”

我不知道这个推测能不能说服自己，但这个答案从某种程度上说，能让我心里好受一些。

“本是怎么想的？”

“他从来没有跟我聊过这件事，”说完，我发现这是我第一次意识到这一点，“我们很少谈论她，当然，我也从不愿提起她。但我能明显感觉到，他很伤心。”

“是吗？”韦伦说完，低下了头。我看了他一眼，注意到他拿刀叉的方式，就像在解剖盘子里的食物。

“不论怎样，我都想提前跟你说一声，我不希望你是从我的邻居或者多齐尔警探那里知道这些事。”

“好的，好的。谢谢你告诉我。”他说道。

“我还想告诉你，关于艾利森的案子，警方没有发现任何谋杀或者其他类似的可疑之处，那个案子显然是自杀。”

“只是……”他停了下来，似乎在考虑是否应该继续把他的想法说出来，最后，他还是没忍住，“难道你一点也不觉得她的死对于某些事来说，变得很……方便吗？”

“什么意思？”虽然我心里很清楚他是什么意思，但我想听他亲口说出来。

“你知道的，虽然听起来不好听，但是他正在搞婚外恋……”

“那不是婚外恋。”

“他们的婚姻中出现了另外一个女人，然后他的妻子就离奇死亡了……”

“没有什么离奇的，她是服药过量！”

“……现在他的儿子也莫名其妙失踪了，你们又分居了……”

“好吧，”我尽量克制着自己，然后放下叉子，“我知道你的工作就是问各种问题，我理解，但是，艾利森是因为服药过量去世的，事实就是这样。本和我分开是因为孩子，因为我们的世界分崩离析了，好吗？梅森失踪之前我们很幸福，在那之前我们的婚姻没有任何问题。”

我死死地盯着韦伦，看他是否会继续说下去。我看到他的下唇在抖，像在释放反击的威胁信号，另一个我难以应付的问题就在他的唇齿之间，呼之欲出。但他没有说出口。相反，他咬紧牙关，好像必须借由自己的身体才能控制住大脑不再继续这个话题。

“这种事情对夫妻来说是一场严峻的考验。”我重复着哈里斯医生跟我说过的话，好像因为是医生说过的，就成为不争的事实，“这对任何人来说，都是一场严峻的考验。”

“好的，对不起。你说得对。”

说完，我们低着头，沉默地吃饭。银质餐具发出的叮当声放大了笼罩在整个房子的尴尬与寂静。

“跟我讲讲梅森吧，深入地聊聊。”韦伦换了个话题，打破了沉默，想从这个令人痛苦的话题跳出来，聊些轻松的东西。

我低头看了看桌子，想起昨天坐在这里时，我们之间摆着的那些闪着绿灯的设备，然后回想起第一次在警察局接受讯问时的录音。那台古老的卡带式录音机上像眼睛一样的转轮，吱吱地不停旋转着，桌子那头的多齐尔警探来回踱步，想给我施加些压力，吓唬吓唬我。

“让我想想，”我拿起酒杯，手指捏着杯梗来回搓动着，“他喜欢恐龙，可以说很着迷。我们有本书……”

“伊莎贝拉，”韦伦打断了我，身体微微前倾，“我说，深入地聊聊。”

我咬紧牙齿，心在胸腔里狂跳。我已经习惯了谨言慎行、字斟句酌地努力取悦那些听众，永远只说正面的、好的事情，然而，那些东西对别人来讲从来都不重要。但韦伦似乎能看透我，他懂我的口是心非，也懂我的欲言又止。

我再次抬起头看着他，看着他满眼的善意。我在犹豫，迈出这一步，是否真的会不一样呢？

“说实话，照顾他真的让人筋疲力尽。”我终于说了出来，坦诚的感觉就像长时间憋气后突然呼出的那口气。

“怎么说？”他问道。

“他有疝气，所以他总是哭个不停，什么都安抚不了他，任何方法都没用。因为本要工作，所以大多数时间都是我一个人在家照顾他，我还记得刚开始的那些夜晚……”

我停了下来，突然意识到过于坦诚对我来说未必是件好事。至少目前，我不想让他知道有关梅森出生，还有无数个手忙脚乱的清晨里的那些细节；也不想告诉他，当黑暗中只剩我们时，看着蜷缩在我怀里的那个小小的身体，脆弱得犹如树枝一样的四肢，从我心底蔓延开来的慢慢被绝望吞噬的感觉。我仍然记得那些灰暗的、缺乏睡眠的胡思乱想，那种不真实的精神游离，没有一个母亲会承认自己在崩溃边缘时萌生过的念头，更不可能大声说出来。梅森有时会在半夜突然大声地尖叫，我会幻想自己用各种手段让他停止吵闹，有时我直接任由他哭闹，把混乱的尖叫声当作催眠的背景音乐。第二天清晨，我依然会假装没有听到，好像他一直都安安静静的，不哭也不闹。当我从婴儿床上抱起他，亲吻他的时候，我为自己这些疯狂的想法和念头感到愧疚不已，但这些想法和念头犹如顽皮的困兽，蛰居在我潜意识的洞穴中，伺机而动，每当夜深人静时便会倾巢而出。

“总之很辛苦，”我接着刚才没说完的话说，“没有想象中那么容易的。”

没人告诉过你，当晚上的睡眠时间被挤得只剩下两小时，你心里的积怨会有多深；也没有人告诉过你，你会对一个自己创造的小生命，一个事事依赖你的人感到如此怨恨。

并且这个人，从未主动要求过你做这些。

韦伦挪了挪椅子，调整了一下坐姿，让自己更舒服一点，然后喝了口酒，又开始低头吃东西。我猜这肯定跟他脑海中的母亲形象大相径庭，可能在他心里，母亲就应该是眼里有星星，比其他任何人都面面俱到的美好存在。我也不知道自己哪来的勇气说出这些话，也许是这顿拉近我们距离的晚餐，毕竟这是几个月来，我第一次在自己家里和另一个人一起吃饭。又或许是因为韦伦是这么久以来，第一个真正愿意听我说话，并且相信我的人。自从那天在飞机上他把名片放在我的膝盖上之后，我们之间就开始小心翼翼地、一点一滴地建立起这种纯粹且坦诚的关系。

不管怎样，坦诚的感觉很好。尽管我知道这可能不是人们期待听到的，但至少我说了实话。

终于，说了实话。

事实上，我一直都做不到坦白诚实，不论是对本、我的父母，还是日托所的其他妈妈，特别是那些妈妈们。在梅森失踪之前，在认识本之前，我的心里一直都藏着秘密。每当忏悔的冲动像胆汁一样涌上我的喉咙时，我都会硬生生地将它咽回去。但我很快就明白了，当有人问我过得怎么样，能不能挺住时，他们其实并不期待一个答案，至少不是真正的答案。所以我忍住了酸楚的眼泪，强颜欢笑着，给了他们想要的答案——我很好，一切都很好。

不，事实上，我好极了。

第二十六章

几个小时过后，韦伦和我依然待在餐厅里。我们把桌子推到一边，坐在地上研究墙上贴的那些东西。我们中间放着梅森案的资料，还有两个空的红酒瓶。之后我们又开始喝烈酒，他来了杯加冰的威士忌，我喝的是伏特加苏打，上面放了一片青柠。

“你有没有在其他地方放过你家的备用钥匙？”现在很晚了，将近凌晨一点，他的舌头像麻了一样，说话含含糊糊的，眼睛也快睁不开了。我觉得应该不是因为喝酒，可能是太累了，所以想睡了。“其他人也知道的备用钥匙。”

“没有，”我摇了摇头，“自从我家门口脚垫下面的那把钥匙丢了以后，本就不愿意留备用钥匙了。”

韦伦吃惊地扬起眉毛，但我摇了摇头。

“那是很久以前的事了，大概是梅森六个月的时候。”

韦伦点点头。可脑海中那段模糊的记忆突然像皮带一样，勒紧了我。本向我保证，我们可能只是不记得放在哪里了，又或许是我遛狗的时候从口袋里掉出去，从门廊的木板缝里掉到什么地方了。但不论怎样，事实就是那把备用钥匙丢了。一想到有人因此能够轻而易举地进入我们的生活，就像我们邀请他们来一样，就让我胆战心惊。这也让我意识到自己太容易信任别人了，常常想当然地认为没有人会伤害我们。当我们晚上开着百叶窗在家里走来走去，一举一动都被屋里的灯光照得清清楚楚的时候，也从没想过可能有人在监视我们。当我们离开家，锁上门，把钥匙藏在花盆下或石头后面时，也没想过会有人在我们走后，从这些地方把钥匙找出来。罪恶的手总在你意想不到的时候伸出来，然后在我们的生活里不断试探，寻找一个最柔软的地方拿捏。

“婴儿监护器呢？”他接着又问，我瞪了他一眼。

“电池没电了，我跟你说过的，你忘了吗？”

“哦对，对不起。”他揉着眼睛说，“我的意思是，监护器有没有保存之前的视频？它有没有存储功能？就像屋子的监控一样。”

“它有这个功能。我们还给它连了无线网，所有视频都可以同步到我们的手机和笔记本电脑上，我们可以通过应用程序控制。”

“你还有之前的视频吗？”

“应该有。”我回答的语速很慢。警察也问过梅森失踪那天晚上的视频，但因为监护器的电池没电了，我没办法给他们提供。他们从来没有要过之前的视频，我也从来没有想过去看。我把自己的全部精力都花在了从外面找线索上，家里好像没什么重要的，需要我花心思琢磨的地方。“为什么要看之前的？”

“万一在他被绑架的前几天里有异常呢？谁知道呢。”

我点点头，从地板上站起来，走到桌子跟前拿起我的笔记本电脑。他又喝了一口威士忌，正盯着杯子底的什么东西看。我打开笔记本电脑，输入密码后找到了尘封在我硬盘里的，保存旧视频的文件夹。那里面有上百个文件，是按日期排列的，记录了梅森生命中的每一个夜晚。

“那就从他失踪前一周的视频开始吧，行吗？”我看着韦伦，征求道。他耸了下肩，点头同意了，于是我双击名为“2022.2.24”的文件，屏息等待着视频加载。

视频开始的时间是凌晨六点，梅森还在睡觉。当我从视频中的婴儿室角落里看到他时，他小小的身体就那样静静地躺在床上，我感觉自己快不能呼吸了。

“他很可爱，”他看着屏幕说，然后转过头对我笑了下，“头发很浓密。”

“是啊。”说完，我的鼻子突然有点酸。

几分钟后，他醒了，开始动了。没过几秒门就打开了，我看着自己走进他的卧室，靠在他的婴儿床边，把他抱了起来。我在他的脸上吻了一下，扶着他在地上跳来跳去的，逗他开心。然后我们便离开了婴儿房，留下一个空空的房间。

“我以为我们可以看到他房间的窗户。”韦伦指着屏幕说，“但是看不到，至少从这个角度是看不到窗户的。”

“看不到，因为监护器装在他婴儿床的后面，朝着门的方向，但窗户在他婴儿床的旁边，所以看不到。”

我拖着视频下面的进度条，把空房间的这段跳了过去。大约中午的时候，我把梅森放回床上午睡了一会儿。晚上晚些时候，我抱着他在书架前选了一本故事书，坐在角落的摇椅上读给他听，哄他睡觉。

我们沉默了一会儿，然后我清了清嗓子，试着把快要涌出来的眼泪压回去。

“谢谢你愿意这么做，”韦伦轻声说，“我觉得还是值得一试的。但是我要睡觉了，你也早点休息，我们明天早上再继续。”

我点点头，抿着嘴勉强挤出一丝微笑，看着他站起来把杯子放进了水槽，然后穿过客厅进到房间，关上了门。客房里传来微弱的脚步声，我听到他拉开被子，脱掉衣服的声音。咔嗒一声灯熄灭了，门下面缝隙处的光暗了下来。

我又看向电脑，看着梅森，他已经躺在了他的婴儿床上。我可以在这里坐上几个小时，什么都不干，就静静地看着他睡觉。

我拿着笔记本电脑，在桌子旁坐了下来，然后拖着进度条快进到他睡觉的这段时间。我看着他翻来覆去的动作在我眼前一闪而过，房间越来越暗，他的小夜灯散发着柔和的光。突然间，房间又亮了起来，是天亮了。第二天早上六点，这段视频结束了。

我靠在椅子上，回想着刚刚看到的东西。只是简简单单、普普通通的一天而已，却那么难以消化。每当想到生活再也回不到从前，我的心里便充满了绝望。梅森的婴儿房如今只是一间积满灰尘的空屋子，留给我整个宇宙的寂寞。我像被抽离了灵魂的行尸走肉，只剩下躯壳。

我抬头扫了一眼墙上的时钟，凌晨一点半，然后视线又回到电脑屏幕上，我决定再打开一个视频文件。

我随便点开了梅森失踪前几个月的一天，再次看着自己曾经的生活在我面前徐徐展开，就像一张被遗忘在角落满是灰尘的旧地毯，突然被翻出来启用。还是和刚才的视频一样，我只看有梅森的部分，剩下的快进，视频结束就换下一个。看了他刚生下来，还是个小宝宝的视频后，我决定往前找，看看他从婴儿床上跪着摇来摇去，慢慢变得越来越有劲的视频。那些都是我曾经错过的，一个个的小瞬间。它们发生在我睡觉时，那扇紧闭的门后。但现在，我不想错过任何一个细节，一秒都不想。

我又点开了另一段视频，时间是十二月初，大约是他失踪前三个月。我看到本在哄他睡觉，他在梅森的耳边一遍又一遍地说着什么，然后等他睡着后，把他放进了小床里。看到他关上卧室的灯，离开了房间，我又按下了快进键。我盯着屏幕，等进度条走到最后的位置，这时，我突然看到什么东西在动。

我点了暂停键，看了下时间，是凌晨三点二十二分。我眯着眼睛仔细地看着定格的画面，想搞清楚那究竟是什么。我发现，是房门下缝隙处透出门后走廊的光。我重新按下播放键，看到一个若隐若现的影子在门缝处晃动，好像有人经过。我猜可能是本去洗手间，或者是去喝水也说不定。但是，我看着门慢慢被打开了，一个人走了进去。那个人是我。

一定是因为梅森哭了，我猜，虽然他看上去睡得很熟。我把音量调大了一点，也只能听到他的呼吸声，一种很轻的呼呼声，就像耳朵贴在海螺壳上听到的那种声音。我把脸靠近屏幕，接下来发生的一幕，让我整个人僵在了那里。我看见自己走进他的房间，往他婴儿床的方向走去，然后突然停在了那里。

"我在干什么？"

我下意识地脱口而出，大声问自己。因为那个样子的自己实在太奇怪了。我就那么愣愣地看着自己一动不动地站在梅森屋子的正中间。这时，死去的记忆瞬间复活了，给了我重重的一击。

我用手捂住嘴巴，屏住呼吸。

"梦游的时候我干吗了？"

玛格丽特和我躺在床上，脸颊埋在我的枕头里，然后睁着大大的眼睛，惊恐地盯着我看。

"你就睁着眼睛站在那里。"

我盯着电脑屏幕看了一分钟，等着视频里的我做出些动作。但是没有，我还是站在那里，一动不动。我的脚就像被固定在原地一样，睁着眼睛，直勾勾地盯着前面。

"你每次那样我都很害怕。"

我太想让视频里的自己动一动了，随便干点什么，什么都行，只要不是呆呆地站在那里。在镜头拍到的画面里，我的眼白发着凄惨的光，就像一只被车灯照到的动物。最后我实在受不了了，按下了快进键。我看着自己僵硬的身体，随着时钟嘀嗒作响的节奏来回摆动。

三点四十五分，四点十五分，四点四十五分，五点零五分。

终于，在凌晨五点四十三分的时候，我看着自己在原地站了两个小时后，转身向走廊走去，随后关上了门。婴儿床上睡熟的梅森，对昨晚发生的一切浑然不知。十七分钟后，视频结束，屏幕一片漆黑。

第二十七章

回　忆

我早上挣扎了好久才醒来，脑袋里像是装满了糨糊，昏昏沉沉的，嘴巴里的口气有点重，舌头上有一层黏黏的痰液，就像剥了壳的鸡蛋，滑溜溜的。眨了好几下眼睛，我的视线才逐渐变得清晰起来。外面的天空一片阴霾，每当雾霾笼罩大地时，我都有种不祥的预感。

我注意到的第一个异常就是安静，出奇地安静。窗外没有蝉鸣，也没有鸟叫，好像世界已经停止了转动，我被困在一片寂静之中，安静地徜徉着。屋子里有一股沼泽的味道，气味比昨晚更浓烈，几乎盖住了其他所有的味道，就像顺着窗户渗进来，洒了一地毯的水一样无处不在。

我的脑海中突然浮现出这样一个场景，潮水越涨越高，不断逼近我们的房子，然后慢慢将它吞没。褐色的水从墙上的每一道裂缝、每一条缝隙、每扇窗户和门里面涌了进来，把我们困在里面，将我们淹没，凶猛地吞噬掉这栋房子里所有的生命。

我清了清嗓子说："我们睡过头了。"

我翻了个身，以为能看到玛格丽特的脸贴着枕头，一双大大的蓝眼睛盯着我。但她没在床上。

"玛格丽特？"

我从床上坐起来后突然意识到，难怪这么安静，因为玛格丽特不在。一般来说，如果我比她醒得早，就会听到身边传来她平稳的呼吸声，还有喉咙里回荡的轻微的呼噜声。她的胳膊和腿总爱在我破旧的床单上蹭来蹭去。

我瞥了一眼浴室，门大开着，她也不在那里。

我抬起腿，脚踩在地毯上，有种潮潮的感觉。我猛地把脚挪开，往下看，被脚挤压出来的小水坑很快又钻回了地毯里，就像潮湿沙滩上的脚印，一抬脚，小水坑里的水就会消失不见。

“玛格丽特？”

我下了床，朝浴室走去。地毯是湿的，那个瞬间，我脑海里那个奇怪的场景又突然浮现，难道是汹涌的沼泽水涌进了卧室，弄湿了地毯？但我知道那只是我的臆想而已，沼泽里的水是不可能涨到这里的。我打开浴室的灯，光线的突然变化让我眯起了眼睛。我注意到地板上有更多的水，一个巨大的水坑正慢慢向墙边蔓延，角落里堆着几条潮湿的毛巾，散发着一股酸味。

我又走近了一点，想看看是不是我们昨晚干的好事，只是当时没有发现。可能是玛格丽特从浴缸里爬出来时，水从浴缸的侧面溢了出来，然后妈妈拿浴巾把她擦干后，扔在了墙角。洗完澡我们换上睡衣，关了灯就睡觉了，也没有收拾浴室。

但紧接着，我看到了镜子里的自己，瞬间意识到自己刚刚的猜测是错的。

我低下头，抓起身上的睡衣，我身上穿的不是昨晚睡觉时穿的那件。这不一样，我知道。因为我记得玛格丽特睡衣上的小雏菊，她躺在床上的时候，就像一片雏菊花海。我的睡衣上也有雏菊，只是比她的大一些，像是妈妈想用衣服上的图案来区分我们的年龄一样。

但现在，我穿的是件纯白色的睡衣。

“玛格丽特？”

有些不对劲。我知道不对劲。我感觉自己骨头里传来了疼痛感，像被生长痛折磨了一夜，或体内什么东西要撕裂皮肤破茧而出一样。

很快，那种熟悉的感觉又出现了，脑袋里隐隐的痛感一直不断提醒着我。

我把双手放在脖子两侧，感受着自己颈部的脉搏，试着放松下来，慢慢地调整呼吸。我触到了耳朵后面，下巴底下那一小块细嫩的皮肤。我放下胳膊，低头看了看手指上淡淡的褐色污渍，把手放在鼻子下面，缓缓地吸了一口气。

我在任何地方都能嗅出这种味道，死亡和腐烂的味道。

淤泥的味道。

我把头发撩到肩膀后面，然后靠近镜子，想看一眼自己的脖子。我发现自己的耳朵下面有三道痕迹，像手指印。

我感觉心脏快要从喉咙里跳出来了，赶紧跑回卧室，冲进走廊，一步两阶地跑下楼梯。我的思绪在翻滚，像一团黑压压的蚊虫盘旋在我的头顶。春潮、地板上的水、地毯上的脚印，还有我，睁着双眼，慢慢匿入黑暗。妈妈的那幅画，以及沼泽里我的脚。

玛格丽特是我走到哪就会跟到哪的，就算是害怕，也会跟着我。

到楼下以后，我转身走进厨房，以为玛格丽特会和往常一样坐在桌旁，腿上放着她的娃娃。等她发现我，就会脸色一变，摇着头说："你又那样了。"

但是，厨房里只有我的父母。

他们面对面坐在厨房的桌子旁，中间摆着两杯咖啡，眼睛低垂，看着地板。

"爸爸？"

他们没有抬头，甚至没有注意到我。在那个慌乱的瞬间，我觉得自己已经死了，现在只是一个身体腐朽在墙里，灵魂游荡在外的鬼魂。

"妈妈？"

我看到妈妈的肩膀抖了一下，仿佛我的声音是一记冰冷的巴掌，抽在了她的身上。她必须用力支撑自己，保护自己不受我的伤害。她的手指紧紧地握着咖啡杯，用力到能看到指关节突出的骨头。然后，她慢慢地抬起了头。

“玛格丽特在哪儿？”问完这句话，我马上后悔了，因为妈妈的表情说明了一切。她憔悴的双眼红肿且无神，就和那天晚上在爸爸办公室里一样。她好像又哭了，而且看起来很害怕。

“你妹妹发生了意外。”

我看着爸爸，他的语言一如既往地稳重和冷静。

“什么意外？她还好吗？”

母亲猛地把椅子往后一拉站了起来，我被椅子腿划过地砖的尖厉声吓了一跳。她从我身边侧身走过去，目不斜视地走上楼梯，然后砰的一声关上了门。

“妈妈怎么了？”

爸爸叹了口气，又低下了头。他用手掌用力地捂了下眼睛，然后抬起头，强迫自己看着我。

“伊莎贝拉，警察快到了。我觉得你最好先回你的房间待着。”

第二十八章

现在

“伊兹的睡眠一直都有……问题。”

“她患失眠症之前，就有其他睡眠方面的问题，和失眠刚好相反的那种。”

听了这番话，哈里斯医生开始上上下下、仔仔细细地打量我，好像我是什么亟待破解的医学难题一样。

过去的回忆正一点一滴缓慢地将我淹没。我眨了好几下眼睛，爸爸的脸才在黑暗中慢慢浮现，他的双手搭在我的肩膀上，眉毛皱成了一团。

我回忆起自己站在草地上，爸爸将我的手紧紧攥在手心，怔怔地看着昨夜突然烧起来的大火，橘色的火焰把我的脸颊烤得炙热，像发了一场高烧，火光在我的眼里熊熊燃烧着。

回忆起我在厨房里醒来，周围一片黑暗，地板上却有一摊洒了的牛奶。

还回忆起我的妈妈，和她脸上不解的疑惑，她歪着脑袋研究我的样子，像在思考眼前的我，是不是醒着，是不是真的。

记忆里最重要的还有玛格丽特。

“你什么时候能不再梦游了呀？”

我记得卧室里的那些脚印，为了不让别人看到，我用脚使劲地蹭着脚印上的泥土，试着把它们蹍进地毯的缝隙，好让那些脚印消失。还有院子里那个石像，眼睛瞪得大大的，嘴巴不停地往外流着黑乎乎的东西。当然，我的父母也带我看过医生，但医生说没什么好担心的，这种情况很常见，也没什么危害，大多数孩子十几岁的时候就会好转。

“伊莎贝拉？”

我听到有人叫我，但我的思绪还飘荡在别处，在某个遥远的地方。我可能是在想玛格丽特，想她小小的身体紧紧贴在我身上时的感觉，想和她一起躺在床上时，我们光溜溜的四肢和床单上的汗水味。

“现在我躺下睡觉，求主守护我的灵魂。”

第二天早上醒来时，泥巴沾满了我的脖子，就像凭空伸出的手指，把我向后拖拽。

“倘若我在醒来之前死去，乞求主带走我的灵魂。”

“嘿，伊莎贝拉！”

我眨了眨眼睛，转过头，看见韦伦站在我的面前，一脸担忧的表情。我差点儿忘了他的存在。

“你一晚上都没睡吗？”

我又眨了眨眼，环顾了下四周。我坐在餐厅的桌子旁，面前的笔记本电脑没电了，梅森案的资料散落在地板上。我瞥了一眼墙上那些盯着我看的眼睛，突然感觉不是我在调查他们，而是他们在研究我。就像《真实罪案》的观众一样，他们满怀期待地看着我，蹲守着我语言里的漏洞，这样他们便能窥探到一些黑暗和危险的东西。仿佛我身上埋藏着许多秘密，却一再刻意地隐瞒着。

不过，我确实有秘密。

我朝窗外瞥了一眼，天已经亮了，然后又看了眼韦伦，他看起来像刚洗过澡，准备好迎接新的一天了。我清了清嗓子。

“不是的，”我一边说，一边试着调整自己的状态，我搞不清自己究竟在这里坐了多久，“不是的，我……在沙发上睡着了。没换衣服直接就睡了。”

“好吧，”说着，他的眼睛依然看着我，“你需要什么吗？”

“不用，我正要去……要去洗澡了，然后换衣服。不好意思。”

“我给你弄点东西吃吧。”

“好的，”说着，我站了起来，突然觉得有点尴尬，“好的，太好了。谢谢。”

“对不起，我不是故意的……”说到这，他停了下来。我能感觉到他有些尴尬，好像他偷看我浴室柜里的处方药被我发现了，或者窥探了我的隐私一样。“因为你瞪着眼睛一动不动地坐在那里，我就想看看你怎么了，确保你没什么事。”

“没事，我没事。”说着，我把脸上乱糟糟的头发撩到一边，努力挤出一丝微笑，“我不是故意的，我只是发了一下呆而已。”

我找了个借口钻进浴室，然后锁上门。我走到水池边，打开水龙头放水，然后盯着镜子里面的那个自己。我看起来比平时还憔悴，昨天画的妆卡在脸上的细纹里，一道一道的；我的眼睛和往常一样布满了血丝，但我的脸上似乎萦绕着某种不一样的东西；我脸上的皮肤苍白得很不自然，就像夜里被吸血鬼吸了血。

我抬起手轻轻地摸了摸脸颊，然后把手放在耳后，摸着下巴下面那块光滑的皮肤。记忆中的碎片开始慢慢拼凑起来，像突然从一个陌生的地方醒来，意识在逐渐复活。我不确定自己是否愿意再经历一次这样的感觉。

我想起了过去十二个月里经历过的所有。首先，当我意识到那些我失去的东西将永远无法回来时，有种莫名的罪恶感，以及和梅森在一起的所有时刻，那些我不愿面对的晦暗的、羞愧的清晨，还有我在电脑屏幕上看到的自己，那个在黑暗中站在婴儿床旁边，睁着眼睛一动不动的自己。

回忆与现在的交集似乎突然变得不言而喻起来。

我想起了沼泽旁发现的毛绒恐龙，想起了清晨熟悉的淤泥味，还有父母那看上去似乎永远不会融化的、冰冷的沉默，多齐尔警探每次和我在一起时警惕的眼神，还有迫不及待从我身边消失的本。仿佛我犯了什么错，不可原谅的错。

就像他知道一些我不知道的事。

“你得振作起来。”我闭上眼睛，低声告诉自己。

然后我深吸了几口气，用凉水洗了把脸，让自己清醒一下。

第二十九章

吃完早餐后，我们决定去市中心走一走，缓解一下昨夜宿醉的酒劲。韦伦没再提起今天早上发现我眼神呆滞地坐在那里的事情。当我头发湿漉漉地从浴室出来，下眼睑涂着一层厚厚的护肤品时，他正在厨房里吹着口哨炒鸡蛋。

我们拿着纸杯装的咖啡在城里溜达时，他问我："再看一遍那些视频，对你来说肯定很不容易吧？"

"确实。"我知道他说的是我们一起看的那一段视频，那里面什么都没发生。但我满脑子想的都是他上床睡觉后我看的那一段，还有我在视频里的样子，我身体笔直僵硬地站在那里，眼睛像两块燃烧的炭一样幽幽地发着光。幸亏他没有看到那样的我，不然我不知道该怎么跟他解释。"回头看这些感觉很不一样。不过也不算什么坏事，能帮我回忆回忆过去。"

"是的。"他低头看着自己的鞋，肯定地说。

要是有玛格丽特的视频就好了，这样我就能看看她一天的生活，帮我回忆一下那些被时间遗忘的小细节。比如，在阳光恰到好处的照射下，她头发的颜色是介于金色和棕色之间的，还带着些淡淡的蜂蜜色；

还有她身上的味道，好像连出汗都带着微微的体香；她总是突然爆发一阵傻笑，让人不自觉地想要跟着她一起笑。我脑海里关于梅森的记忆也在慢慢淡去，可我却无能为力，只能眼睁睁地看着这一切在我眼皮子底下悄悄地发生着，眼睁睁地看着记忆背叛我，把他们幻化成两个模糊不清的影子，永远留在过去的扉页里。于我而言，想要留住这一切越来越难了，他的气味，他的笑声，所有关于他的点点滴滴。每一天，他都在我的记忆中变得更模糊一点，就像衣服上的污渍在流水的冲刷下逐渐淡化，而我却只能用手指轻轻摩挲着那残留的印记。

很快，他就会在我的记忆中消失不见，就像从来没有出现过一样。

“嘿，”韦伦突然拍着我的胳膊说，“那不是本吗？”

本在我们前面几英尺的地方，为一对老夫妇扶着门，等着他们慢悠悠地从一家早餐店里出来。我有时会忘了他现在住在市中心，我们分居以后，他便在办公室附近买了一套豪华公寓。

我尽量试着不去想，真的。我不想知道他在那个房子里干些什么，和谁在一起。

“是他。”我回答道。本的脸转向了左边，跟我们一个方向，所以我们是安全的，他应该看不到我们。

“那是谁？”

顺着韦伦眼神的方向，我看到一个女人走出餐厅，挽住了本的胳膊。她的脸上挂着幸福的笑容，显然站在他的身边令她感到十分满足，就像我以前一样。

“我不知道。”我撒谎了，我知道那是谁。那是本新认识的女朋友，上次他跟我提起的那个，肯定是的。说不清为什么，我觉得她看起来有点眼熟。接下来，我的猜测得到了证实，本俯下身吻了她。

本的手轻柔地沿着她的后背一直向下，最后落在她的腰间。突然间，我的胸口传来一阵痉挛。我咬紧牙齿，愤怒和嫉妒的情绪一股脑地涌了上来。

“他的品位没变啊？”

“什么意思？”我转身看着韦伦问。他看着我，满脸的不可思议。

“我什么意思？别告诉我你没看到。”

我回头朝他们的方向看了一眼，他们手牵着手越走越远了，但我隐约可以看到她的侧脸，微翘的鼻子，灿烂的笑容，散发着青春的光芒。我突然意识到韦伦说得对。

“她长得确实很像艾利森，年轻版的艾利森。”这个发现令我崩溃。难怪她看起来那么眼熟，也难怪我感觉哪里不太对劲。

那些远远地便能吸引人眼球的基本特征，几乎一模一样。她跟艾利森一样又高又瘦，有着古铜色的皮肤和深棕色的头发。我的胃突然剧烈地抽动起来，就像断了钢缆的电梯一样，急速下沉。

我突然意识到韦伦指的不是艾利森，因为他根本不知道艾利森是谁，也从来没有见过她。

他好像看穿了我的心思一样，说：“艾利森？她长得像你，伊莎贝拉！”

第三十章

我不想去参加艾利森的追悼会。那种像在她坟墓上跳舞一样的感觉，很不好，仿佛我不尊重死者，幸灾乐祸地为自己取得了她甚至都不知道自己参与了的游戏的胜利，而沾沾自喜、扬扬得意。

自从那天在办公室看到他们幸福恩爱的照片，像战利品一样炫耀地被摆在本的桌子上，我便知道了她的存在。从那以后，我对艾利森总怀着一种怨恨和嫉妒、好奇和敬畏交织在一起的复杂情绪。我曾经很想成为她，为了成为她，我希望她可以消失。现在她真的消失了，我却不知道应该用怎样的情绪去看待这件事。

整个杂志社的人都参加了追悼会，表达了对逝者的怀念，我实在找不到一个完美的借口，能让自己看起来不那么无理又无情。

“就一个小时而已。”我们在人行道上走着，凯茜一边拽着裙摆一边说。她穿的衣服太紧了，是那种我去酒吧才会穿的衣服，不适合参加这种场合。但这也不能怪她，似乎没人会专门为这种场合置办行头。“不是开放的那种棺材，所以我们不会看到她，真是谢天谢地。”

她以为我的紧张是因为恐惧参加葬礼，但实际上并非如此，从来都不是。我紧张是因为一个不停出现在我脑海里的念头：艾利森死了，但她知道，她知道了我和本的事，知道了我们的秘密。这种感觉在我刚走进葬礼现场时变得愈发强烈，因为那种熟悉的感觉又出现了，妈妈曾经跟我讲过的那种感觉，好像有双眼睛在盯着我。是她，是艾利森，这种感觉就像她从屋顶俯瞰着我，盯着我的一举一动。

我们站在门厅，环顾了下四周，看到吧台后便径直走过去，拿了两杯香槟。追悼会上提供香槟感觉有些不合时宜，一般在一些更轻松的庆祝场合才会喝香槟，今天可是葬礼。但我顾不了那么多了，我需要一些东西来舒缓自己紧张的情绪，让自己放松下来。

“本在里面，”凯茜指着客厅说，“在里面接受吊唁。”

“我们是不是应该进去？”

“我想是吧。”说着，她抿了口香槟，然后皱起了眉头。香槟看起来很便宜，有一种不自然的亮黄色。“她的家人也在里面。我们是不是应该说点什么？”

“艾利森的家人？”

我想到了。当然了，她的追悼会，她的家人肯定会在，毕竟这是他们共同的房子。但我毫无心理准备，不论是面对面地见到她的父母、兄弟姐妹、祖父母，还是看着他们的眼睛，装模作样地双唇颤抖，甚至挤出一滴眼泪来。我知道我应该说：我为您的失去感到难过。但内心深处一个声音告诉我：他们有所失，我才有所得。

“对，艾利森的家人，还能是谁？”

我呼了口气，喝了一大口酒后，舔了下嘴唇，说：“我出去一下，透透气。”

我记得自己从拥挤的餐厅挤了出去，不停地对身边的同事们报以腼腆的微笑。看到他们都穿着不合身的黑衣服站在那里，满脸严肃、身体僵直，三五成群地挤在一起，是种很奇怪的感觉。就像我从没见过他们出了办公室以后的样子似的，虽然我们以前下班聚会过很多次。这让我想起有次在波弗特，我在一家卖酒的商店撞见了小时候的牧师。早上九点，他手里就拿着一瓶伏特加，待他看到我，甚至都懒得遮掩。那一刻我意识到，我们喜欢把生活中的人用整洁的小房间隔开，他们待在我们为他们划定的隔间里才会让我们感到安全。所以在那样的场合，我看到同事们红着眼睛在衬衫袖子上擦着鼻涕，就像是他们从没有感情的小房间和会议室里走了出来，真实得让我感觉有些不自然、不对劲。

我打开后门走到门廊，凉凉的微风轻拂过我的脸，感觉好多了。房子里面太热太闷了，那么小的房子挤了那么多的人。我在门廊的台阶上坐着，双手托着下巴，香槟放在了一边的地上。

“伊莎贝拉？”

我转过身，手因为惊讶放在胸口，发现这里不止我一个人，还有本。他躲在房子侧面的一堆灌木丛后。其实听到声音时我已经知道是他了。

我站起身：“本，你在这里干吗？”

他抬起手臂，手指间夹着一支香烟，耸了耸肩。

“我不知道你抽烟。”

“我原来不抽。”

我向前走了几步，透过窗户看了一眼房子的后面。没有人注意外面，大家都忙着说话，或者凑在摆着湿乎乎的奶酪和干巴巴的小胡萝卜的桌子旁。他们盯着墙上艾利森的家庭照：踢足球的、戴毕业帽的、穿着婚纱的照片，然后摇着头，自言自语地重复着一样的话。

“本。”我又叫了他一声，然后走出门廊，来到离他很近的草地上。当时，我们躲在房子后面的树下。没人知道我们在这里，也没人看得到我们。“很抱歉。我都不知道该跟你说些什么。”

“谢谢，”他仰着头望着天空，叹了口气说，“我不想待在里面，不想面对……所有人。”

“我懂。”

“你想象不到过去的几天，我得跟多少人说多少话。”他回头看着我说。他看起来十分憔悴，像是一个星期都没睡过觉。

“我能想象。”说着，我又朝他走近了一步。我确实可以想象到，因为我也有过这样的经历，或者说类似的经历。

“这几天，”他说着，用力地吸了一口手里的烟，脖子上的青筋都鼓了起来，“我的脑子里只有一个念头，就是我太想和你说说话了。”

我突然愣在那里，不敢相信自己刚刚听到的话。

“我知道我说这些可能不合适，特别是现在……但去他的吧，伊莎贝拉。我不在乎了，什么都不在乎了，生命太短暂了。”

房子里面传来了一声异响，好像有人摔碎了玻璃杯。我听到了一阵呜咽声，于是从屋角的窗户往里瞥了一眼，看到一群人正朝地上的一个东西，不对，是一个人拥去。我意识到那是艾利森的妈妈。她瘫倒在地，跪在红酒杯的碎片中，膝盖流着血，泣不成声。

我向本示意了下后门的情况，嘴巴半张着，意思是他应该进去看看。但本根本没有反应，他动都没动，还一直看着我说个不停。

“和艾利森在一起的最后几年真的很难，”他说，“她有问题，伊莎贝拉。我不知道怎么解决的问题，我很想帮她，可是……”

他突然停下来，用手捏了捏鼻梁。手指上夹着的深红色烟头都快挨到脸上了，看着有些危险。两眼之间的那种灼烧感，他自己肯定也能感觉到。

“星期一晚上我从办公室回到家，发现她睁着眼睛躺在浴室的地板上，脸色苍白。这已经不是她第一次……但这一次，我一看就知道她……”

没等他把话说完，我走过去，伸出双臂抱住了他。

“没关系的，这不是你的错。”

我能体会他的感受，那种被人责怪的感觉。

“很多次我都想告诉你。”我能感觉到脖子上他温热的呼吸，还有难闻的烟味。我发现这是第一次见面那晚以来，我们靠得最近的一次，也是从那之后，第一次肢体接触。“我们后来一直在沟通这个问题，我不想回家，也不想面对那些，我只想告诉你压在我心里的这些话。我们并不幸福，伊莎贝拉，我和她早就回不去了。”

“没关系的。”我又重复了一遍，因为我不知道自己还能说些什么。

“我尽力了。”说着，他向后退了一步，看着我的眼神里充满了绝望。我看得出来，他希望我相信他，他需要我相信他。“我很努力地想修复我们的感情。我的意思是，你知道，毕竟我们在一起这么久了，我想着……但是很明显，我没能……”

“我知道你努力了，本，你不用跟我解释。”

我把手从他背上移开，紧紧地捧住他的脸，看着他的眼睛。我们的脸只有几英寸的距离，还没等我反应过来，这距离便消失了。本吻了我，他把手伸进我的发间，疯狂地亲吻着我。他的香烟掉了，掉下去时擦过了我的手臂。我们吻得很用力，深长又绝望，那是积攒了六个月的可望而不可及，一下子将我带回到初次见面的那个晚上。

那一刻，我已经忘了我在哪里，在做什么，也忘了艾利森的妈妈还瘫倒在屋内的地板上，悲痛欲绝到丝毫顾不上被玻璃划破的伤。我所有的同事离我们只有一步之遥，这一步之遥足以毁掉我的未来、我的事业，一切的一切。但我不在乎，一点都不。我们终于在一起了，这才是此时此刻我最在乎的。

他终于属于我了。

“本？”

我听到门上的安全链发出了嘎吱声，后门随后被打开了。脚步声在离我们几英尺的门廊处停了下来。

“本，你在外面吗？”

本立刻松开了我，并抽回了放在我发间的手。他快速擦了下嘴唇，把我的痕迹从他的身上抹去。上一秒，我们还如胶似漆地纠缠在一起，下一秒，他就消失不见了。

“我在这儿。”说着，他头也不回地跳上门廊，“我出来透透气。”

我听到一只手在他的背上拍了一下，带着一丝担忧地问：“你还好吗？”

“我没事，”他清了清嗓子回答，“好着呢。”

我听到了本返回屋子的脚步声，但不知道为什么，我敢肯定那个人还没走。我能感觉到他在墙那边徘徊，于是我躲藏到灌木丛的更深处，树枝划到了我的皮肤，缠住了我的头发。我屏住呼吸，做好随时被发现的准备。他往前走了几步，走到台阶前。我看到他双手插在口袋里，然后低下头，看到了我的酒杯。酒杯外面挂着水珠，里面的小气泡还在向上翻滚。他俯下身把它拿了起来，看到了杯口处残留的口红印。

我立刻转身，仓皇离开。

第三十一章

现　在

韦伦和我整个周末都在录音。这件事对我来说开始慢慢变得自然起来，那些曾经像剧本一样被迫进行的对话，现在可以毫不费力地展开。就像是两个老朋友，一边喝着咖啡一边聊着彼此的生活。

现在是星期一的早晨，他一手拿着马克杯，另一只手拿着片吐司在厨房里晃来晃去。这画面让我想起了一年前的我和本，想起了我们工作日早晨的手忙脚乱。那是两个生命交织在一起的自然节奏，就像藤蔓一样缠绕着生长。我会在他刷牙的时候轻吻他的脸颊，会用剃刀在他脖子上的柔软角落，帮他处理那些难刮的胡须。他也会在我坐在床边涂身体乳的时候，用手指温柔轻抚我的背。

“我等下先去趟警察局，”韦伦说着，擦掉了沾在嘴上的花生酱，“看看能不能从多齐尔警探那里得到一些最新的消息。”

“好的，”我赶紧回过神来，回复他，“这计划不错。”

上个周末我跟他提到了那个邻居，说了和他在他家门廊上的冲突，说我在守夜那晚曾见到过他，以及摇椅上的老人可以直接看到我家院子的事。我仍然没有任何证据和证明，能佐证那个邻居有嫌疑，但自从在电脑屏幕上看到了那样的自己，我迫切需要转移一下自己的注意力。

我需要说服自己，除了那个已经开始在我脑海里盘旋，犹如幽灵现身黑暗中的念头以外，还有另一种解释，另一个答案。

“忙完打电话给你，或者我们可以一起吃个午饭？”韦伦问我。

我微笑着点头，跟他挥了挥手，门刚刚关上，我便慢慢地呼了一口气。

我走到桌子前，打开笔记本电脑，强迫自己又点开了一段婴儿监护器的视频。我很感激韦伦的帮助，真的。但有些事情我宁愿自己一个人完成，就像回顾这些视频，我要尽可能地多看一些，而且不能让他参与。

当我看到自己把梅森放在婴儿床上后，心脏便一直紧绷着。我开始快进，时钟飞快地旋转着：九点、十点、十二点、凌晨两点。我凝视着透光的门缝，等着那个影子出现。直到太阳升起，阳光照亮他的卧室，时钟指向六点时，我才能放心地长舒一口气。

视频结束了。一直到早上，什么也没有发生。

我靠在椅子上，陷入了沉思。我无法摆脱脑海中的那个画面：梅森的婴儿房里，我眼睛直勾勾地盯着空荡的前方。在我的印象中，自从上了大学，我就没有梦游过了。记得刚搬进宿舍的时候，我每天都战战兢兢的，害怕自己光着身子在走廊里醒来；或是在哪个男孩的床边游荡；又或是在公共澡堂里的淋浴喷头下醒过来，看着满地的泡沫，不断堆积又突然消失；甚至忘记自己住在九楼，梦游的时候打开窗户翻了出去；等等。但这一切都没发生过。和医生说的一样，在我十几岁的时候，梦游症没有再继续发展下去，到我真正独立生活的时候，它似乎完全消失了。

但显然，它并未真正消失。

还有一件事一直困扰着我，虽说是看似无足轻重的细节，但对我来说却无比重要。那就是，我看起来很像艾利森。虽然我比她小五岁，但我们有很多地方都十分相似。当时我没看出来，因为我被她深深地吸引了，她的一切都令我着迷，以至于我不敢想象，自己的身上竟然有她的影子。她的年龄，她的身材，都令我妒忌。她是个成熟女性，而我只是个刚刚参加工作的小女孩，天真地单恋着自己的老板。我任何地方都不如她。但现在，八年过去了，我看着镜子里的自己，棕色头发，橄榄色皮肤，又长又细的手臂无处安放地垂在身体的两侧。

现在，不管本的新女友是谁，但长得像我是事实。

本喜欢的类型显然很固定，我不知道该感到开心还是难过。也许这个新女友只不过是他心灰意懒时的一时放纵，是他失败婚姻和丧子之痛的一种快意的自我麻痹。但这是否意味着我也只是个替代品？艾利森的替代品？喜欢某一个类型本来是一件很正常的事，很多人都有自己固定喜欢的类型。但不知道为什么，这让我想起了那些狗狗死了以后又去买同样品种，作为心爱宠物替代品的人。他们不会花时间悲伤和整理情绪，或去尝试一些新的东西。相反，他们选择用一个一模一样的东西取代它，复制以前的生活，然后假装什么都没发生过。

我知道这听起来很不公平，但同时我又忍不住想知道。既然他不开心，艾利森不快乐，他们的生活也一地鸡毛，那么那天晚上在露天酒吧第一次见到我的时候他在想些什么。他遇到了一个更年轻活泼、更有活力的“她”？那天晚上他到底是什么感觉，是不是看着面前的我，就像看着自己的妻子？一个能感受快乐，和他说着温柔的情话，认真倾听他的每一句话，对他充满爱意的妻子；一个不需要用药片来治愈自己对生活不满的妻子；一个在享受咖啡和美酒时，偷偷跟他眉目传情的妻子。

所以这才是我吸引他的地方。我一直很想知道他喜欢我什么，原来，他喜欢的根本不是我，从来都不是。我只不过让他想起了她，新鲜的、闪亮的、升级版的，还没有被岁月折磨得支离破碎的她。

或者至少他是这么认为的。

我不愿再继续想下去了。我关掉了播放完毕的视频，点开了另一个，然后再下一个。看了整整一周的监控视频后，我决定看看梅森失踪前两个月的。到目前为止，我没再看到自己梦游的画面，我开始怀疑那次只是偶然而已。我正在看另一个视频，画面中显示时间刚过凌晨一点，梅森仰面躺着，睡得正香。就在这时我听到客厅另一边的罗斯克在叫，我抬头，看到一个男人的身影朝门口走来。

“来了。”我大声说着，按下了暂停键，然后从桌旁站了起来。

我以为是韦伦。这里毕竟是我家，他可能不好意思直接开门进来。加上他才出去一个小时，说明他去警察局吃了个闭门羹，然后一无所获地回来了。但我打开门，却发现门口站着的不是他。

“早上好，”多齐尔警探双手放在腰间问道，“我可以进来吗？”

第三十二章

那一刻，我吃惊得说不出话来。多齐尔警探怎么会出现在这里？他难道不应该在警察局，和韦伦谈论我的那个邻居吗？

见我没有开口，他继续说："收到你的语音留言了，还有电子邮件。我想在去警察局的路上顺便来看看你，就没给你回电话。"

"噢，谢谢。"我终于回过神来，连忙说，"当然了，请进。"

我打开门，多齐尔警探走了进来，他伸出手让罗斯克闻了闻。

"所以，你的邻居怎么了？"他开门见山地问道，"卡蒂巷 1742 号？"

"是的。"我说着在沙发上坐了下来，比了个手势请他坐下，但他还是站着。

"确切地说，他不算我的邻居。他住在和我家平行的那条街上，但那天我发现从他家能清楚地看到我家后院，在他家门廊甚至可以看到梅森婴儿房的窗户。"

我低头一看，发现自己竟然紧紧攥着拳头。我松开紧握的手指，活动了几下关节。

"当我试着想跟他沟通一下时，他显得特别警惕，直接把我赶走了。感觉他很不喜欢我在他家周围出现，他甚至连自己的名字都不愿意告诉我。”

多齐尔警探换了个姿势，把重心从一只脚移到了另一只脚上。我看着他像咬牙签一样咬着自己的嘴唇，好像在回忆着什么。

“我去年和他聊过一次，当时没觉得他有什么不对劲的地方，但他跟我说话的方式实在有点……”

“我打断你一下，”多齐尔警探举起手打断了我，“我想我们已经说得很清楚了，你不可以再私下单独讯问任何人了。”

“我没有讯问他，我只是想……”

“你只是想问他是不是绑架了你的儿子，在没有任何合理的理由或证据的情况下。”

“不是的，”我的情绪变得激动起来，“我不明白，除非他有什么要隐瞒的，否则为什么不愿意和我谈谈……”

“也许是因为上次你想和别人‘谈谈’的时候，你打断了人家的鼻梁骨。”

我停了下来，思绪被拽回到杂货店和那个系着围裙的老人。我挥舞着拳头，像雨点一样落在他的脸上，甚至能听到骨头发出断裂的嘎吱声。他那双苍老、粗糙的手抱在头上，抖得像个参加飓风演习的孩子。他胳膊上薄薄的皮肤布满了伤痕，黏稠的鲜血顺着他的下巴流到了地上，渗进了瓷砖缝。

“我不是故意的，”我低声说，“我跟你说过了。”

“是的，你是说过。所以，当你不请自来的时候，也许你不应该对别人表现出来的不安感到惊讶。所以你为什么会出现在他家门廊上？”

我犹豫了一下，并不想跟他提起之前见到的那个人，那个穿着棕色睡袍、灰白头发，盯着我时目光仿佛穿透了我的那个老人。但他眼睛灰蒙蒙的，好像根本没有看见我。

那个男人不一样。我知道他不是一个影子或是余光里闪过的模糊身影，也不是我缺乏睡眠的大脑幻想出来的。他绝对不是我假想出来的人。

他是真实存在的，活生生的人。

“因为某一个人。”我终于说了出来，并且强迫自己继续说下去，“当时很晚了，我在附近遛狗，大概是凌晨一点，有个老人坐在他家门廊处的摇椅上。”

我等着多齐尔警探说点什么，但他一直保持着沉默，什么都没说。

“他就坐在那儿，什么也没干。我以前从来没有见过他。我很好奇，他为什么这么晚还在外面？我想，万一梅森被绑架那晚他也在那里呢？说不定他看见了什么，或者……”

“你是不是经常凌晨一点在你家附近散步？”他打断了我的话，问道，“看起来有点奇怪，就算带着狗。”

我深呼了一口气，把手放在脸上。这段对话让我想起了去年三月，想起了当时面前这个男人是如何把我逼到崩溃、逼到绝境的。他总能把我说的每句话都解读得很糟糕、很离谱，让人很有负罪感。

“我睡不着，可以吗？”我把手放在腿上，怒视着他，“我想你应该也睡不着吧，因为我的儿子依然下落不明，而你却束手无策。”

空气突然安静了下来，我们就这样凝视着对方，直到他叹了口气向我走来。他坐在沙发边上，小心翼翼地和我保持着几英尺的距离，好像我是什么他不想染上的病毒。

他把手放在大腿上，说：“那个人在梅森失踪当晚看到什么的可能性微乎其微，因为他不住在那里。”

“你怎么知道的？”我问他，胸口突然感到一阵刺痛，“你认识那个人吗？”

多齐尔警探看着我，但没有说话。我看得出来，他对我隐瞒了一些事情，一些重要的事情。

“我自己也能找到答案，只不过你告诉我的话，会简单一些。”我继续说道。

他叹了口气，然后捏了下鼻梁，终于决定开口。

“那栋房子的主人叫保罗·海耶斯，我们之所以知道他，是因为他在假释期，但他以前一直是个守法公民。他的假释官每个月来看他一次，我可以向你保证他是一个人住，那房子里没有别人。我不知道你看到的是谁，但他肯定不住在那里。所以梅森失踪的那天晚上他不可能出现在那里。”

“保罗·海耶斯。”我嘴里重复着这个名字。也许是因为去年我见过他，所以有似曾相识的感觉。一个不容易被记住的人和一个没有辨识度的名字。“他为什么被假释？”

“没有暴力犯罪记录，是和毒品相关的。”

“你能去找他谈谈吗？”我想起了韦伦说过的他破的那个案子，在地下室找到的被绑架的女孩，罪犯就把证据藏在了自己家里，“能不能申请个搜查令？”

“不能，我拿不到搜查令！”他气冲冲地说，“天哪！我不能在没有正当理由的情况下，随便问人家有没有绑架别人。声称看到有人晚上在他家门廊根本算不上什么合理的理由。”

我不喜欢他说话的方式，“声称看到有人”这个表达，感觉好像本来就没有发生过，完全是我瞎编出来的。或者更糟一点，是我想象出来的。

“还有什么吗？”

“有，”我的声音瞬间提高了几度，“还有我发给你的那封邮件……”

“对，”他说着，费力地从沙发上站了起来，“我看了那篇文章，没有看到任何可疑的评论。”

“嗯，问题就在这里。”说着，我也站了起来，走到桌边坐下，在我的笔记本电脑上点开了那篇文章，“我想让你看的那条……消失了。怎么会有人写了评论又删掉呢？”

“那条评论写了什么？”

“写了‘他去了更好的地方’。”

多齐尔警探静静地看着我，然后叹了口气，走进餐厅。他看着那面贴满了照片、地图和剪报的墙，我的目光四处游离，不敢和他对视。

“天哪。”他自言自语地说。墙上的规模比他最后一次看到时大了三倍，就像血渍一样慢慢向四周晕开。

“为什么会有人写这种评论？”我没理会他的反应，又问了一遍，“怎么会有人说这种话？”

“有很多种可能，”他从桌子上探过身来看着电脑屏幕，“也许是那种没什么恶意的宗教狂热分子，评论了以后又觉得自己的语言没有同情心，所以删了它。或者只是你看错了。你说的是这个吗？”

他指着屏幕上最后一句评论：这个案子真离奇。

“不是，”我摇了摇头，我的记忆不可能出错，“我没有看错。那条评论就是写着‘他去了更好的地方’。”

“听我说——”说着，他站直了身子。我看着他走到门口，一只手挠了挠罗斯克的耳朵，另一只手打开了门。“你说的这些，我无能为力。你在捏造根本不存在的线索，分散警方在其他方面的调查资源和精力。你知道你上周给我打了多少次电话吗？”

我们都没说话。我感觉到自己的脸颊开始发烫，脑海中不断翻腾着多齐尔警探看到我的来电和短信却假装没看到的画面。

“别再去找保罗·海耶斯了，”他最后说，“和以前一样，有任何进展我会打电话给你。”

他在提醒我他要走了，并且，我又一次浪费了他的时间。走出去时，他准备把门关上。这时我体内突然有些东西积蓄着、翻腾着，抑制不住，就像胃酸。

“我没有杀害我儿子！”我在他身后大喊，“我没有伤害他！”

我不知道我为什么要喊出那些话，但在那一刻，我觉得我必须说。就像我每次站在舞台上，看着台下观众怀疑和不信任的目光时的感觉一样。仿佛他们在等着我出丑，然后拿出相机，记录下自己病态的快乐，再把这些发布到网上，好让全世界都看到。也可能是因为这个男人过去一年多来对我爱搭不理，他自以为是的眼神和虚情假意的微笑，好像他知道一些我不知道的事情。他对我提出的所有问题都只是生气地抱怨或者无奈地叹气，但从不真正回答我，就像他认为自己不可能抓到凶手，因为在他看来，我就是凶手。

又或许，在看到屏幕上梦游的自己，以及那些关于玛格丽特的记忆突然变得异常纯粹和真实之后，我也应该相信这一点。

“我没有做错什么。”我的声音弱了下来，为自己刚才突然爆发的叫喊感到些许的尴尬。

多齐尔警探停下了脚步，慢慢地转过身来，他的手仍然扶在门把手上。他看着我，扬起眉毛，露出了一副满意的表情，就像刚刚赢得了我们之间某种挑战的胜利。

“我从没说过是你做的。”

第三十三章

回 忆

我依然穿着睡衣坐在床边。早上那会儿，虽然很热，但我还是关上了窗。没有风，屋子里的空气无比闷热。但我再也受不了那个味道了，沼泽的气味如同死亡一般，从裂开的窗缝悄然潜入，在我的鼻子下面蜿蜒蠕动，如同勾动的手指，引诱我靠近。

“现在你必须认真地听我说。”爸爸坐在我旁边，声音紧迫低沉。我不知道该怎么面对他，所以一直盯着地毯。“伊兹，警察随时可能到。他们会跟你谈谈昨晚发生的事。”

“但是我不知道昨晚发生了什么……”

“是的，你不知道，你在睡觉。”

我抬头看着爸爸，他的眉毛皱成了一团。他没说出口的话横亘在我们之间，挥之不去。仿佛在暗示我，最好照他说的做。

“但有时候，你知道的……”我停了下来，低头看着自己的腿，努力组织着语言，“有时候，我会起来，然后干一些事情……”

“昨晚没有，”他摇着头说，“昨晚你一直在睡觉。你甚至不需要跟警察提起这个。”

“但是我醒来的时候……”

"你醒来以后，就下楼找我们，发现我和你妈妈坐在厨房的桌子旁，"他打断了我，"然后我们就告诉你发生了什么。"

"所以昨晚到底发生了什么呢？"我的声音尖厉刺耳。我不想再兜圈子了，我受够了打哑谜一样的对话。我有一种感觉，而且在内心深处，我其实已经有了答案，但我想听他亲口说出来。"爸爸，玛格丽特到底怎么了？"

"她……走了，伊莎贝拉。她死了。"

从他们在厨房里看着我的眼神；从妈妈愤怒的双眼，以及她气冲冲地从我身边走过去的样子；从我翻了个身，发现玛格丽特不在床上的那一刻起，我就知道了，那是真的。像是一种直觉。仿佛整个世界都缩小了，不一样了，因为没有了她。毕竟，这里是死神的地盘，一直都是。我感觉它要把我们一个接一个地干掉，如同我们欠下了一笔孽债，还没彻底偿还。

我突然听到外面传来砰的一声，那是关车门的声音，警察已经到了。爸爸迅速站起来，拍了拍我的腿，又低下头看了我一眼。

他说："让你说话时再说。除了回答问题，其他多余的话不要说。"

我点了点头。

"照我说的做。"他又重复了一遍，然后关上房门，回到走廊。

楼下的窃窃私语持续了好一阵子，还有人在房子里走来走去检查东西的声音。终于，我听到有人敲我的门。那声音温柔且有礼貌，好像在说：不管你允许不允许，反正我都要进来。我知道这敲门声只是出于礼貌，给我一些准备的时间，调整自己的呼吸。

我朝门口瞥了一眼。

"伊莎贝拉，亲爱的，这是蒙哥马利警长，他想问你几个问题。"爸爸先探了个头进来，介绍了一句，然后才把门推开。我看到他旁边站着一个男人，又高又瘦，脑袋圆圆亮亮的，就像台球桌上白色的母球。

我点了点头，低头看着自己的手，脑子里一遍又一遍地重复着爸爸的话。这感觉不像在撒谎，真的，因为我确实不清楚发生了什么。我甚至都不确定自己是不是说谎了，但不知道为什么，感觉也不像实话。

“嗨，伊莎贝拉。”蒙哥马利警长走进卧室，坐在我旁边的床上。弹簧发出了嘎吱声，使我的身体向他那边倾斜。“介意我坐在这里吗？”

我摇摇头表示不介意，尽管他已经坐下来了。

“你还记得昨晚发生了什么吗？有什么和平时不一样的事吗？”

我抬头看了看那个男人，他的脑门跟他的头皮浑然一体，都因为汗水而显得油光锃亮的。他让我想起了曾经和玛格丽特在后院发现的尖鼻子、细长眼的铜头蛇。当时玛格丽特想留下它，给它起个名字，但爸爸毫不犹豫地用铲子砍掉了它的头。我永远也忘不了金属和蛇的身体接触时发出的嘎吱声，黏糊糊的血和内脏像湿漉漉的面条一样在它的脖子上耷拉着，没有了头的身体还不停地扭动了大约一分钟的时间，就像它根本不知道自己已经死了。

我瞅了一眼爸爸，看到他轻轻地点了点头。

“没什么特别的。”我说。某种程度上说，这的确是事实。非要说有什么不一样的话，那就是空调坏了，玛格丽特睡在了我的房间。“我们洗了个澡，然后就上床睡觉了。”

“好吧，那大概是几点？”蒙哥马利警长问道。

我耸了耸肩：“九点？”

“这期间你有没有下过床？比如去洗手间，或者喝水什么的？”

我又看了爸爸一眼，然后视线立刻回到了自己的腿上：“没有。我整晚都在睡觉。”

“好的，那玛格丽特呢？你有没有看见她下床？”

“没有，我睡着了。”我又说了一遍。

“你有没有听到什么？”

“没有。”

“窗户那边也没有什么动静吗？”

我抬头看着那个人，他正指着墙上的那扇对着沼泽的窗户。

“没有，窗户昨晚是关着的。”

“为什么关着窗户？这里这么热。”说着，他从口袋里掏出一块手帕，擦了擦头上的汗，好像在强调他热到出汗这件事。刚擦完，那些小汗珠就又冒了出来，仿佛他的头皮是一张网，上面满是网眼。“你肯定需要透透气的，对吧？假如窗户是开着的，你就可能听到水里传来一些声音，比如水声或者叫喊声？”

“没有，”我又说了一遍，“它是关着的。因为我……我不喜欢那个味道。”

蒙哥马利警长点点头，汗水顺着他的脖子淌了下来：“好吧。你今天早上大概几点起的床？”

我又想看向爸爸，但直觉告诉我，我不应该总那样，我应该目不斜视地看着我前面的这个人。

“七点？”

“你总起这么早吗？”

“差不多吧。”

“那你起床的时候玛格丽特醒了吗？”

“我不知道。”

他调整了一下坐姿，跷起了二郎腿。我不喜欢他的这个姿势，因为我又向他那边滑动了一点，然后我们的腿挨在了一起。我想往后缩一点，但又不敢动。

“伊莎贝拉，我需要你的帮助，好吗？我听说你和你妹妹原来关系很好。”

我点了点头。听到他说原来，我还没来得及把目光挪开，一滴眼泪就顺着我的脸颊流了下来。我抬起胳膊，用手背抹掉了泪水。

“今天早上你醒来以后有没有发生什么事？记不记得什么和平时不一样的事？有什么奇怪的地方吗？”

我的脑海里立刻浮现出早上起床时，踉踉跄跄、步履蹒跚的我；弥漫着沼泽气味的卧室，不过那股气味此刻已经散去了；被水浸湿的地毯；脚趾间咯吱作响的水渍，现在也基本干了。奇怪的事有我跑进浴室，发现地板上扔着一些浴巾，这些浴巾正被爸爸捡起来扔进了洗衣机。而且此时此刻，爸爸正在这位警长的身后收拾整理洗好的浴巾。奇怪的事情还有，早上醒来时，我穿着和睡觉时不一样的睡衣，耳朵后面沾满了已经干掉的泥巴。不过现在，我用手摸了一下那块皮肤，是干净的。警察来之前，我已经把那些泥巴擦干净了，如同我想办法抹去地毯上的脚印一样。

仿佛只要我想让它们消失，它们就会像根本没有出现过一样。

可最后我说："没有。没什么奇怪的事情发生。我下楼后走进厨房，看到爸爸妈妈在里面。然后……然后他们告诉了我玛格丽特的事，说她发生了意外。"

"好吧。"他点了点头，"好了，亲爱的，我没有问题了。你做得很好。"

他轻轻拍了拍我的膝盖，站起来朝我爸爸走去。他们朝我笑了笑，然后关上了卧室的门，回到走廊。

我依然坐着，盯着面前的墙，心怦怦直跳。我从不喜欢说谎，因为那种羞愧的感觉会让我如坐针毡。但今天早上爸爸告诉我这件事的时候，他说有时候，如果说谎是出于正当的理由，就是善意的谎言。

这让我想起了去年，玛格丽特打碎妈妈的水晶花瓶，我帮她撒的谎。她知道自己不能碰那件古董，就像这个房子里的许多东西一样。不能做，但她还是做了，她踮着脚尖站在一个高脚凳上，伸出双手去够它。她从外面给妈妈摘了一些花，但还没来得及把花插进花瓶，她右脚一打滑，花瓶就掉在了地上，到处都是碎片。和预想的一样，妈妈很生气，非常生气。但我知道玛格丽特不是故意的，她的本意不是要搞破坏。所以那时，在妈妈的责骂中我挺身而出，承担了责任。

我想，可能就是类似这样的情况吧，我说的是一个善意的谎言。也许爸爸想让我再次用谎言来保护玛格丽特。但在内心深处，我知道其实事实并非如此。我知道，他保护的不是玛格丽特。

他保护的，是我。

第三十四章

现　在

我无法继续坐在那里看这些监控视频了。多齐尔警探离开之后，我感到有些手足无措、焦躁不安，我的血管像通了电一般，带着电流的血液在我的体内噼里啪啦一通乱窜。

我艰难地消化着他刚刚说的话，那句意味着我的想象力有些过于丰富的话——保罗·海耶斯是一个人住。我在想，是不是有时候会有客人来他家，也许门廊上的那个老人只是来这里待上一周，所以对过去的事情毫不知情。但是我还是不明白，他为什么大半夜的坐在外面？他为什么不理我？他到底看没看见我？

一个更可怕的念头冒了出来，到底有没有这么一个人？

我摇着头，在屋子里踱步，试着让自己放松一下。我决定今晚再去那个房子一趟，看看他还在不在。也许我应该叫上韦伦，看看他能不能看到那个人。如果可以，那我就放心了，说明我没有疯。

我拿起手机点开脸书，输入他的名字——保罗·海耶斯。很快我便意识到，同名同姓的人太多了。有戴着大檐帽的德州律师；有开着大卡车的俄克拉何马州少年；甚至在萨凡纳也有一些同名同姓的人，有的手里举着鹿、鱼和其他猎物，但都不是那个人。

接下来我又打开 Ins，输入名字，搜索。

没有找到。什么都没找到。

我放下手机，咬着脸颊内侧的肉开始思考一个问题，社交媒体上似乎并没有那个人。想到这里，我突然开始怀疑，他是不是想把自己藏起来？我不知道他是否一直保持着如此微弱的存在感。去年，我拿着梅森的海报敲开那扇门时，他当时的表现就完美体现了他毫不起眼的性格，彬彬有礼但不过分热情，愿意配合但不乐意帮忙。仿佛一个不想多管闲事，只想隐匿在阴暗角落的人。

一个藏着秘密的人。

虽然喜欢窥探别人的隐私不能算犯法，但他有前科，而且还在假释期。为梅森守夜那晚他出现了，他家门廊还能清楚地看到我家后院。

这些都能说明一些问题，都能作为线索，不过我需要更深入地挖掘。

我还需要了解一些我梦游的情况，我需要知道我的梦游症是不是能给发生的事情一个解释。想到这里，我咽了下口水，闭上了眼睛。我得弄清楚，自己是不是又做了什么事情，只是不记得而已。我低头拨通了哈里斯医生的电话，铃声响起后转到了语音信箱。我留了个简短的信息，希望他尽快帮我预约面诊。

我刚挂了电话，还没来得及放下手机，它就开始振动了。

我看到是韦伦打来的电话，所以接起后立刻说："韦伦，你猜……"

"嘿，伊莎贝拉，"他打断了我，语气兴奋得上气不接下气的，"我刚和多齐尔警探聊了几句。"

我愣住了，看了一下表，惊讶得有些合不拢嘴。多齐尔警探几分钟前刚从我家离开，他不可能那么快就回到警察局。

"哦，"我感觉我的脸颊有些发烫，心跳正在加速，"进展顺利吗？"

"顺利。他挺愿意配合的，但他说对那个邻居一无所知。我很抱歉。"

我张了张嘴想要说点什么，但没发出任何声音。

“我可能会比预计的要早一点去吃午饭，你还想一起吗？”此刻，他没有注意到，我的脑子里已经万马奔腾了。

我呆住了，愣愣地站在原地，想搞清楚我们之间这段对话的含义是什么。这些话究竟意味着什么。

“伊莎贝拉？”

“我在，”我终于勉强挤出了一句话，尽管此时此刻，我最不想做的一件事就是和他吃饭，但我还是回答他，“好的，没问题。”

“太好了，三十分钟后覆盆子餐馆见。见面我们详谈。”

电话那头已经挂断了，而我依然将电话贴在耳边，愣在那里。我吞了下口水，慢慢放下胳膊，一种恐惧瞬间袭击了我。我四下望去，韦伦的东西乱七八糟地散落在房间的各个角落。餐厅椅子上的夹克、走廊角落里的手提箱，吧台上的杯沿还沾着他喝过的咖啡印。屋子里到处都是他的痕迹，这些另一个生命存在在我家的细微证据，如同家具上的浮尘，只有在某束光洒进来时，才能看清。

这一刻，我突然意识到了问题的严重性。

飞机上的相遇绝非偶然，而是他的刻意安排。这一点，此时的我十分确定且深信不疑。他是专门来找我的，说不定还去了《真实罪案》的录制现场看我。他在飞机上看到我，发现我旁边的座位空着，于是坐下递上名片。之后，他顺理成章地进入我的生活，他知道我想要什么，知道我想被倾听、被理解、被关心，所以他就给我些甜头，恰到好处地满足我的这些需求。然后他扬言要离开，再一次将我推向绝境，而我则像个不计代价只想再痛快一次的瘾君子，敞开了家门，让他进来。

如今，这个一周前才出现的男人已经彻底渗透进我的生活，这肯定是经过精心策划、周密安排的。

我又想起了种种犯罪行为，在过去的一年里，这些想法曾无数次地出现在我的脑海里。有时，犯罪就像猎枪的射击声，响亮且混乱，只留下满墙的鲜血；但有时，它又如同低语般安静，如一把吞下的药丸或是水下无声的尖叫。他们可以是陌生人夜里偷偷翻过窗户溜进屋里，然后不留一丝痕迹地离开；也有可能是经过伪装，应邀而来。当他们礼貌地穿过那扇门时，我们赋予他们的身份是朋友，是伙伴。

我曾经以为韦伦是在乎梅森的案子，所以真心想帮我。但此时此刻，我甚至不确定他为什么会在这里，到底想要什么。

我识破了他的谎言。我知道，他也有不能说的秘密。

第三十五章

在去往餐厅的路上，我又接到一个电话，这次是哈里斯医生打来的。

“伊莎贝拉。”他似乎很开心我能打给他。这几个月我一直躲着他，我知道，医生对自己的病人是有期待的，期待在他们的帮助下，病人能一天天地好起来。所有的问题都应该像盐遇到水一样，慢慢地溶化掉，只留下一丝曾经的苦涩滋味。但很明显，我并没有如他所愿般地日渐康复，我的问题也并未像药到病除般地消失不见。“不好意思没接到你的电话，刚刚有病人在。”

“嗨，”我把手机夹在脸和肩膀之间，此刻的我正在开车，距离餐馆还有十分钟的路程，“没关系。我想问我能不能约个时间……”

“可以的，你留言要求尽快安排时间，你还好吗？”

“我很好，”我撒了个谎，“只是有些问题想问问你，听听你的意见。”

“那今天下午可以吗？我刚好有病人取消了预约。”

我看了看车里的表，已经十二点多了：“几点呢？”

“一点三十分。”

我的手指敲着方向盘思考着。我想听听韦伦怎么说，不对，我必须听听他怎么描述那段他杜撰出来的和多齐尔警探的谈话，还有关于保罗·海耶斯的谎言。我得弄清楚他想要什么，他来这里的目的，还有他为什么骗我。但同时，我知道就算中午不去见他，晚上我也会见到他。和他见面是避免不了的。

“没问题，一点三十分见。”我立刻决定取消和韦伦的午餐，去哈里斯医生那里。毕竟，相比韦伦撒谎的原因，以及他进入我的家、我的生活的目的，更让我毛骨悚然的，是我在电脑上看到的那些东西。

一踏进医生的办公室，我有种熟悉又陌生的感觉，就像在梦里回到了自己的家。我以前是这里的常客，从去年七月开始，我每周都要来这里两次，因此对这个地方逐渐熟悉起来。可是现在这里有很多细节都发生了变化，总感觉哪里不太对劲。我心里清楚，这些改变是很细枝末节的，是六个月来日积月累的不断粉饰。但突然回到这里的我感觉很突兀，就像长时间没见的小孩，容貌似乎瞬间发生了巨变，让人觉得陌生。

这一切都令我不安，我仿佛走错了地方。

“你的睡眠质量怎么样？与之前相比好些了吗？”哈里斯医生靠近我问道。他的头发比我上次见他时长了，下巴上的胡楂也长了些。

“是的，比之前好。”我撒谎了，“好得多。”

“太棒了，”他明显对于自己的治疗效果感到很满意，“你有没有遵照我的医嘱，多运动，戒掉酒精和咖啡因……”

“是的。”我又撒了个谎，不想和他一直纠结这个问题。因为白天的我需要咖啡因来提神，没有咖啡因的刺激，我和一具行尸走肉没有什么两样。至于酒……有时候，出于各种原因吧，我也不能没有。

“你有没有按我说的，给自己营造一个放松的睡眠环境？比如关闭电子设备、屏蔽一切给你带来压力的东西……”

“是的。”

谎话说得是越来越顺口了。但我总孤单一人，总活在紧张不安的情绪里，总盼望梅森能平安无事回家。这样的我，该如何给自己营造一个放松的睡眠环境呢？我的生活就是我全部的压力来源，我的家就是一个案发现场，记录着一个无法侦破的案件。

“白天睡眠的时间减少了吧？”

我回想起那些几分钟或几小时不知不觉的微睡眠，回想起自己一睁眼，发现有人正满脸关切地盯着我看，比如韦伦，或某个陌生人。但我又不是故意的，我控制不了自己。所以我只是点了点头，依然没有说实话。

“安眠药呢？你还在吃吗？”

“偶尔，但药效还是有点弱。”

“已经是最大剂量了。”

“我知道。”

哈里斯医生看着我，调整了一下坐姿。

“所以你想和我聊些什么呢？”哈里斯医生说话时，不停转动着手里的那支笔，像在把玩一根小指挥棒，“你说你有问题要问我。”

“是的，但不是关于失眠的，是关于我的梦游症。”

“对了，”说着，他靠在椅子上笑了，“你原来患有梦游症是吧？我记得我们以前讨论过这个问题。”

“我小时候梦游的次数比较多。”

“青少年时期，这种情况是比较常见的。”

“那究竟是什么原因导致的呢？”

“很多原因都有可能，”他说，“比如过度疲劳、睡眠不规律、心理创伤、高烧、安眠药、遗传因素、精神压力等，不过很多时候是毫无缘由的。”

“没有什么特定的原因吗？”

“没有。梦游一般发生在睡眠的三、四期深睡阶段，也叫作分离性漫游[1]，大脑的某些部分处于睡眠状态，有些部分处于清醒状态。”

“我在想——”我低头盯着自己的膝盖小声问。这种感觉越来越像那个清晨，蒙哥马利警长和我并排坐在卧室床边，我拼命掩饰真相时的感觉。我小心地避开他的视线，生怕他发现我眼睛里深藏的秘密和谎言，如同冬眠的动物一般蜷缩在瞳孔深处。“人在梦游的时候有没有可能做一些坏事，自己却毫无意识，也没有记忆？”

“看怎么定义坏这个概念了，”哈里斯医生用手托着下巴说道，“比如有时候有人梦游时在衣柜里小便，或者在外面乱逛，甚至像没事人一样和别人聊天。这些行为都挺尴尬的。”

“不，我的意思是，会不会干一些……危险的、暴力的事情？”我抬头看着他问。

他语速很慢地回答我：“有梦游驾驶或是翻窗户的情况发生，这种行为确实非常危险，但比较少见。”

“会不会对别人构成安全上的威胁呢？”

哈里斯医生停了下来，眯着眼看着我问：“你问这个干吗？”

“我感觉自己好像又开始梦游了，有天早上醒来，我发现客厅里有些东西的位置改变了，我不记得自己收拾过……我有些担心。”我在车里编好的故事无比自然地从嘴里冒了出来，和构思的几乎一字不差。

我记得小时候，无数个清晨醒来，发现自己的东西被扔得到处都是。两只鞋子会分别出现在两个不同的地方，梳子跑到洗衣房去。我捡起这些东西仔细端详、左思右想，难道它们夜里长了腿，自己在屋子里游来荡去？

“那应该就是了，但也不用过于担心，把家里的门锁好，这样你就不会跑到外面去，也可以设个闹钟什么的。大约有百分之二的儿童梦游

1 分离性漫游：指患者在病发状态下突然从家中或工作场所出走，进行无计划、无目的的漫游。此时患者意识范围缩小，漫游可持续几十分钟到几天，突发突止，清醒后患者会失去病发时的记忆。

症会持续到成年，鉴于你小时候就有这个症状，所以现在出现这种情况并不奇怪。”

“好，”我点点头说，“那就好。所以应该从来没有人……那个，在梦游时杀过人吧？”

我刻意地笑了一下，尽量想表现出这只是个玩笑，不代表我真的相信那种可能性的存在，抑或曾经认真思考过、好奇过这个问题。这只是某个一闪而过的念头、转瞬即逝的瞬间而已，就像那些脚印或是泥巴，我可以假装它们从来都没有出现过。

“杀人梦游症，”哈里斯医生笑着说，“不管你信不信，以前确实发生过。但还是那句话，这种情况太少见了。”

胃部再次传来那种熟悉的绞痛感，就像有人塞了个绞肉机进去，把我的五脏六腑都绞得粉碎。

“最有名的就是一九八七年的肯尼斯·帕克斯案，他被指控谋杀岳母和谋杀岳父未遂。”

“他对他们做了什么？”

“他独自驱车十四英里到岳父岳母家，用自己的钥匙进入房子后，用铁棒重击岳母致其死亡。在这之后，他试图掐死岳父未果，于是驾车离开了。”

“这些都发生在他梦游的时候吗？”

哈里斯医生耸了耸肩说：“五位精神病专家似乎一致这么认定，所以他被无罪释放了。”

“这怎么可能呢？”

“人的潜意识既美丽又神秘，”他用笔敲着自己的额头说，“前额叶是大脑发育最高级的区域，与道德感有直接的关联性。但在梦游状态时，那部分大脑处于睡眠状态，因此梦游者在梦游时是有可能做一些可怕的、清醒时绝对不会做的事情的。因为人在那种状态下，是没有是非观念的。”

我咽了下口水，点头附和着，努力表现出很感兴趣但又与我无关的样子。看上去我只是好奇，仅此而已。

“就像你的身体打开了自动驾驶模式一样，不受控制。但是，当然了，大多数梦游杀人都不是这么极端的情况。”他接着说，“一般来讲，这些人梦游时也许只是在做一些平时做的事情，比如开车上班或者刮胡子，然后在这个过程中意外杀死了别人或是自己。”

我想起了梅森的婴儿房，想到了自己。那个从客厅飘过，驻足在婴儿房门口的黑影，正如我的日常生活那样，熟练地打开门走了进去。

“也有一种情况，就是当梦游的人受到惊吓时，可能会攻击旁观者。这就是传说的——最好不要叫醒正在梦游的人。”

我又想起和玛格丽特躺在我卧室的床上，她半张脸埋在我的枕头里，眼睛瞪得圆圆地看着我。

“你叫我了吗？”当时我问她，尴尬的情绪就像突然蹿起的火苗一样灼烧着我的脖子。

“没有，妈妈不让，她说那样做很危险。”

“哪能有什么危险，都是民间传说而已。”

“那过后，梦游的人会记得自己做了哪些事情吗？”

“除非他们在暴力行为的过程中醒来，一般情况下不会记得。尽管偶尔能记起一些，就像回忆自己做过的梦一样，但大多数时候，梦游的人很少在醒来后对自己梦游时发生的事情有印象。”

我清了清嗓子，迅速从椅子上站了起来。此刻的我只想尽快离开这里。

“谢谢您，这对我帮助很大。”

“你确定你想问的就这些吗？”哈里斯医生也站了起来，“下个病人来之前我还有半个小时的时间。”

“是的，就这些。我只是想确认一下，我的症状是否有什么安全隐患而已。”

“大多数情况下，非常安全。”说着，他把手插进了口袋。我点了点头，转身准备离开。当我向门口走去时，我能感觉到他的眼睛一直盯着我的后背。“但是，伊莎贝拉……”

“嗯？”我转过身，手已经放在门把上了。

“你知道比梦游更可怕的是什么吗？”

“什么？”

“睡眠不足。真的，睡眠不足会导致各种各样的问题。”

“我知道。”我尴尬地挤出一丝微笑。

“我是认真的，”他的目光再次投向我，表情十分严肃，好像不太确定自己应该放我离开，“无论是嗜睡、记忆力减退，还是感官失调，如果严重到一定程度，都会导致幻觉和妄想。那样就麻烦了。”

“我知道。”我咬着嘴唇，又应了他一遍。

他意味深长地看着我，好像想跟我说点什么。过了一会儿，他才再次坐下，双手放回到桌子上。

“一定要注意休息，好吗？答应我。”

“我会的。”说完，我打开门向大厅走去。张嘴就来的谎话令我自己感到害怕，它们从我的嘴里如此自然地流淌出来，就像小时候院子里的那座石雕嘴里汩汩往外冒的黑色水藻。“我保证！”

第三十六章

艾利森的追悼会结束以后，本来找我了。他没提前说，我也没问。那天晚上已经很晚了，门口却传来了一阵敲门声，我知道一定是他。我从来没问过他是怎么知道我的地址的，而且说实话，这对我来说一点也不重要。我打开门，向后退了一步让他进来，自然得如同这个场景已经发生过无数次，整个过程无须任何言语。

我记得他身上穿着的依然是早上那套西服，不过几分钟后，我亲手帮他脱掉了那身为妻子送葬的衣服。他的上衣被窝成一团扔在我的鞋子旁边。我穿着那双高跟鞋步行了三公里才到家，鞋跟都被磨烂了，我的脚也惨不忍睹。接下来发生的一切有种手忙脚乱的急迫感，我的手指头笨拙地摸索着他的纽扣，就像从悬崖边磕磕绊绊地往下掉。仿佛如果我们不抓住这个大脑一片空白，身体不受控制的忘我疯狂时刻，下一秒就会恢复理智，然后慢慢退回到之前坚守底线的关系里；仿佛突然出现的理智会一把将我们拽回现实，让我们意识到自己正在犯下一个多么可怕的错误。

但我们没有停。

激情过后，我们十指紧扣，静静地躺在一起。

我依然睡在从家里带过来的小时候那张小得可怜的床垫上。玛格丽特的味道像滴落的污渍，深深地渗透进织物的纤维里。和本躺在一起，仿佛让我回到了过去的那段时光，自己一下变回了那个小孩子。回到那段和妹妹钻在被窝里，举着手电筒讲故事，试着盖过走廊尽头某个角落传来的低声争吵或凄厉尖叫的时光。

“我们的事不能告诉别人，你知道吧？”沉默了几分钟后他突然说，手还在不停拨弄着我的头发。我试着不去在意他手指上的婚戒划过我的皮肤时带来的冰冷刺痛感。“暂时还不能。”

我看着他，在黑暗中摸索着他的轮廓。

“因为工作，”他解释道，“我可能会失去工作，你也是。”

“嗯，好。我知道的。”

“我们总会找到合适的机会。”说着，他吻了吻我的额头，然后翻了个身站起来。

我记得自己看着他穿上内裤走进浴室，目光贪婪地追随着他，仿佛下一秒就会失去他似的。那一刻，我不知道自己该作何感受。有个问题在我的脑海里萦绕了整整一天，那颗无法言说的怀疑的种子，在早上本把我拉进他怀里的那一刻便深埋下了。它细长的根部在我的脑海里蜿蜒而行，深深扎根、野蛮生长。自从他将手伸进我的发丝，吻了我之后，我便不断地问自己一个问题：假如艾利森没有死，这一切还会发生吗？

如果她还活着，本会选择我吗？

也许今晚只是他过度悲伤的宣泄而已。也许他只是无法忍受独自一人回到空荡荡的房子里，毕竟那些她手里拿着空药瓶、唇边粘着白沫躺在地上的记忆还盘旋在房间的上空。我想象着刚刚站在我家门口的他，黑眼圈就像马路上肮脏的雨水坑一样硕大。也许明天他一睁眼清清嗓子，看着地板上的一片狼藉，会告诉自己，这只是一个错误。就像我们初次相遇的那个夜晚一样，再不能被提起。

毕竟，这个选择题原来就摆在他的面前过，但每一次，他都选了她，选了艾利森。初次见面的那晚他选择了她，趁我去洗手间的时候偷偷溜走，再也没有回来。还有我们一起度过的无数个私密的夜晚，他都选择了她。他一边喝着啤酒一边用手抠着瓶子上泡湿了的商标，然后起身，点点头后决然离开，独留下我，呆呆地看着吧台上一堆残破的纸屑。艾利森活着的时候，他一次又一次地选择了她而不是我，这是个多么残酷的事实。从这个角度讲，当我半夜躺在这里，跟本在一起，我心里是有些高兴的。因为艾利森已经入土为安了，她原本健康的皮肤已然毫无生气了，在我耳边说过悄悄话的双唇，也永远地闭上了。他再也不用纠结了，命运已经帮他做出了选择。

事实上，他根本没得选。

第三十七章

我跟韦伦说我胃不舒服，然后用这个借口推掉了和他的午餐，并且把自己锁在卧室里装睡了一整天。

我想和他谈谈，我真的想。我想听听他编出来的和多齐尔警探的见面，想搞清楚他为什么来我家，他究竟想干什么。但在那之前，我得先想好对策。万一和他对峙起来，我该做何反应？是要求他解释清楚，还是装傻充愣地陪他继续演下去，看看他葫芦里究竟卖的是什么药。

一到家，我便拿着笔记本电脑悄悄溜进房间，爬上床静静地等待时机。我能听到他在房子里蹑手蹑脚地来回走动、冲马桶还有清嗓子的声音。我能感觉到他偶尔在我卧室的门外徘徊，像在思忖着要不要敲门。可他犹豫再三，最终还是收回悬在半空的手，默默走开了。我很好奇自己不在家的时候他会干什么？翻看我的邮件？在垃圾桶里寻找蛛丝马迹？还是试图通过我买的调味品牌子，或是日历上草草记录的预约时间，来窥探我的生活？

因为人们往往把最肮脏的秘密，藏在最不起眼的地方。

躲在房间里的时候，我继续回看着婴儿监护器拍下的视频，视频里的我有条不紊地过着每一天。我又看到几次自己在半夜时分进入梅森的房间，站在那里盯着某个地方看。但仅此而已。我最多走到房间的中间，站在那里不自觉地轻微摇晃着，直到某个时刻突然转身离开。

现在正在看的这个视频里，大约凌晨两点的时候，我又出现在梅森的房间里。穿着十字条纹睡衣的我，手臂僵硬地垂在身体两侧，长长的头发像打结了的海藻一样披在肩上。我忐忑不安地看着自己梦游的过程，看着被摄像头记录下来的自己，不过还好，目前为止我没发现自己有任何危险的行为。但是每每看到自己半夜走进梅森的房间，胃部还是会突然收缩痉挛，直到看着视频里的自己转身离开，才得以放松。

我禁不住想，或许他们是对的。他们所有人，比如多齐尔警探指责我捏造线索，哈里斯医生说我的症状是正常的，我是正常的。

或许我的梦游症压根儿没有什么危险，我根本不需要提心吊胆、担惊受怕。

我听到客厅那边传来了一些声音，便立刻按下暂停键。屏幕上的我也被定格在那个瞬间。那是韦伦从沙发上站起来，关掉电视，然后把遥控器扔在沙发靠垫上发出的声音。已经很晚了，我听到他穿过客厅，经过我的卧室，然后回到客房关上了门。

我屏住呼吸，安静地听着隔壁传来的脚步声、关灯声，以及他上床时弹簧床垫发出的嘎吱声。我想这会儿他应该会盖上被子，放松，然后慢慢进入梦乡吧。

于是我静静地等着。

二十分钟后，我蹑手蹑脚地从床上溜下来，悄悄地朝卧室门口走去。罗斯克看到我起来也站了起来，我连忙做手势让它不要发出声音。我把耳朵贴在门上，仔细听着门外的动静。外面静悄悄的，没有任何声响。

那一刻，我终于觉得安全了。

我打开门悄悄走进客厅，屋子里漆黑一片。罗斯克从床上跳下来跟着我一起进了厨房。一切看起来都挺正常的，沥水架上面倒扣着一只碗，说明他一个人吃了晚餐，空气中飘散着淡淡的柑橘味洗洁精的味道。我又朝餐厅看去，目光落在了餐桌上。他的笔记本电脑还有录音设备和以前一样摆在桌子上，他的公文包斜靠在桌子腿上。

我快速扫了一眼客房，房门依然紧闭着。

我走到餐桌旁，悄悄在椅子上坐下，然后俯身拎起他的公文包放在腿上。谢天谢地，他的公文包上没有锁，于是我打开包想看看里面有什么。公文包里面有一个笔记本电脑，几个装满文件的文件夹。我打开钱包，看到了他的驾照。

至少他的名字不是假的。当然，我以前在谷歌上搜索过他，但驾照进一步证实了他的身份——韦伦·斯宾塞——上面还有他的照片和他在亚特兰大的住址。

我把钱包合上后放回了公文包里，然后拿起那沓文件夹，打开了第一个，我发现那是我上周给他的案件资料。里面的内容似乎没有任何标记或改动过的痕迹，于是我翻开了第二个，打开后我愣在了那里。

那是梅森案件资料的另外一份副本，但看起来很旧。

我把文件取出来放在桌子上，手指沿着已经磨损的纸张边缘摸索着。这上面有笔痕和咖啡渍，空白处潦草地写着一些笔记，还有用快没水的马克笔重点标注过的地方；有梅森的寻人启事和讯问笔录；有性犯罪者记录表和案发现场照片。很明显，这份资料他早就仔仔细细地看过、研究过，而且肯定不止一次，是无数次。我继续翻看着，眼睛不停地浏览着韦伦第一天来我家时我给他的那些资料，当时的他表现得仿佛第一次看到这些一样。

突然，我想起当时他拿到资料后一度想要递还给我的样子，好像他根本不需要这些东西。

“你拿走吧，我还有一份。”当时我说。

但显然，他也有一份。

“他怎么会有这个？”我一边用手抚摸着那些已经磨损的纸，一边自言自语道。拿到这些资料本身并不奇怪，记者们总有办法拿到他们想要的东西。但是，他为什么不告诉我？为什么要假装自己不知道？

我又想起第一次的录音采访。当时我说的那些不过是他早就烂熟的事，但他还是装模作样地听得那么认真，假装好奇地询问早就知道答案的问题，然后点着头、皱着眉，装出一副对我的回答毫不知情的样子。

他很擅长伪装自己，和我一样。

我合上文件夹，把它塞回公文包，接着把包放回原来的地方，然后我拿起耳机放在耳边。那一刻，我感觉自己的心跳剧烈、呼吸急促。我低头按下了录音设备上的播放键，从他之前暂停的地方开始听。

“我很难理解这一点。”

我像是被人打了一拳。我知道这个声音是谁的，是多齐尔警探的声音，而且我还知道自己接下来会听到谁的声音。

“但是，这就是事实。”

这是我的声音。

这不是我和韦伦的那段采访，他并没有在这台仪器上编辑我们录音的任何内容。这是很早以前，我和本在警察局分开接受问讯的一段录音。

是我被单独讯问，不，确切地说是讯问的那次。

“好的，让我们再过一遍刚才的问题。”多齐尔警探的声音穿过麦克风钻进了我的耳朵，我的后背瞬间生出一阵寒意。我永远也忘不了，他冷漠的眼神里写满了对我怀疑的样子。我依然记得他靠在我们中间的那张桌子边，手指头不慌不忙、有节奏地敲击着桌面，仿佛他最不缺的就是时间。

“你是六点起床的？”

“是的。”

“但你八点之后才去你儿子的房间查看他的情况？”

“我……我以为他还在睡觉，所以不想打扰他。”

“他往常都会睡到八点左右吗？”

“不……不是的，他一般醒来得比较早。”

虽然有心理准备，可我听到自己的声音还是吓了一跳。我能听到自己的声音在抖，喉咙里发出了一串串的颤音。

“他通常几点起床？”

“大约六点三十分。”

“这期间他的房间里一点动静都没有，而且距离他平时起床的时间都快过去两个小时了，你不觉得奇怪吗？”

“我心里可能希望他是睡过头了吧。”

“你为什么希望他睡过头？”

“嗯……因为……他有时候很爱哭，所以我就想着……我想利用……”

“不好意思，你刚刚是不是说‘你想利用’你儿子似乎没有起床这个事实？”

“不是的，我不是那个意思……我的意思是……”

我一把扯下耳机放在桌上，用手死死地捂住脸。该死。我知道被讯问时自己表现得很差劲，但如今再听一遍，感觉比我记忆里还要糟糕。肾上腺素开始在我体内迅速飙升，恐惧瞬间占据了我，我的手抖得就像正在戒毒的瘾君子。

多齐尔警探的眼睛直勾勾地盯着我，凌厉的目光像一把锋利的刀子，逼我缴械投降。

我试着梳理一下刚刚发现的信息。首先，韦伦早就有梅森案的资料，同时，他还有多齐尔警探讯问我的录音。从逻辑上讲，这些可能都是为了播客所搜集的资料。虽说瞒着我，但这确实是他的工作。

无论怎样，这些东西都不足以说明什么问题。我需要搜集更多的证据。

我看了看他的笔记本电脑，又回头看了一眼他房间的门，在键盘上按下了回车键。他的电脑竟然没有密码！也许因为他正在用，屏幕和键盘都还亮着，休眠的时间不够长所以屏幕没有锁定。我的手在触控板上移动着准备查看他的电脑桌面，心怦怦直跳。电脑桌面上有许多按字母顺序排列的文件夹：财务、采访、个人、调查。我没有时间每一个都点开看，因为他随时可能出来，然后发现我正在偷看他的文件。于是，我先点开了调查。

毕竟，韦伦确实在调查上下功夫了。

这个文件夹里包含了很多子文件夹，每一个都标注了不同的日期和时间。我的眼睛不停地扫视着，列表最底部一个名为字母X的文件夹吸引了我的注意。点开的瞬间，我仿佛被闪电击中了一般。那里面都是我的照片。无数张我人生各个阶段的照片，有我在《毅力》工作的证件照，有我和本的结婚照，有我们抱着梅森的第一张家庭照，甚至还有我几年前在脸书上发的自拍照。最底下是一张偷拍我和本在酒吧里的照片，从拍照的角度来看，拍照的人应该是坐在酒吧的另一头。照片里的我们举止亲密，丝毫没意识到有人在偷拍我们。

我愣在那里，目瞪口呆，不知所措。

突然，我听到客房传来一阵声响，我慌忙跳起来并且迅速转过身。我以为韦伦会突然出现在黑暗中，站在我身后，默不作声地看着我。但是什么都没有发生。我屏住呼吸，目不转睛地盯着那扇紧闭的门，估计他只是迷迷糊糊地翻了个身，刚才的动静是他翻身时弹簧床垫发出的声音。

又过了几秒，我感觉安全了才转过身继续。

我关掉了这个文件夹。但就在我准备把电脑恢复原状的时候，我突然决定再确认一件事情。我打开浏览器，然后点开他的搜索记录。我知道时间不多了，于是决定快速浏览一下他最近搜索过的网站列表。列表里大多是些无关紧要的东西，比如电子邮件、新闻等，直到一个网页进入了我的视线。那是上周我看过的那篇和《真实罪案》相关的文章。

按理说，韦伦会看这篇文章并不奇怪，毕竟他正在处理我的案子，而且当时他也在现场。可此时此刻，我脑海里又出现了那条奇怪的评论。

他去了更好的地方。

恰巧就在我们第一次见面之后，这条评论就莫名其妙地消失了。我们去覆盆子餐馆之前，它明明还在，但我回家之后它就不见了。我快速整理了下思绪然后继续浏览，当我准备结束时，突然，周围的空气凝固了。

我找到了。我终于找到了能证实我推测的证据。

那是一篇发表在《波弗特新闻报》上的文章，韦伦最近才看过，而且就在昨天。在点击链接等待加载的间隙，我的手止不住地颤抖着。这是一篇扫描存档的一九九九年的旧文章，看到标题——《国会议员亨利·瑞德之女不幸溺亡》的一瞬间，我的泪水夺眶而出。

第三十八章

回忆

我听到砰的一声关门声，于是快速从床上跳起来，一路小跑着下楼，从楼梯旁探出半个身子来。透过前门的窗户，我看到爸爸和蒙哥马利警长靠得很近，在门廊那里说着什么，然后我两步并作一步又跑回楼上去，小心翼翼地打开二楼对着门廊的那扇窗户。

“感谢你的配合，亨利。我知道这对你来说很不容易。”

警长圆滑世故的声音仿佛液体表面的浮油一般，夹在一股午后暖风中席卷了我。我蹲下来，侧着耳朵偷听他们的谈话。

“没事，应该的。你也只是完成自己的工作而已。”爸爸叹了口气说道。我看不到他的脸，但我能想象此时的他应该正用拇指和食指揉着鼻梁骨。每当他感到压力很大或是陷入思考的时候，都会出现那样习惯性的动作。

“今天回去我会写一份正式的报告，死亡原因为意外溺亡。”

“谢谢。”

“对了，亨利……”警长停下来犹豫了一下，好像在思考该不该继续说下去。仿佛再说下去就越界了，会显得他有些分不清私人和工作之间的界限。但犹豫再三，他还是开了口。“您家发生这样的事我很难过。

您的家人……你们都很善良，都是好人，怎么会发生这样的事？”

我听到了爸爸的抽泣声，紧接着是一阵哽咽。这声音让我很不习惯，因为我以前从来没有听过爸爸的哭声，眼泪都没见他掉过。

“谢谢。”爸爸清了清嗓子，再次说道。

“这不是你的错。每年大概有四百名六岁以下的儿童溺亡，而且大多发生在六、七、八这三个月中。因为高温天气，实在是太热了。”

爸爸没有说话，但我能想象到他一边点头，一边用塞在裤子后兜里的手帕擦拭眼泪的样子。

“家里的空调坏了，她可能只是想去水里泡一泡，凉快凉快，然后退潮的大浪一下子把她卷走了。”

“是的。是的，我知道。”

我关上窗，慢慢挪回卧室。刚才听到的那些话让我有些恍惚，他们描述的这个故事确实说得通。大热天的，玛格丽特不停地抱怨实在是太热了。在妈妈画室里的时候，她的汗就不停地顺着脖子往下流，脸颊热得通红。我们泡凉水澡时，冰凉的洗澡水还猛地一下让她打了个冷战。她也说过想睡在外面，并且一脸向往地望着窗外，渴望水面上不时吹来一阵凉爽的风，那能让她舒服一些。但我知道，那不是真的。我知道爸爸在撒谎，因为玛格丽特根本不可能一个人出去。她绝对不会一个人跑去沼泽，把自己泡在水里直到水深得无法自救。她是不会一个人做这些事的。

但她会和我一起。

我记得那天晚上她跑来我的卧室，一头扎进我怀里。即便我的梦游症让她有些害怕，可她还是紧紧贴着我。无论何时、无论去哪里，玛格丽特永远都跟在我身后。她的小身体就像我的影子一样，而影子是不会自己随便走动的。

我伸手摸了摸耳朵后面那块已经被我擦拭干净的皮肤，感觉到一阵刺痛。那里的皮肤红肿着，像是烧焦了的地毯。我闭上眼睛，试着思考，试着用意念和她说话，召唤她，不论她在哪里。我需要她告诉我究竟发生了什么，我该做些什么。我像之前那样闭上眼睛，感受脖子上的刺痛，这痛感提醒着我，在这方寸空间里，我并不孤单。

炎炎夏日，我突然惊起一身鸡皮疙瘩。

我想起早上醒来的时候，地毯和浴室地板上都是水。潮湿的毛巾堆在一起，有些都发霉了，而我身上穿着件干净的，和昨晚睡觉时不一样的睡衣，身上有些地方还沾着新鲜的泥土。

我又想起了妈妈，想起她在厨房里看到我时，肩膀耸起、嘴巴紧绷，愤怒又悲伤的样子。她起身从我身边经过时，看都没看我一眼，之后还砰的一声关上了门。她肯定知道发生了什么，爸爸也是。也许玛格丽特告诉他们脚印的事之后，他们便睡不着了。晚上在外面散步时，意外发现了黑暗中的我们，我们穿的睡衣在月光的映衬下闪着光。我站在沼泽边的水中，玛格丽特脸朝下轻轻地漂浮在我身边，她的头发像墨汁一样散开，铺在水面上，随着水流不停地浮动着。

我想象着他们发疯似的穿过草地，大声呼喊着她的名字，慌乱地将她从水里捞出来。她那湿漉漉、软绵绵的身体再也不会感到热了，只是突然之间，它又太冰凉了。沾在她身上和头发上的泥土，散发着一股难闻的气味。

我想象着妈妈把她抱进屋，小心翼翼地将她放在厨房的地砖上，摇着她的肩膀，求她醒过来。或者，她会假装玛格丽特还在睡觉；又或者，她实在无法忍受玛格丽特那双睁得大大的却一眨不眨的眼睛，所以干脆用手轻轻合上，并且祈祷它们能像洋娃娃的眼睛一样自己睁开。

而爸爸则像着火那天晚上一样，拉着我的手，负责把我弄回去。他帮我擦洗干净，换上干净的衣服，再把毫无意识的我放回床上。

我能想象那个场景。当我猛的一下在黑暗中坐起来，抬起腿准备起床时，身边的玛格丽特醒了，她跟着我穿过大厅，又下了楼梯，来到后院。当我靠近沼泽的时候，她终于鼓起勇气伸出手抓住了我的肩膀。

“你叫我了吗？”我当时问。

“没有，妈妈不让，她说那样做很危险。”

“哪能有什么危险，都是民间传说而已。”

我说这话时，她认真地听着。不论我说什么，她都听。

我还说过：“我不会伤害你的。”她点了点头，深信不疑。

但是，我没能兑现承诺。

第三十九章

现 在

我坐在一片死寂之中快要窒息了，韦伦的电脑在黑暗中如大潮时的月亮般散发着耀眼的光。我一直盯着眼前这个醒目的大标题，回忆像决了堤的潮水一样涌向我。这时，我听到房子那头的某个地方传来一阵低沉的吼叫声。

我一把合上笔记本电脑然后连忙转过身，当我意识到是罗斯克着急挠后门的声音时，才松了一口气。

“天哪！”我感到头部一阵眩晕，“对不起，伙计。”

我起身走回厨房，突然意识到它一整天都没出门了，心里充满了内疚。于是我打开后门放它出去，并且和它一起来到后院。我也需要呼吸些新鲜空气。

关上身后的门，我深深地吸了口气，想努力控制住自己颤抖的手。今晚，外面的天气很闷热，空气中充满令人窒息的潮湿。快下雨了。罗斯克跑来跑去的，这里闻闻，那里嗅嗅。在屋子里待了一整天，它的感官有些超负荷了，我也一样。今晚，一切似乎都被放大了，就像用显微镜在观察这个世界。我能听到东边距离我几个街区远的沼泽里传来蟾蜍的叫声和蝉鸣声，这些大自然的白噪声突然间变得震耳欲聋。

我在院子里踱步思考，眼睛逐渐适应了周围的黑暗。

韦伦在调查梅森的案子，这是事实。但他着手调查的时间似乎比我想象的要长得多，而且更重要的是，他似乎同时在调查我。案件资料和我的讯问录音是一码事，但我的照片和那篇文章就是另一码事了。后者太涉及隐私，太有针对性了。

我只知道，我不能再相信他，不能再指望他来帮我了。

我需要在没有他帮助的情况下，自己寻找答案。突然，我有了一个主意。

我走到梅森房间的窗子下面，稍稍向右挪了挪，找到四天前我坐在那个邻居家的摇椅上，从树的缝隙看到的位置。我突然意识到，如果保罗·海耶斯能从他家的门廊看到我家的后院，那就意味着，找到那个合适的角度，我也应该能从这里看到他家的门廊。我眯着眼睛，目光穿过后院、越过篱笆和树叶的缝隙。尽管外面很黑，但有明亮的月光和闪烁的星光做背景，加上他家附近有一盏路灯，那盏灯几乎直接照在他家的门廊上。就在那一刻，我看到了。我看到一些细微的交错，像是影子或摇椅在轻轻晃动。

他就在那里。

我立刻把罗斯克带回屋，关进我的卧室。然后我抓起手机急匆匆地出了门，沿着街道朝卡蒂巷 1742 号走去。

我离那栋房子越来越近，心里也越来越紧张，脑海里一直萦绕着哈里斯医生的话。

幻觉，妄想症。

我回想起多齐尔警探今早说，保罗·海耶斯是一个人住。还有我看到的那个评论，也可能是我以为我看到过的那个评论，突然消失不见的评论。这些到底是我的幻觉还是真实存在的，如今连我自己都不能确定了。自从我在电脑上看到自己半夜跑到梅森的房间，一动不动地站好几个小时，我已经不信任自己了。我不知道接下来如果我发现保罗家门口一个人也没有，只有摇椅被风带动得轻轻摇摆，我该做何反应？我不敢细想。但越靠近，我越自信起来，因为他就在那里。我清楚地看到他坐在那里，眼睛直直地盯着黑漆漆的夜。那张饱经风霜的脸，老得像风化了的皮革，凸出的眼球像两颗浑浊的弹珠。

但无论眼前的这个男人是谁，都是我目前最好的机会，也是唯一的机会。

于是，我把多齐尔警探的警告暂时放在一边。走到他家门口时，我刻意放慢了脚步，然后转身看着他，清了清嗓子。

“你好，”说完这句话，我突然不知道接下来该说些什么，“星期三晚上我遛狗的时候我们见过，你还记得吗？”

那个男人依然盯着我看，身上仍旧穿着那件睡袍，瘦骨嶙峋的手紧紧握着摇椅的扶手。我刚准备张嘴再给他些提示时，他的目光慢慢转向了我。

“噢，是的，”他弱弱地轻声说道，“我记得。”

我终于松了口气，脸上露出疲倦的笑容。我就说他是真实存在的，我就知道他不可能是我的幻觉。这一刻，我曾经的怀疑显得如此可笑。

“希望你不要介意。我知道现在已经很晚了，但我只想问你几个问题。星期五白天的时候我来过，不过……”

“星期三不是我们第一次见面，”他的声音轻得听起来有些虚弱，我不得不靠近一些才听得清，“不记得的人是你吧，还是说你想让我忘了？”

我又往前走了一步，满脸疑惑。

“不好意思……我们以前见过吗？我好像有点想不起来……”

那个男人继续摇着他的摇椅，目光从我身上又回到了街上。我发现他的嘴角抽了一下，有些怀疑他是不是老糊涂了。

“见过，很多次，”他的声音虽然轻，但非常清楚，而且他看起来一点也不糊涂，“你是伊莎贝拉·德雷克。”

从他的嘴里听到我的名字，并且是全名，我震惊得差点儿一个踉跄摔倒。仿佛这些话长了翅膀俯冲过来，猛地撞了我一下。他认识我其实并不奇怪，毕竟整个小镇没有几个人不知道我的名字。但是，他好像不只知道我的名字那么简单。

而且他说话的语气，好像我也应该知道他是谁似的。

“我们什么时候见过？应该没有吧。”我看着他认真地问。

“几年前，你晚上经常会经过我家门口。”

我的眼睛瞪得大大的，想弄明白他在说什么，我以前从来没有晚上遛狗的习惯。但这一年发生了太多事，梅森失踪、本的离开、我的失眠，这一切的一切改变了我很多的生活习惯。

“不好意思，我猜你弄错了。”

“不，我没弄错。”他摇了摇头，虚弱地咳了一声，“你就住那里。”他朝我家的方向点点头，然后回头看着我，“我是老了，姑娘，但我没疯。”

我突然想起哈里斯医生之前对我说过的话——梦游者有时会在没有意识的情况下和别人聊天，而且看起来特别自然、清醒。

“把家里的门锁好，这样你就不会跑到外面去。”

这种情况以前和玛格丽特在一起的时候也出现过，我们一起坐在地板上玩娃娃，她都没意识到我其实是在梦游。

“我们都聊什么了？”

“没什么，第一次见面的时候你介绍了一下自己。在那之后，每次见面我们就点点头、挥挥手，打个招呼。”

“这不可能……”

“这就是为什么那天晚上看到你的时候我有点吃惊……”他继续自顾自地说着，“好久没看到你了，发生那些事以后，我以为你不会出来了。”

我回想起他上次看到我时，一脸茫然地盯着我看的样子。说明他确实看见我了，只是当我像素未谋面的陌生人一样，又一次向他介绍自己时，他迷茫了。

“我大概什么时候不再晚上出来溜达了？最后一次是什么时候？”

“我觉得你应该知道答案。”他说这话时，椅子摇晃的声音愈发刺耳了。

“假如我不知道呢？”

“有一年了，”他说，“差不多就从那天起。”

“一年，你确定吗？”

“我确定，从去年三月到现在。”

“你为什么这么肯定？”问这个问题时，我双腿发软，有些站不稳。他终于转过身来看着我，那双像是得了白内障的眼睛，突然如水晶球般清澈，他的脸上带着一种得意的表情，仿佛我们在老调重弹某个我听不懂的笑话。我突然有种直觉，不管我们之间现在在拉扯些什么，都不是第一次，并且他很享受这个过程。

“因为，”他终于开口，嘴角露出了一丝微笑，“那次你带着你的孩子。”

第四十章

我冲回卧室，用力地关上门。罗斯克醒了，被这巨大的关门声吓蒙了，我知道这声音肯定也会吵醒韦伦，但此刻，我不在乎了。

什么都不重要了。除了刚刚那件事。

那些画面在我的脑海里不断盘旋，就像洗澡水顺着下水口慢悠悠地打转一样，地毯上的泥脚印，我脖子上的泥手印，被打开的窗户，沼泽的气味，还有遗落在泥泞里的那只毛绒小恐龙。我越来越分不清真相和虚幻，梦境与现实，过去和现在。

玛格丽特和梅森。

我听到有人在敲我的门，于是便转过身去，这敲门声小心翼翼且不慌不忙。是韦伦。

“伊莎贝拉？”他叫着我的名字，“你还好吗？我听到门……”

我小声咒骂了一句，不准备出声，心想再等一会儿他就会离开的。我感觉到他在门外徘徊犹豫着，五秒钟、十秒钟过去了，我依然能在门缝下看到他的影子，一动不动地站在那里。他又敲了敲我的门。

“伊莎贝拉，我知道你醒着。”他很肯定地说。

罗斯克从床上跳下来走到门口，开始挠门。我仰着头叹了口气，向前走了几步，在开门之前给自己做好了心理建设。

“嗨！对不起，我不是故意要吵醒你的。”

“你怎么这么晚出去？”他看起来有些衣冠不整，睡眼惺忪，头发蓬乱。能见到一个人这样真实自然的状态，看到对方如此脆弱的一面，有种奇怪的亲密感。就像恋人第一次在你的身边不知不觉地睡着了，夜色中，你可以清楚地看到他们轻柔起伏的胸部和脖子上裸露着的皮肤。你知道，在这样珍贵的独处时光里，他们是坦诚相见、毫不设防的。

“已经——”他四下找表想看下时间，但没找到，“我也不知道，凌晨两点了吧？”

“我就想出去透透气，今天在家待了一整天了。”

我知道他不信，但这已经是我能想到的最好的理由了。

“你还好吗？我感觉你有事瞒着我，而且……你出汗了。”

我用手摸了摸额头上潮湿冰冷的汗水。我几乎是跑着回来的，我不敢回头，因为我感觉那人指责的目光一直跟在我身后。

“我没事，就是有点不舒服而已。”

“要不我带你去医院看看？你看起来真的很不好。我没别的意思。”

我瞥了一眼梳妆台，镜子里的那个人把我吓了一跳。他说得对。我眼眶深陷，颧骨突出，面色蜡黄、毫无血色，像是吃了什么腐烂变质的东西。韦伦脸上的表情让我想起了哈里斯医生今天看我时担忧的眼神——不对，那已经是昨天的事了。我的意识这会儿已经不是很清醒了。

“你知道比梦游更可怕的是什么吗？是睡眠不足。”

“我没事，”我重复道，“真的。”

“行吧。”他看起来并不相信我说的话。那一刻，我似乎在他的脸上看到了一抹转瞬即逝的难过，又或许他只是觉得我可怜。他可怜我如此轻易就让他进入我的生活，而他只需要在合适的时间说些恰当的话，就能让我彻底地卸下防备。

他往前走了一步，而我本能地朝后退了一下。

“伊莎贝拉，你可以相信我，你知道的，对吗？如果有什么事你可以告诉我。”

我不知道该怎么回他。我不知道发现了他的那些秘密，自己还能不能再相信他，我甚至连自己都不能相信了。所以我没有回答，只是盯着自己的脚和旁边的地毯，没有出声。空气安静得能听到客厅嘀嗒的钟声，还有罗斯克趴在我床上慢条斯理的舔毛声，头上的灯发出滋滋的电流声，就像一群绕着尸体嗡嗡打转的苍蝇。

“多齐尔警探跟你说了什么？”我终于还是开口问了他一句，但声音小得像蚊子哼哼。

“什么？”

“在警察局。”我抬起头，想看看他说话时的表情。我努力让自己保持镇定和专注，但其实恐惧的感觉已经占据了我的全部心神，我感觉自己随时可能会晕倒。“今天，你说你见了他。”

“哦，”他揉了揉脖子后面，“是的。但是现在我们先不说这些了，好吗？”

“但是你说……”

“现在不是说这些的时候，你需要休息。”

我呼了口气，点点头。我知道现在跟他争论这些是没有意义的，毕竟已经凌晨两点了，大部分人这个时间都睡觉了。

大部分人。

“好吧，”我妥协了，但一想到要等到早上太阳出来以后才能得到答案，我的眼睛便一阵阵刺痛，“好的，你说得对。我先睡觉。”

韦伦露出了微笑，他显然不知道等他一离开，他身后的那扇门一关上，什么都不会改变。

我依然会醒着，只是他没在，就我一个人。

“好的，那晚安。”说完，他转身关了灯。

他走后，我立刻关上了门。我听到韦伦回到自己的房间，咔嗒一声轻轻地锁上了门，我以前从没听到过他锁门的声音。我在想是不是因为我，因为他害怕我，害怕午夜时与我独处，就像我妈妈一样。

我爬回床上，钻进被窝，把笔记本电脑拽到面前。我敲了下键盘，结束休眠状态。我还在那里，和刚才离开时一样，在按了暂停键的视频中，我依然站在梅森的婴儿房里。我盯着屏幕上定格的画面，发现我的身体正以某种无意识的节奏晃动着，像极了上了发条的玩偶。我不禁怀疑，我这样整夜整夜地梦游到梅森的房间，很有可能也会跑出门去。

我可能会在半夜穿过客厅，经过梅森的房间后打开前门，在我家附近的街上溜达，像个不知疲倦的灵魂，走在熟悉惬意的小路上。我想起了地毯上的那些脚印，我以前也在梦游的时候跑出去过，但无论如何我都不可能带着梅森一起。我看了那么多视频，我从来没有碰过他，甚至没有靠近过他的小床。那人一定是糊涂了，他肯定在骗我、耍我，想让我相信这些根本不可能发生的事情。

我按下播放键，接着播放这段视频。屏幕上我的身体摇摆着，就像晾衣绳上随风摆动的衣服，而梅森的小脚则在睡梦中蹬来蹬去。整个屏幕散发着一种奇怪的夜视灰色，让我看起来像潜伏在黑暗中的某种动物，误入了设计好的陷阱。终于，我的身体开始移动了，一步，两步。我一直等着自己转过身朝门口走去，但我没有。我不仅没有出去，相反，我一直朝前走，朝梅森的床边走去。

我立马贴近电脑，电脑屏幕耀眼的光亮刺痛了我的眼睛。我眼睁睁看着自己一步步靠近他的婴儿床，静静地站在床前方，向下凝望片刻，然后身体前倾，伸出了双臂。

不！我无法挪开我的视线，也丝毫动弹不得。因为我看到自己那毫无意识的身体抱起了我的儿子，他的小脚在空中来回踢动着。我把他举了起来，然后紧紧地抱在胸前。

我一把合上电脑，不敢再往下看了。

第四十一章

艾利森追悼会的一个月后，我离开了《毅力》。

就像本承诺的那样，他找了个机会，让我做了自由撰稿人。我可以继续给他们的专题写文章，这样的话将来公开我们的关系，就不至于太尴尬。至少看起来不是那种老板和职员的办公室恋情，也应该不会联想到我们在艾利森还活着的时候就在一起了。

当然了，艾利森去世之后，还有我离职期间，我们一直保持着联系。

我们的婚礼简单、低调。本感觉大操大办有些不合时宜，我同意了。毕竟这是他第二次结婚，距离艾利森去世还不到一年的时间。而且，我想邀请的亲友也并不是很多。

说实话，我也没有什么人可邀请。

我们在齐佩瓦广场交换了誓言，广场上的鹅卵石小径成了婚礼的临时通道，小径两旁纵横交织的大树便是仪式的圣坛。那天，我穿了条简简单单的白色连衣裙。偶有路人经过会对着我们吹口哨，我都会报以微笑，脸上写满了幸福。不能公开恋情的那几个月，我们在公司要装作若无其事，无论出去干什么都要假装不是一起。而现在，我们的关系终于不用再遮遮掩掩了。

我也不用再躲躲藏藏。

婚礼结束以后，我们出去吃了点东西，就我们两个人。我们吃了意大利面，喝了两瓶红酒。一想到可以共度余生，我们便难掩内心的激动，开心得像两个小孩。我们几天前才搬进新家，家具还没有送到，所以我们的新婚之夜，是在客厅地板上一张用毯子和靠垫“搭建”的床上度过的。我记得壁炉架上大大小小的蜡烛摇曳着温柔的烛光，他把从我的捧花上拽下来的花瓣撒在毯子上。我们的新婚之夜火花四溅，浪漫真实。

那是我一生中最快乐的一个夜晚。

当然，我们也聊过有关孩子的话题，但我们并不想要。本太忙了，工作对他来说永远是最重要的。他知道如果自己有了孩子，就会成为那种总是缺席孩子人生重要时刻的父亲。我理解，甚至有些欣赏他的想法，因为我就是在这样的家庭里长大的，所以我告诉他，自己也从来没想过要成为一个母亲。我说的是真话，因为孩子会让我想起玛格丽特，想起另一个生命交给我照顾时会发生什么。

想起那一次，我有多失败。

但是，我内心的某些东西在悄悄发生着变化，这个变化的过程是漫长的，就像枫树的种子飘荡了很久才会落下，过了好几年的时间，这个念头才慢慢在我心里扎根、发芽、生长。总的来说，自由撰稿人的工作我很享受，它和我之前的工作不一样的地方在于，我没有固定的办公室，也没有同事，大部分时间我都是一个人。虽说有时我会去不同的地方出差顺道旅游，但剩下的大部分时间我都在家办公。每天干得最多的事情就是盯着墙上的表倒数时间，等着本回来，这样我就不是一个人了。

当然，本也一样。很多细节都在暗示着我他的改变，比如我穿着性感睡衣在屋子里晃来晃去的时候，他的注意力不再集中在我身上，而是埋头专注地盯着电脑。他回来得一天比一天晚，我们曾经甜蜜的婚姻突然失去了激情，变得平淡乏味了。以前他和我在一起是快乐的，眼里都泛着光。如今他拥有了我，我却觉得自己在他的眼中已然失去了光彩，就像一件精美耀眼的珠宝被遗忘许久，氧化变色了。我试着说服自己，这就是婚姻，岁月的流逝会褪去我们心里的激情和火花，于是感情便不可避免地慢慢腐坏。但我不想接受，我也不愿接受短短四年的时间，一切就都变了。

我不能接受一起经历了那么多之后——本失去艾利森，我失去工作，还有为了我们的未来彼此做出的所有妥协和牺牲，却换来这样的结局。

我依然清晰地记得那个早晨。我心里那个念头的种子终于生根发芽，野蛮疯长，就像失控的杂草，在我大脑中蔓延开来，盘踞不走。我已经考虑一段时间了，真的，我一直在想，也许有个孩子，说不定就没有想象中的那么糟糕。也许这会是件好事，没准孩子能让本在家里多待一会儿，成为比他的工作更重要的事，同时还能修复我们的感情。也许，只是也许，这是没能照顾好玛格丽特那件事之后，一个照顾别人的机会。

一个弥补的机会。

于是有天早上，我走进浴室关上了门。安静的锁门声让我的心提到了嗓子眼儿。我记得自己站在马桶旁，把避孕药一颗接一颗地从包装里抠出来扔进水里，就像是祭品。按下冲水按钮时，我看着那些药片不停旋转着，直到完全消失，然后我的内心瞬间燃起了一簇希望的小火苗。所以那天本进门后，我便迫不及待地脱掉他的衣服，事后安静地和他躺在一起，我仿佛在思索着、等待着，或者说感受着身体里的变化。

是的，我有些愧疚，我为自己的撒谎行为感到羞耻，甚至为自己堕落到使用如此阴险和低级的手段感到丢脸。但同时，我也为再次表面上掌控了自己的生活而兴奋不已。

我终于可以为自己做一次决定。

说实话，我没想到自己能成功，至少不会那么快。没过几个月，我就怀孕了。一天，我突然感到一阵强烈的恶心，我不得不紧紧地抓住厨柜边，使劲闭上眼睛试着憋住不吐出来，但下一秒我便跑进浴室倒在了地上。

我慢慢地伸手去拿验孕棒，那个满满的一个都没用过的盒子卡住了，我只好把它撕开。那个盒子被我藏在一个不起眼的角落里，像个捕鼠器一样，随时可能给我钻心一击。

“本！”我盯着两条粉红色的线喊着他的名字，因为我不确定那是不是真的，“本，你能来一下吗？”

但我很快便意识到，他不在家。

转眼间几个月过去了，很多东西都在改变，只不过没有朝着我希望的方向改变。我看着自己的肚皮一天天像橡皮泥一样被拉扯、撑出了妊娠纹；我的脚脖子肿得像面包，肚脐眼也凸了出来。当老同事们把手放在我的肚皮上感受肚子里的动静，说我看起来气色很好时，我一脸幸福地微笑着。但只有我自己知道，我的心里藏着一个他们理解不了的、肮脏的小秘密。那天浴室里的情景我还历历在目，当时那个念头是如此强烈，就像第一次妊娠反应一样。我记得自己坐在地上，盯着验孕棒上那两条粉红色的线，寂静的房间和沉默的生活在我耳边无声地回荡着，就像水下的尖叫，既尖锐刺耳，又令人窒息。

在泪水、激动和喜悦包围我之前，一些异样的、意料之外的感觉悄悄爬上了我的心头。

在某个瞬间，后悔之箭正中我的眉心。

第四十二章

咖啡的味道从厨房里飘了出来。我听到韦伦早上起来穿着拖鞋经过客厅，到厨房里烧了一壶水。沸腾的水噼里啪啦地飞溅着、鸣叫着，他从柜子里拿出一个马克杯，当啷一声放在台子上，给自己倒了一杯咖啡，然后返回客厅。咖啡的香味跟着他一路飘散到客厅，然后从我的门缝下面钻进来，包围了我。

我整晚都坐在床上，那个画面在我脑海中挥之不去：深更半夜，我从婴儿床上抓起小小的梅森紧紧地抱在胸前，他在我怀里不停地动着，手里还抓着那只毛绒小恐龙。

还有摇椅上的那个老人，他用浑浊的双眼盯着我时嘴角抽动的微笑。这些都让我感到不寒而栗。

我犹豫不决地慢慢走出卧室，就像个醉汉睡眼惺忪地从喧闹的夜晚中醒来。

“早上好，”韦伦说着，把杯子朝我这边微倾了下，“你睡觉了吗？”

“睡了。”我撒谎了，所以不敢直视他的眼睛，“昨晚不好意思，打扰到你了。”

“没事，你感觉好点了吗？”

我没回他，直接走进厨房给自己倒了一杯咖啡，紧紧握着杯子的手被烫得生疼。然后我走进客厅，像个小孩一样盘腿坐在他身旁的沙发上。

“那么，现在我们能聊了吗？”

韦伦被我逗笑了，他轻轻地摇了摇头，把杯子放在杯垫上。

“这么直接吗？”

“这就是你在这里的原因不是吗？你就是来帮我找儿子的，对吗？”

他的表情里藏着一丝不安。当一个人鼓起勇气撒谎之前，那毫秒的准备时间总能带出最真实的情绪。如果你善于观察，其实很容易看出破绽，比如紧张的下颌、严肃的表情。虽然这些瞬间来得快去得也快，但不管怎么样，它出现过。

“当然了，我只是觉得你才刚睡醒，可能需要缓一缓。”说着，他靠在椅背上又拿起了杯子，看上去有些坐立不安。

“我只是好奇而已。因为才一周的时间，你在多齐尔警探那里的运气比我这一年的还好。”

“有时候不熟反而好办事。”

“懂了。”

韦伦看着我的时候，手指头一直抠着沙发上的一根线头。

“他说可以给我听几个讯问的录音，或许我的节目里也可以选一些播放，”他开口说道，“不过，那些讯问的笔录我都已经看过了。”

他抿了一口咖啡，然后咂了咂嘴，很显然，他对自己的回答很满意。他说的倒是真的，只不过略过了自己早就有那些资料的部分。

“哪个录音？”我手里的那杯咖啡一口没喝，捧在手里还冒着热气。

“我还不清楚，应该有好几天的可以筛选。我晚些时候去看看，然后把资料取回来。”

我点点头，想起了在警察局度过的那些个下午。我想起在讯问室里，脚边摆着的空水瓶，墙上的镜子里映着我憔悴的脸，身后所有人似乎都在盯着我看。我一下子又想起了昨晚，当我的声音从耳机里宣泄而出，如同沼泽水从窗户的裂缝里涌进来，张着血盆大口，将我吞没。

“我能和你一起去吗？”

“我不认为这是个好主意。”

“为什么？”

韦伦吐了口气，呼出一股咖啡的味道。

他跷起腿，说道：“那个，我真的很感激你所做的一切。让我住在这里，并且全力配合我的工作，你付出的已经远远超过了我的预期。”

“但是？”

“但是，”他重复了一遍我的话，似乎在给自己打气，“我不想影响节目的公正性。”

“公正性……”

韦伦举起手打断了我：“如果有人发现我们一起调查这个案子，我的可信度就会打折。没人会相信我能做到公正客观，我的意思是，抱歉这么说，但……”

“但我也是嫌疑人，”我接着他的话说，“所以你需要把我当作嫌疑人来对待。”

“是的。不，不是这个意思。我只是说，不能看起来好像我在偏袒某一方。”

“如果你真的那么在乎你口中所谓的公正性，一开始就不会答应到我家来办公。”说着，我从沙发上站了起来，“所以，你不如说说看究竟为什么到我家来？”

韦伦没有说话，手指不停地在杯子侧面敲着：“我不知道你想说什么。”

“关于你和多齐尔警探的谈话，我知道你在撒谎，因为昨天他来我家了。”

他直起身，突然睁大了眼睛。

“他肯定是在我走之后……”

“而且关于我那个邻居的事你也在撒谎。因为多齐尔警探认识他，他跟我说了那个人的名字。”愤怒和背叛的感觉逐渐控制了我，“所以别再跟我扯什么公正性，因为你我心里都清楚，你没有。你到底想干什么？！”

“我……我来是为了帮你。”他弱弱地说，但听上去已经没有那么有说服力了，就像他知道已经没有必要再编下去了，“我来是为了弄清楚你儿子究竟出了什么事……”

“胡说八道！昨天晚上我翻了你的东西，发现你对我隐瞒了很多。所以说吧，你来干什么？”

他没有出声。我们在沙发的两头凝视着对方，僵持不语。就在我以为他不愿意再说什么的时候，他低下头，叹了口气。

“伊莎贝拉，你见过那些证据了，”他说，“所有的证据。”

“所以呢？”

“所以你应该知道那些证据意味着什么。意味着带走梅森的人……就是这个屋子里的某个人。”

我看着他，不可思议地眨了眨眼。我知道他什么意思，他说得再明白不过了。

“现场证据并不符合非法入侵。”

“窗户是开着的……”我说。

“可地毯上并没有脚印，”他打断了我，终于抬头看着我，“如果有人从窗户进来的话，地毯上肯定会留下草或者泥土之类的痕迹。”

“这很好解释，他可能把鞋脱掉了。”

“那罗斯克为什么没有叫？”他继续逼问我，“它看到陌生人就会叫，叫了你们就会听到，你就会被吵醒。它为什么没叫？”

“它没……它没在婴儿房，”尽管我知道这个解释很苍白，就算罗斯克没在梅森的房间，但是有动静它肯定会听到，我继续硬着头皮往下说，“它可能睡着了。”

“它没叫是因为没有外人进入这栋房子，伊莎贝拉。我知道，你知道，警察也知道。根本就没有什么非法入侵者！”

我想起了多齐尔警探和他那副对我爱搭不理的样子，他每次看到我，脸上的表情好像都在暗示我，他知道些我不知道的事情。还有，只要是我找他，他似乎永远都没时间。

所以，我的猜想是对的。他确实怀疑我，所有人都怀疑我。

“你真的那么认为？”我努力克制着自己的声音，尽量忍住不让自己哭出来，“你在这里待了这么久，我们聊了那么多次……”

我们都在兜圈子，没有直说。但他的眼神告诉我他知道我在问什么，我想问：*你认为是我杀了自己的儿子吗？*

“对。”他看着我的眼睛，终于承认了。

我早该想到的。毕竟，我自己就是个讲故事的人，一个讲故事的人永远不会在不了解来龙去脉，或是不知道自己想说什么的情况下展开一个故事。我们不会盲目地寻找答案，我们心里已经有了答案，至少是自己认为的、想要的答案，只是需要求证而已。

从飞机上的第一次对话开始，这就是韦伦的答案。我就是他的答案。我以为他跟别人不一样，我以为他在乎我的看法，所以我放下了防备，告诉他一些我从来没跟任何人说过的事情。可这一切都是他设好的局，不是吗？他的目的就是通过做做饭、喝喝酒，让我放松警惕对他吐露心声，然后聚精会神地听我主动诉说，从不表现得急于求成。

但从头到尾，他都在怀疑我，跟其他人没有任何区别。

伊莎贝拉·德雷克是个婴儿杀手。

“出去！”我指着门口大喊，“你给我出去！”

他没说话，嘴唇微张着，似乎想说什么。

“现在立刻出去！”

最后，他点点头从沙发上站起来，转身走进客房。我抱紧双臂在沙发旁踱着步，看着他在一旁收拾东西，泪水在我的眼眶里打转。谎言和欺骗就像一把刀子，捅进了我的身体。那些让我以为自己终于被人理解、有人愿意倾听，让我误以为自己并不孤独的瞬间，都变成了一颗颗飞向我的子弹。

但这不是最令我痛苦的。

更让我感到崩溃的是，在认识我、了解我之后，韦伦仍然认为我心里深藏着恶，就像黑暗中匍匐的夜行动物或是嗜血怪物的本能。他真的认为那晚是我走进梅森的房间，然后对他做了可怕的事情。可怕到我的意识自动将这段记忆屏蔽了、清除了，就像我对玛格丽特做过的那件事一样。

不过，这也不算最绝望的部分。

最绝望的是，我自己也这么认为。

第四十三章

我来到市中心距离《毅力》办公室不远的一条长街上，橡树环绕的街道两旁是历史悠久的砖砌公寓。能看出来，这里的房子并不便宜，是那种根本不缺房产，纯粹为了房子的文化内涵的人会花钱购置的地方。这种房子是金钱和地位的象征，有点像《毅力》杂志自身的定位。所以从这个角度来看，本选择住在这里是可以理解的，确实符合他的身份。

我登上台阶，站在他家门口看了一眼手表，我希望自己正好赶上他出门上班的时间，但这个点我也有可能刚好错过他。如果真是这样的话，我就只好在门口等他了。我深吸一口气按下了门铃，然后把手揣在兜里，屋内响起了门铃声。等了几分钟，当我正要转身离开准备过会儿再来时，门突然开了。

本的脸上堆满了笑容，像是正在和谁聊着什么开心的事情，但那个笑容在看到我的瞬间就消失了。

“伊莎贝拉？你来这里干什么？”

“你这会儿有时间吗？我想和你谈谈。”

“呃，没有。”说着，他回头看了一眼屋里，“我这会儿没空，上班快迟到了。”

"很重要的事……"

"本？"屋里传来了一个年轻女人妩媚的声音。我低下头，不想被人看到我涨红的脸。是她。"本，你在外面吗？谁来了？"

"没有人，"他回答她，"稍等一下。"

我们都沉默了，尴尬得无法直视对方。呵呵，没有人，我应该是打扰到别人了。星期二的清晨他们竟然在一起，我在想，也许这只是个巧合，可能他们昨晚喝多了，醉醺醺地回来后就在这里过了夜；也许她也住这里，本离开我以后便立刻投入了她的怀抱，就像他从艾利森无缝衔接到我那样。

我把头探向一边，想瞄一眼屋子里面。

"什么事，伊莎贝拉？"说话时，他靠在门框上，试图挡住我的视线，"什么重要的事让你星期二一早跑到我家来？"

"我就是想问你一些事，关于那天晚上的。"

"天哪！"他低下头，用力皱着眉头说道，仿佛我的话让他头疼不已，"你是在跟我开玩笑吗？"

"这对我很重要。"

"伊莎贝拉，你必须学会放下。"

"你是为了我好才这么说吗？还是你觉得我不知道真相比较好？"

本歪着头，疑惑地看着我问道："什么意思？"

这个眼神是如此熟悉，让我想起了哈里斯医生办公室的沙发上，他把手放在我腿上时看我的眼神，还有黄昏时分，当我目光呆滞地站在客厅的窗户前看我的眼神。这个眼神仿佛是想努力在我的表情中寻找一丝久违的东西，也许是某个瞬间那个他曾经熟悉的我、了解的我。这些蛰伏在我潜意识里的记忆，此刻正在四处逃窜，试图挣脱。

"你知道我是什么意思，如果你是想保护我或者其他什么原因……"

我停住了，思绪突然回到了波弗特。我想起了当时爸爸的眼神，想起他为了保护我撒了谎。因为他知道，真相是我承受不起的。可能这就是为什么本一直如此坚决地劝我放下，让我别再找了，别再抱任何希望。

他知道那毫无意义，因为真相就在那里。

“如果你知道发生了什么，但你不敢告诉我的话…… 求求你，”我恳求道，“我需要知道真相，我不能永远这样猜来猜去的。我不能……”

他还没来得及回答我，门就被打开了，一个女人出现在他身后。她穿着他的白色纽扣衬衫，领子半立着，头发扎成了一个丸子头。她一只手搭在本的肩膀上和他并排站在一起，礼貌地笑着，她的素颜很美。

“嗨，伊莎贝拉。见到你很高兴。”

我盯着面前这个女人，注意到本的肩膀在她的手放上去的瞬间缩了一下。我不知道本有没有注意到，我和这个女人看起来有多像，我们的上唇缘、颧骨、发色都很像。我想知道他有没有注意到这些巧合，会不会感到尴尬，还是说这完全就是他下意识的选择。我看着他们，就像看着多年前的我们，那时穿着他的衣服给他做早餐，让他快乐的人，是我。

“这是瓦莱丽，”他憋了半天终于开口了，“我知道你们之前见过面。”

“瓦莱丽。”我一边重复着这个名字，一边注视着她黑黑的眼睛和灿烂的笑容。一开始我没明白本说我们见过面是什么意思，但我突然注意到她脸上的酒窝，那两个深深的酒窝就像括号一样挂在她的嘴唇两边。“在教堂见过。”

我想起守夜活动那晚，在大教堂里闲逛和祷告的人，还有闭着眼睛出神的我。想起我睁开眼后发现教堂里空无一人，于是走进了后面的那个小房间。房间里的光洒在外面的小路上，像水面上闪闪发光的月亮，角落里冒着热气的打折咖啡、围成圈的廉价金属椅子营造出的悲伤气氛，让我的眼睛一阵酸涩。她是那个和我打招呼，邀请我留下来参加活动的女人。

“上次我没来得及介绍自己，”说着，她朝我伸出手，“我的意思是，正式地介绍。”

我低头看着她伸出的手，想起了当时打断我们的那个人。就在她刚张开嘴准备说话的时候，他慢悠悠地走了进去。这一切对我来说，有点难以消化。

“瓦莱丽，亲爱的，我很快就好。”沉默了半天，本突然开口说了句。我能看出来她不想走，不管我们在干什么，她想在一旁看着。但本在她的额头上吻了一下，然后走出来反手关上了门，把她留在了屋里。

一阵尴尬的沉默之后，我双手交叉抱在胸前说：“治疗师啊。”

“伊莎贝拉，拜托，”他叹了口气，“别这样。”

“我没想到你这么俗套。”愤怒的火苗在我的胸口慢慢燃烧起来，血腥味、金属味一股脑地涌上喉咙，我的情绪逐渐开始失控，“不过话说回来，我有什么资格这么说呢？我也嫁给了自己的老板！”

“够了！我试过和你一起解决问题，我尽力了！”

我的脑海中突然浮现出那一圈金属椅子，浮现出本坐在那里脆弱无助、手足无措的样子。想到他第一次独自一人走进那个房间，说话时手指头紧张不安地抖动着，平时自信的声音听上去那么崩溃沙哑，我突然有些内疚。

意识的突然觉醒就像一把尖刀刺进我的胸腔，冰冷又锋利：本该是我和他一起去的。

“我们没分开的时候你们就在一起了吗？”我突然想，每个星期一晚上，当我发疯似的盯着满墙的照片时，他离开我，去找了她。是我把他逼走的，是我把他推向了一个能拯救他的人的怀抱。

“我们分开了，不是吗？很早以前就已经分开了。我们的婚姻早就名存实亡了。”

“这话听起来挺新鲜的。是不是像当时你和我在一起的时候，你和艾利森那种早就分开且名存实亡的婚姻呢？”

本盯着我，一脸震惊。我从未在他面前以这种方式说到过艾利森，也从未含沙射影地提起过她，或者我们背着艾利森做过的那些事，那些不论从哪个角度来看，都是错误的事情。

“所以因为什么呢？在我不能给予你关爱的时候，她给了你一个温暖的怀抱，是吗？”本依旧盯着我，没有回答。可我停不下来，我想用我的话刺痛他。虽然这听起来并不公平，而且如果不是因为我，这些事情压根儿不会发生。所有这些令人崩溃的事情，都不会发生。

“我们最近才在一起的。”他平静地说。他用同情和怜悯来对抗我的愤怒，这让我更加抓狂。“真的。在我决定放下那件事并且从家里搬出来之后。”

“她可真好，等了你这么久。”

“是我主动的，好吗？”本说，“不是她主动的，她没做错什么。”

我们都沉默了，我能感觉到我的心脏在他的那枚戒指下面怦怦地跳着。我突然有种冲动，想把它一把扯下来扔给他。但我忍着，没这么做。

“如果梅森没有失踪，你会搬出去吗？”我要在自己后悔之前，在我选择无视能给我致命一击的真相，继续自欺欺人地活在那个阴暗的角落之前，把想说的都说出来，“还是说，你就是因为他失踪了才走的？”

“伊莎贝拉，别这样对你自己。”

“是不是因为我对他做了什么，所以你才选择离开？比如一些我自己不记得的事情？”

他看着我，嘴巴半张着，像是想要说些什么，但同时，他又不能说。

“回答我！”

本叹了口气，低头盯着自己的鞋子，然后摇了摇头。

“你该回家了。”他说完转身打开了门。我看到瓦莱丽坐在吧台凳的边上，同情地望着我。“不管你想要的答案是什么，在我这里是找不到的。”

第四十四章

我不得不承认，本是对的。

这里没有我要找的答案，我必须追根溯源，去源头找答案。这个源头不是梅森失踪的那夜，也不是我和本认识的那晚。

这个源头是波弗特，是玛格丽特去世的那个夜晚。那才是这一切悲剧的起因，是多米诺的第一块骨牌，是使我命运的齿轮开始转动的蝴蝶翅膀。我不能再逃避了，也不能再装作相信爸爸为我说的那些谎言，而无视自己亲眼看到的那些证据：换过的睡衣、地毯上的水渍、身上的泥巴。因为我已经知道这代表着什么，又说明了什么。

不光是玛格丽特，还有梅森。

我什么都明白了，只不过一直以来我都选择闭上眼睛，拒绝开灯照亮灰暗角落里的那个自己。如今，我不想继续藏匿在黑暗中了，也不能再继续藏匿了，我在黑暗中藏匿太久了。

我开着车沿着海岸向北行驶。我家距离这些年我住的地方只有不到一小时的路程，但除非十分必要，我很少回家。我没给父母打电话说我要回去，因为说实话，我并不愿意承认自己的问题，而且也想给自己留一些余地，我怕自己看了一眼大门后面若隐若现的家，就开车返回萨凡纳。因为我知道，就那么一眼便能勾起我无限的回忆，并且足以让我改变主意。

我开车经过了罗亚尔港，目光掠过浩瀚的大海、繁华的市中心和城市地标。从某种意义上讲，这些都是我青春记忆里的背景。玛格丽特和我过去经常会在暖洋洋的周六晚上，去挤满了游客的海湾街吃冰激凌；每个周末，我们都会去鸽子灯塔和木制玩具游乐场散步，手牵手地走在繁华的大街小巷。我对那里的滑梯印象最深，太阳把金属滑梯烤得跟火炉一样烫，但我们一点也不在意，仍会一遍又一遍地冲上梯子，然后仰面或者俯身甚至侧着滑下来。滑下来时，我们的衣服有时会被搓上去，露出光溜溜的皮肤，于是这块皮肤就像煎锅上的鸡蛋一样，在滑下来的时候发出滋啦作响的摩擦声。过后，我们的指尖上会留下细小的灼伤和擦伤，再慢慢结痂、蜕皮。

然后我经过了墓地。这里是回家的必经之路，但我把目光转向了另一边。

终于到了我家所在的那条街。我故意开得很慢，朝着那个巷子龟速前进着，如同走向绞刑架的死囚，尽量拖延着时间。我家在巷子的最后，路的尽头，再往前走就是大海。

我把车停在路边的草地上，踉踉跄跄地下了车。刚一打开车门，海水的咸味和熟悉的泥土味便扑面而来。大门和砖墙上的铜牌都还在，只不过常青藤现在长得十分茂密，已经看不清上面的字了。每年的这个时候门口的花都开了，花香四溢，但那些像被太阳晒褪了色的、海星一样细长的白色小花，如今都枯萎了，花瓣像死皮一样落了满地。

连植物也无法逃脱这里的死亡诅咒。

我慢慢地向那栋房子走去。对其他人来说，这里看上去是如此幽静，但对我来说，是潮水般的回忆。我看到了那棵枝干像弯曲的手指一样的大橡树，还有那些仿佛拥有了生命的雕塑；看到了一直延伸到沼泽的那个码头，由于海水的侵蚀和无人照管，上面的木板已经开裂破损。

前院那棵巨大的柳树，盘根错节地在草地上恣意生长，如同静脉曲张的血管一样钻入车道，扭曲地涌动着，撑破了人行道的路面。

这块地方有种病态感，几个世纪以来，某种邪恶的力量一直盘踞在房子暗处。连我这样的小女孩都能感受到，感受到这个力量缠绕着我们每个人。

我呼了口气，把手伸到栅栏内侧打开了门闩。朝门口走的时候，我感觉他们应该在家，因为薰衣草洗衣液的清新香味从通风口飘了出来。我还看到他们的车停在后院，虽然我知道他们从来不开。对这里的某种感觉或是情感，烙印在我的内心深处，如同一根扎进皮肤的小刺，隐隐作痛。我试着不去想也不去触碰，直到随着时间的推移，这根小刺成为我身体的一部分。这个异物扎得太深，我的身体只得学会与之共存，像赘生物一样，在它周围艰难生长。

现在我站在这里，仅仅只是一眼，那种刺痛感便瞬间袭来。

我按下门铃，门那边传来了空荡的回响。我安静地等着，努力平复着自己焦躁不安的心绪，因为我知道，这是梅森失踪后我第一次见到我的父母。终于，我听到了门锁转动的声音，门被打开时，陈旧的铰链发出了沙哑的吱吱声。我听到了爸爸清嗓子的声音，这是他抽烟养成的习惯，一直改不掉。我暗自庆幸，第一个要面对的，是我的爸爸。

“嗨，爸爸。”看我站在这里，他显然十分吃惊。我笑笑，耸了耸肩，低头看着自己的鞋子。“我可以进去吗？”

第四十五章

回 忆

玛格丽特离开我已经六个月了，六个月的时间仿佛一切都变了，但又好像什么都没变。

我们把她安葬在波弗特国家公墓。记得那天我们穿着黑色衣服站在那里，一排排白色的小墓碑整齐地排列着，就像小小尖尖的虎牙。我们像是站在一条巨大的鲨鱼嘴里，被无数尖牙利齿包围、吞噬。

牧师说，她能和我们国家最勇敢的士兵们安葬在一起是一种荣誉，毕竟爸爸是名退伍军人。这还意味着，将来他会和她一起安葬在这里。但我并不觉得这是种荣誉，相反，我认为这是一种残忍的耻辱。因为葬在这里意味着她的死象征着勇敢，带有英雄色彩和必要性。但实际上她是面朝下，在一片脏兮兮的沼泽中窒息而亡的。

我记得那天下雨了，但没有人打伞。我们三个就站在那里，看着那个小小的棺材被慢慢放进一个泥坑里，雨水顺着妈妈的卷发滴滴答答地落在地上。我们把她的洋娃娃也一起放进了棺材里，夹在她的胳膊下面，妈妈接受不了玛格丽特一个人被关在那个小盒子里的事实。让我觉得诡异的是，那个洋娃娃依然睁着大大的眼睛，在棺材被关上的一瞬间与玛格丽特一起封闭在黑暗中，但时间不会定格在那个瞬间，玛格丽特的身体会腐烂，最后只剩下一堆骨头，而她的宝贝，被一同埋葬的埃莉仍然蜷缩在她的腋下，睁着眼睛，咧着嘴笑。

葬礼结束后，我们默默地开车回家，一进门便各自找了个角落安静地待着。妈妈一直在哭，爸爸不停地喝酒。几个月后爸爸决定退休，和我们一起待在家里。也许玛格丽特的死让他意识到自己缺席了女儿的成长和生活，也许公众对她溺水的关注和疑问实在令他头疼，所以他决定把自己藏起来。

当然，也可能是妈妈强迫他的，因为和我单独在家的夜晚让她感到害怕。

从某些方面讲，我们的生活如同什么都没发生过一样继续着，就像明明脚趾受了伤，却还含着眼泪忍痛前行。学校和以往一样八月份开学，开学后的我每天都装模作样，假装没事。就好像玛格丽特的小背包没有和我的一起挂在储藏室里，拉开了一半拉链，露出她最喜欢的毛衣。仿佛我们想要她待在那里，担心她从墓地的棺材里爬出来，然后走回家，浑身湿透、瑟瑟发抖、满身是泥地想找东西取暖。她的卧室还是老样子，只是妈妈总把门关着。爸爸解释说，如果打开门，看到她的小床、粉色的墙，还有蜘蛛网一样从天花板上垂下来的白色床幔，她会受不了的。有时我会靠在门框上，想象着半夜她睁开眼睛，看到黑暗中我的身影一动不动地站在那里，眼神直勾勾地盯着某处，会是什么感觉。

她一定很害怕吧。

从另一方面讲，玛格丽特去世后，我们的生活实际上发生了翻天覆地的变化。节日的开始和结束跟我们不再有任何关系，仿佛它们根本不存在。好像这种无视时间流逝的做法，会让地球离了她依旧在转动的残忍事实变得不那么真切。什么都能让我想起她，不管是甜茶的香味，还是沼泽的臭味。每天早晨我下楼时，房子里都是一片寂静。她不在。没有她的脚步声、欢笑声和说话声来填补，这寂静愈发震耳欲聋。

妈妈不再画画了，三楼的工作室慢慢变成了一个储藏室。爸爸经常回家，曾经光滑的脸颊上长出了钢丝一样硬硬的毛发，然后慢慢变成一撮灰白色的胡须。有时也会有客人来我家，比如蒙哥马利警长和前来慰问的邻居们。感觉那些从栅栏里探出头来的游客，目的更不单纯了，似乎他们感兴趣的不是这里的历史，而是什么更阴暗的东西。玛格丽特去世一周后，一个戴着椭圆眼镜的秃顶男人每周来这里两次，听妈妈哭，给她做心理疏导。有时妈妈愿意说些话，但大多数时候她只是静静地坐着，眼泪顺着她的下巴一滴滴地落下，然后这个男人会点点头，在便笺簿上草草地写些什么，给她留下了各种各样的药片。从那以后，桌子上的药越堆越多。

然而，最大的改变似乎是我的睡眠问题，或者更确切地说，是睡眠不足的问题。我曾经睡得很沉，入睡很快，仿佛我在闭上眼睛时会向我的大脑发出信号，让它也去睡觉。这样，至少部分大脑可以得到休息。但现在我常常清醒地躺着，眼睛一眨不眨地盯着天花板，送走黄昏又迎来黎明。似乎我的大脑想让我记起一些事情，如果想不起来就不愿意休息。当我经过几个小时的挣扎终于睡着后，却又总是反复做着同样的梦。

每一次，梦到的都是她。

我梦见我们两个站在水边，明亮的月光洒在我们的身上，我们手拉着手，十指紧扣着。在一片黑暗中，她回头望向我。

她的眼睛睁得大大的，满是信任。然后，她转过身去，独自迎向沼泽。

她慢慢向前迈了一步，脚趾在水面激起了一圈涟漪。我站在她身后，看着她，一言不发。

第四十六章

现　在

我早就习惯了这屋子里令人绝望的寂静。玛格丽特去世之后，这里只剩下了寂静。

进屋后，爸爸问我想喝点什么。“家里有威士忌、红酒……”他的声音越来越小，可能意识到现在还不到中午，所以有些尴尬。

“咖啡，谢谢。”我说。

我们三个人，分别坐在客厅的三个角落。我坐在沙发的边上，这种沙发除了好看一无是处。沙发套是纯白的，靠垫硬得像纸板。我的父母分别坐在壁炉两侧的两把椅子上。我们的中间放了一个托盘，里面的点心摆成了十分漂亮的形状。我想，应该是妈妈弄的吧。她想给自己找点事做，这样就可以减少和我的接触。我知道没人会动这些点心，等我一走，她就会把它们都倒进垃圾桶，然后啪的一声关上盖子，好像我的存在就足以让这些食物腐坏。

“我收到了贺卡，”我终于开口说，“还有支票。谢谢。”

“不用谢，”爸爸笑着说，“这是我们应该做的。”

“你们其实不用给我钱，我不需要……”

他摆了摆手，好像在驱赶一只烦人的小虫。

“本怎么样？”

我看着他，注意到他不自然的嘴唇和紧咬的下颌。他表现得很不自在，而且明显在没话找话。我敢肯定，当他打开门，看到我站在门外时，他就开始了激烈的思想斗争。他从不喜欢把问题拿出来说，他们两个都是。在我们家可以讨论政治，可以讨论宗教，但和情感以及个人感受有关的问题，都会用钱和礼物掩盖起来，直到它们消失不见。

“他很好，就是工作比较忙。”我回答。他们不知道我们已经分开了，因为我从来都没提起过。

“好，”他点了点头，“那就好。”

我把咖啡放在桌子边上。坐下来后我一口都没喝，因为怕弄脏了沙发，小时候养成的习惯没那么容易改掉。然后我看了眼妈妈，她直挺挺地坐在椅子上，就像穿了件紧身衣一样束手束脚。她双手攥得紧紧的放在腿上，一只脚勾着另一只脚，就像我们在舞会上学的那样。玛格丽特去世以后妈妈变了很多，过去，她眼里的世界是五彩斑斓的。我还记得她以前看着我时满眼惊喜的样子：头歪向一边，手指挠着下巴。仿佛我是她亲手创作的一件艺术品，不知怎么从画布上跳了出来，开始了自己的生活。可现在，她的世界好像只剩下了黑白色。

如今，每当她看向我这边的时候，那双曾经充满惊喜的眼睛会直接跳过我，仿佛我不存在一样。

“那么，我们能帮你点什么呢，伊兹？”

爸爸坐在椅子上，换了下跷着的腿。他的变化也很大，曾经洪亮的声音变得微弱，听起来紧张不安并且缺乏自信。以前，他是那种无论走到哪里都会吸引人们注意力的人，但现在的他，看起来好像总想找个角落躲起来，不被人发现。

“我在这附近出差，”我撒了个谎，“我在写一个故事。”

“噢，那很不错，亲爱的。”

他没问是关于什么的，我知道他不会问。有时我在想，我的存在是不是令他们特别痛苦。因为玛格丽特的生活戛然而止，就像一辆汽车突然失控撞向墙壁，而我的生活还在继续。我的工作、丈夫还有孩子，无一不是一种提醒，提醒他们这本该同样属于玛格丽特，却硬生生被我夺走了。

但如今，我已经决定亲手摧毁自己的生活了。也许这样能带给他们些许的安慰。

“你还好吗，亲爱的？”妈妈终于开口问我，她的声音突然吓了我一跳。

我望着她。又是这个问题，这个没人在乎答案的问题。

“我……你知道的，”我勉强挤出了一丝微笑，“老实说，不怎么样。”

“案子有什么进展吗？”

爸爸插了句话，我能感觉到房间里的气场在裂变，就像暴风雨来临前突然降低的气压，让人喘不过气。当然，他们见过梅森，我不会阻止我的父母见他们的外孙。但当他来到这个世界的时候，我和我父母之间的鸿沟已经大到无法逾越了。我记得他们第一次也是最后一次踏进我家，就像在博物馆里参观一样保持着礼貌的距离，不敢触碰任何东西。他们小心翼翼地在玩具和脏衣服周围绕着走，就像我小时候蹑手蹑脚地经过他们的古董花瓶和易碎品一样。不过，他们似乎根本不在乎这种辛辣的讽刺。本带他们进来的时候，我正在沙发上给梅森喂奶，我的衬衣上面有污渍，还有一股酸味。我永远不会忘记妈妈看到我时脸涨得通红的样子，当时她的眼睛立刻看向地面，好像为我，也为她自己感到无比尴尬。爸爸一直抱着梅森，一会儿闻闻他的头，一会儿捏捏他的脸。而妈妈，只是静静地坐在他身边。其间，爸爸把梅森抱到她面前，示意让她抱抱他。她看着他，然后又抬头看看我，小声地说了句“对不起”便起身走了出去。那个瞬间，我的胸口传来一阵痉挛。

就像靠近她的亲外孙会让她过敏起疹子一样，她逃开了。

我敢肯定，她一定在想玛格丽特，在想在这里的应该是她而不是我，或是在脑海里想象我们一起进城，去看望玛格丽特的孩子。我敢肯定，她会一直在脑海里反复播放着玛格丽特对娃娃唱歌、哄娃娃睡觉，以及坐在厨房把娃娃放在膝盖上颠来颠去的画面。

玛格丽特肯定会是个好妈妈，是个比我称职的母亲。

“没有，没什么进展。”我回答道。我现在明白了，他们可能一直都在怀疑我，怀疑梅森的失踪和我有关。当他们在电视上看到新闻和我的脸时，会不会在心里默念——又是她。

他们可能会在脑海中想象着，我在半夜牵着他的手，就像我牵着玛格丽特的手一样。也许他们现在也是在保护我，就像以前那样，通过沉默、秘密和谎言。

“好吧，有消息随时通知我们。”爸爸说话的语气，像工作面试一样官方。自从玛格丽特离开以后，我们一直不知道怎么和彼此沟通。没有她，我和父母之间的互动变得磕磕绊绊、尴尬不已，就像突然在杂货店里偶遇老朋友一样，一边说着客套话，一边搜肠刮肚、绞尽脑汁地找借口离开。

“我来的路上经过了墓地，”我想找个机会切入主题，“你们最近去了吗？”

我瞥见妈妈的身体正在颤抖，如同被一阵突如其来的寒流击中了一样。爸爸则歪着头，仿佛听不懂我在说什么。

“我准备等会儿去看看，我一直没有去过，你们知道的，自从……”

“我们每个星期日从教会出来以后都会去。”爸爸打断了我。

“那就好。”

屋子里再次陷入沉默。妈妈一直在研究椅子的扶手，她的指甲在扶手昂贵的锁线上抠来抠去。我发现爸爸偷偷瞅了一眼落地钟，可能在想时间怎么过得这么慢。

“你知道的，我们很少谈论这件事。”我的眼睛一直盯着地毯，这是我和玛格丽特经常躺着的那块地毯。我们以前总爱躺在这上面翻看《毅力》杂志，并且一起出声朗读上面的字。在书上认识另一个世界、另一种生活，想象着我们从自己的生活中剥离出来，进入书里的世界。“那天晚上发生的事，我们从来都没讨论过……”

“有什么好讨论的？那就是个可怕的意外！”

我看了眼妈妈，她依然沉默不语地抠着椅子扶手上的锁线，然后又看了看爸爸。他的声音稍稍恢复了一点威严，这一点就足以暗示我，这个话题没有继续的必要。

“确实。”我没有停下来的意思，“但是我认为，如果我们能谈谈这件事，可能会对我有帮助。因为妈妈刚问我过得怎么样……”

“好吧，”说着，他身体微微前倾，用手托着自己的下巴，就像一个精神病医生在仔细地研究我，“你想谈什么，伊莎贝拉？”

“我……我记起了那天晚上的一些事情，这些事一直困扰着我，我一直想不通。”

他们对视了一眼。

“比如那天早上我醒来的时候……地毯上有水渍。”我强迫自己继续说下去，像咳出卡在喉咙里的食物一样，每个字都说得十分艰难，“我穿的睡衣和入睡时穿的不一样，我的身上还有泥……”

“伊莎贝拉，你怎么了？”爸爸的声音突然变得十分温柔，“你为什么要提起这些陈年旧事？”

“因为我想知道发生了什么！”我没想到自己的声音那么大，大到似乎在墙壁和钢琴上产生了回响，琴弦重复着“我想知道”。

“你妹妹的事是一个意外，亲爱的，不怪任何人。”

我记得那天早上，爸爸一遍又一遍地教我重复着和现在一样的话；还记得妈妈看我时头歪向一边，双眼浑浊得像裹了一层蜡的样子，好像我是个孤魂野鬼。

“但我感觉当时我也在，我记得……”

“别这样，”本今天早上对我说过的那句话，现在又从爸爸的口中说了出来，“伊莎贝拉，别这样对你自己。”

第四十七章

我几乎快要忘记这里的日落了。一开始，青绿色的天空慢慢被叠涂上厚厚的一层桃红色、黄色和橘色，像极了一幅温暖的水彩画。接着，一眨眼的工夫，有人轻划了根火柴，点燃了画布，仿佛被煤油浸透过的画布，借着火苗迅速蔓延开来，然后燃烧殆尽。我坐在码头上，看着日落，黄昏倒映在水面上，我感觉自己似乎坐在画布的正中，四周的火苗将我整个吞没。

“一起吃晚饭吧。”爸爸很快换了个话题。我不想留下，但同时，又有点想留下。然后我转头看了下妈妈，想从她的表情里看出她的态度。

她对我微微笑了一下，轻轻点了点头。于是我决定留下吃晚饭。

厨房看起来不一样了，原来橱柜墙上的深蓝色瓷砖换成了简约的小白砖。当然，夏天那场大火之后，房子有些地方不得不重新装修。但其余的，我知道，他们是在努力地抹去和过去有关的记忆。窗台上放着一排小盆的植物，有罗勒、迷迭香、欧芹和鼠尾草，空气中弥漫着一股木头的香气，像割下的新鲜青草气味。我看着妈妈用银色的小剪刀剪了些香料，然后握了一把在手心。我记得她不经常做饭的，但她现在看上去很熟练。

我正在切生菜，手里拿着菜刀，眼神却不知道飘去了哪里。这时，妈妈突然把手放在我的肩膀上，吓了我一跳，我的思绪一下就被拉了回来。

“你知道我爱你。”她的声音有些颤抖，像是尝试着和解。我从未想过自己值得他们的原谅。“你知道的，对吧？”

我从码头上站起来，掸掉牛仔裤上的花粉。尽管他们重新装修了房子，想要抹去和玛格丽特有关的一切记忆，但她的身影仍然随处可见。厨房的桌子旁，她总喜欢坐在那里，给她的娃娃高声唱歌；灶台上面挂的铜煎锅，我经常用那个给她做煎蛋卷，做好后直接倒进盘子里，然后放在她面前看着她吃掉；后院里，我们经常端着甜茶坐在那些雕像旁边；特别是码头那里，水轻轻地、不停地拍打着桩子，把那些回忆一遍遍轻柔地推向我、吞没我。

外面天色渐暗，月光薄如蝉翼，我决定沿着码头往回走。我给邻居发了条短信，安顿好罗斯克后同意留下来过夜。可能是因为我原本就不太想回家，不想面对韦伦离开之后再度变得空旷寂静的房间，也不愿提醒自己那些参加犯罪节目的观众，一直以来对我的恶意揣测其实是对的。不愿相信，他们竟然比我还更了解我自己。

也可能是因为，自玛格丽特去世以后，这么多年横亘在父母和我之间的冰墙终于慢慢融化了。今天回来，代表着我主动伸出了橄榄枝，也是第一次为我曾经无意犯下的错表示忏悔，而我的父母也为他们这些年对我的冷漠而道歉。

为忘记我也同样是他们的女儿而心怀愧疚。

回到后院，我经过了院子里的石雕和玫瑰丛，看到那个巨大的石头小鸟盆里面漂着一只死蟑螂。然后我从后门回到家，屋子里静悄悄的。我的父母一小时前就回卧室了，我想，大概是因为我们没什么可说的了。我走进厨房，拿了一个干净的酒杯，把晚饭时剩下的红酒全部倒了进去，然后走上楼梯，穿过走廊，回到我的卧室。

他们把我的房间也重新装修了。我带去萨凡纳的小床那里，摆了一张新的大床，现在这间屋子看上去像个像样的客房了。不过我知道，即使如此，这里也没有什么客人。我忍住了偷偷跑去玛格丽特的房间，看看那些回忆是否也被抹去了的冲动，默默地把酒放在床头柜上，换上妈妈给我放在床上的睡衣。

然后我坐在地板上，把红酒杯抱在胸前，思考着我将如何独自在黑暗中度过接下来的十几个小时。

跟小时候一样，这栋房子一到晚上就好像拥有了生命。我能听到它在呼吸，走廊里的穿堂风像一声声长长的叹息，地板的嘎吱声仿佛脖子的断裂声，我想起了玛格丽特说的：你觉不觉得这个屋子里除了我们还有其他人？我走出卧室，看了一眼三楼的楼梯。玛格丽特和我以前经常去那里画画，阳台的法式门开着，呼吸一样的暖风吹在我们的脖子上。

我开始爬楼梯，脑海中浮现出以前，每当气温降到五十华氏度以下时，我们在阳台上捧着热巧克力挤在一起相互取暖的画面。玛格丽特会对着流星许愿，看到光滑的水面因为鱼虾而泛起涟漪时会一脸激动。

我来到三楼，环顾四周。那间巨大的开放式房间如今堆满了旧家具，家具上面盖着白色的床单，像被驱逐的鬼魂。妈妈的画架还摆在房间的角落，正对着落地窗，就像画刚刚画了一半便搁置了。我能想象到她创作时，眼睛在画布和后院的景色间来回切换，然后在调色板上混合各种抽象画颜料的场景。那块薄薄的木板承载着满满的回忆，上面的粉色是用来给玛格丽特的红润脸颊上色的，绿色是爸爸椅子的颜色，而蓝色是画涨潮时用到的颜色。

我沿着房间的四周踱着步，把手里的杯子举起来紧紧贴着下巴，像小宝宝手里攥着获取安全感的小毯子，在黑暗中努力辨认着。

我看到房间后面一个角落的墙边靠着一堆画，于是盘腿在地板前坐了下来，开始翻看这些画。有些画已经完成了，比如厨房柜台上的一碗水果，爬满了前门墙壁的茉莉花；有些则是画了一半被放弃了，例如我发现有一张脸的轮廓，线条杂乱、眼神茫然。

我继续翻看着，看到一些曾经熟悉的场景时，甚至有些忍俊不禁。突然，我停了下来。

这堆画的最下面，是那年夏天我看到的那幅画，画中的我穿着白色睡衣，站在沼泽边。此刻我才意识到，当时我看到这幅画时，它并没有完成。画中那个女孩的两侧还站着另外两个人：一个棕发披肩，另一个个头很小，焦糖色的头发。三个人手牵着手，向水里走去。春潮时的圆月，默默为她们照亮着前方的路。

突然，我像被闪电击中了一般。

之前画上的那个女孩，玛格丽特指着说是我的那个，其实根本不是我。

她穿的也不是睡裙，而是睡袍。

“伊莎贝拉？”

我被身后的声音吓了一跳，膝盖碰翻了酒杯。我转过身，地板上的红色液体像血一样四处流淌着，黑暗中一个身影站在我的面前。是妈妈。月光照在她的脸上，而那张脸，早已泪流满面。

“伊莎贝拉，亲爱的，你听我解释。”

第四十八章

我喜欢把记忆想象成一面镜子，镜子里反射出的画面是熟悉的，但同时，又是逆向的、扭曲的，以及失真的。可我们回不到过去，亲眼见证发生的时刻，所以只能依靠记忆。

我们只能期望那些记忆没有残缺和变形，或者被我们刻意地歪曲，以符合自己的期许。

“我那时生病了。”黑暗中，妈妈向我靠近了几步，伸出双臂。我害怕地向后退，手掌不小心碰到了地上的玻璃碴。“伊莎贝拉，宝贝，我那时病得很重。”

我对母亲的记忆总是模糊且不真实的。记忆中，她总穿着白色的薄纱睡袍，有着狮子毛一样的卷发和永远迷茫的眼神。我仿佛将她置于无比完美的灯光下，柔美的光线将她的棱角修饰得无可挑剔，像天使，像女神，或其他超凡脱俗的、不真实的存在。

“病了？什么意思？”

我试着忽略掌心传来的疼痛，但我能感觉到血液正从我的手腕上滴落。

“从我们失去埃莉开始。”

“埃莉？”我疑惑地问道，“玛格丽特的娃娃？”

我回想了一遍那个娃娃和我们在一起的所有时光，它总是睁着一双陶瓷大眼，默默注视着一切。最后那几个月的记忆里，到处都有它的身影。我记得玛格丽特在厨房里对着它唱歌；记得最后的那天晚上睡觉时，她把娃娃放在我们中间；还记得妈妈把手放在我们的脸颊上说——“我的宝贝们，我的两个漂亮姑娘。”

然后玛格丽特说：“你忘了埃莉。”

突然，回忆像扣动的扳机瞬间惊醒了我，那些记忆中的碎片全部归位，拼凑出了一幅完整的画。

我回想起每当玛格丽特提到这个名字时，妈妈异样的笑容。她的脸上会浮现淡淡的悲伤微笑，然后清清嗓子起身回到卧室关上房门，一个人在房间里待好几个小时。她看着窗外时恍惚的眼神，仿佛在看着我们都看不到的一个什么东西。

“天哪！”我终于想起来了。真的想起来了。就像深深扎进肉中的那根刺，在伤口里搅动，我疼得几乎快要站不住了。

我想起了她那件薄薄的睡袍下微微隆起的小腹，就像气球一样被慢慢放掉了气，直到彻底恢复原状。

“是的。当然啦，我们不能忘了埃莉。”

但是我们忘了。或者说，是我已经忘了，我的第二个妹妹——埃洛伊丝，埃莉。那个还没来得及看一眼这个世界，就死在了妈妈腹中的妹妹。

我什么都想起来了，不像支离破碎的梦境或是噩梦那样，是完完整整、清清楚楚地想起来了。我想起了走廊里回荡着的母亲的尖叫声，那声音吓得玛格丽特跑进了我的卧室，跳上床，然后隔着门缝惊恐地向外张望。我们挤在被窝里，拿着手电筒给对方讲故事，试着盖过那刺耳的叫声。紧接着便是死亡般的寂静，仿佛这栋房子也突然停止了呼吸。

我记得自己当时终于鼓起勇气，蹑手蹑脚地溜出房间，看到爸爸手里拿着一个棕色瓶子，在他们的房间外踱着步，而妈妈则躺在床上，她的身上、床单上全是血。一个柔软、毫无生命迹象的小东西静静地躺在她的怀里，妈妈虚弱的声音在空空的大厅里回荡。

“嘘，小宝贝，不要说话。妈妈为你买只知更鸟。”

几周后，玛格丽特在厨房里把娃娃放在屁股上颠来颠去时，我看到妈妈用手指拨弄着她的头发。

“你给她起名字了吗？”

接下来玛格丽特的回答，让妈妈的手突然停了下来，仿佛她的血管突然凝固住了。她的脸悲伤且苍白，像见了鬼似的。

“埃莉，”玛格丽特带着自豪的微笑回答，“埃洛伊丝的昵称。”

“埃洛伊丝。”如今，再次提起这个名字却是如此熟悉。我们还曾见过她的婴儿房，那个房间的门永远都是关着的，就像现在玛格丽特的卧室一样。仿佛只要关上那扇门，便可以若无其事地经过，假装里面的人从来没有出现过。但我确实看到过，玛格丽特和我，我们都看到过。在一个漫长的夏日，玛格丽特和我独自在房子里闲逛的时候，偷偷地看过那个房间，看到了她的婴儿床。我们的手指划过角落里那张一动不动的白色小摇椅，划过每个绣着埃洛伊丝这个名字的东西。

玛格丽特就是从这里看到的这个名字。

我无法想象妈妈当时的感受。玛格丽特用妈妈刚刚失去的孩子的名字给自己的娃娃命名，一遍又一遍地给它唱着同一首歌，一次次地撕开妈妈想要愈合的伤口。她不是故意的，我知道。因为玛格丽特总是听着、学着大人的样子，把她的埃莉抱在怀里摇晃。而她怀里的娃娃安安静静、一动不动。

“你那时候是得了抑郁症吗？”我问道，泪水在眼眶里打转，“妈妈，你肯定会抑郁……”

现在回想起来，我才惊觉，过去的那些日子里，妈妈虽然和我们住在一起，可她实际上并没有陪着我们，更别说照顾。玛格丽特和我一直互相照顾着彼此，早上自己做早餐，晚上一起在屋子周围溜达。记忆中，我们总是独自在水边玩耍，到公园散步，在没有父母监护的情况下，手牵手穿过车水马龙的街道。

而且我们永远穿着睡衣，即便已经起床很久了。

那时候的一切似乎都很美好，就像童话故事一样。我们根本没意识到发生了什么，我们的生活为什么会是那样，就像迷失的少年彼得·潘一遍遍地呼喊着妈妈，我们所谓的自由其实也是一种错觉。

这种自由实际上就是，没人看管。

“没，”妈妈摇着头，喉咙深处冒出了一声悲伤的尖叫，“不是抑郁。比那更严重。”

失去埃莉的那一刻，我们也失去了妈妈。从那一刻起，一切都不复从前了。尽管我不理解，但依然能感受到。一直笼罩着我们的死亡感在不断重现、扩散、盘旋，就像它在等待时机，带走我们中的一个。这栋房子里诡异的感觉、陌生的母亲，将我和玛格丽特拽入绝境，像布偶似的机械移动，仿佛什么都没发生过。

仿佛我们，都不再是我们了。

“我试过跟你们的爸爸沟通，告诉他我觉得有些不对劲，”她接着说，“告诉他，我的一些感觉和想法开始让我自己都感到害怕了。”

我突然想起那天晚上，我站在爸爸的办公室门口，听到妈妈的声音从门缝里传了出来，那近乎绝望的哀求。

“你根本不知道那是什么感觉。亨利，你不会明白的。”

我一直认为当时妈妈是在说我半夜梦游，瞪着眼睛，身体僵硬，叫醒梦游的我是很危险的。我一直以为，她说爸爸不理解她和有梦游症的我生活在一起是什么感觉，以为她害怕我。

但我错了，完全错了。

她怕的不是我，是她自己。

第四十九章

“你干了什么？”我小声问，妈妈口中呼之欲出的真相让我浑身的血液都凝固了，“妈妈，你干了什么？”

我听到自己的心跳声，就像捏着鼻子跳入深水中。我看着她紧紧抱着自己，纤长的手指深深地抠着手臂上的皮肤，瞬间想起和玛格丽特在一起的最后一个晚上。那天晚上很热，特别热，我们躺在床上，身体被汗水黏在了一起。我想起她在浴缸里发牢骚地问“空调还有多久才能修好啊”，一旁的妈妈用手指划着浴缸里冰凉的水面，划过的地方立刻泛起一道微小的涟漪，就像藏匿在水面下的鲨鱼，只能隐隐看到背鳍经过时留下的痕迹。

“要不了多久，很快就会凉快的。”

“明早之前吗？”

然后妈妈的脸上又出现了那个既悲伤又无奈的笑容，仿佛有人在她崩溃的临界点上狠狠踩了一脚，并且对方知道，这会刺激她去做一些错误的、可怕的事。

“当然了，明早之前。”

我在房间的这头盯着对面的妈妈，脑海里杂乱无章的线团终于理出了一些头绪。她哽咽了一下，下唇颤抖着，月光透过窗户照在她的脸上，这个画面释放了我内心深处的另一段记忆。又是那个梦，那个在玛格丽特死后几个月里不断重复着的梦。但那实际上可能根本不是梦，而是一段支离破碎的、模糊不清的记忆，就像破碎镜子里的倒影。每当我躺在床上翻来覆去、难以入眠时，那些记忆的碎片就会反射在我的脑海里。

毕竟哈里斯医生曾经告诉过我，梦游的人有时是能记起梦游时发生的事情的。“就像回忆自己做过的梦一样。”

在那个梦里，玛格丽特和我徘徊在房间的外面，月光在我们的睡衣上投下清冷的光。我们手拉手站在水边，玛格丽特扭过头来看着我，好像在征求我的同意。以前，那个梦总定格在这里，仿佛按下了暂停键，可现在，画面生动了起来。玛格丽特慢慢地向前迈了一小步，激起的涟漪涌向了面前的妈妈，水花拍打着她的小腿。妈妈朝我们张开了双臂，她的白色睡袍湿答答地贴在身上。

妈妈的嘴角挂着淡淡的微笑，阴郁无神的双眼里满是泪水。

“为什么？”我想起玛格丽特向前走去，而自己却停在原地观望，虽然是无意识的状态，但玛格丽特是如此信任我，我却眼睁睁地看着她越走越远，“你为什么那么做？为什么是玛格丽特？”

“不光是玛格丽特，”妈妈摇着头说，“是我们，所有人。”

“我不明白……”

突然，一段回忆闯入我的脑海：厨房里，妈妈用手捧着玛格丽特的脸颊，仔细地端详着我们，仿佛我们不是真实存在的。

“我希望你们永远都是妈妈的小宝贝。”

“我还试过一次，”妈妈又向我靠近了一步，接着说，“我把煤气开了一夜，希望那种方式能快一点。我甚至觉得自己做了件正确的事情，我们一家人一起睡着，再一起醒来。我们所有人，一觉睡醒就到了另外一个地方，然后一切就都好起来了。”

她安静地看着远处，回忆着。

“但一氧化碳扩散之前房子就着火了。”

我记得自己被叫醒后站在前院，眨着惺忪的双眼，看着火舌舔舐着房子；记得爸爸攥紧我的手带我回到房间后，大火的余温蒸得我的皮肤发烫。

“他知道。”我说。这不是一个疑问句，而是一个陈述句，因为一瞬间，所有的事情都变得清晰起来，“爸爸知道。”

“我不怪他。那时候人的想法不一样，不喜欢讨论这些事情。”

妈妈找爸爸聊过这些，但是他不以为然。她失去了一个孩子，她抱着死去的孩子，轻声唱歌给她听，以为那个孩子能听到自己温柔的歌声。但日复一日，他还是留她一人脆弱无助地面对一切。

“也许我们应该寻求一些帮助，”妈妈绝望的声音从门缝下传了出来，“如果有人能帮帮我的话……”

紧接着，爸爸强硬地回答道：“不需要。”

“你可以的。”我的眼睛望着黑暗中妈妈的眼睛说，几秒钟前的恐惧很快被一种新的、不一样的感觉替代，“你可以怪他，妈妈。你向他寻求过帮助，你甚至把我们的房子都点着了，但他什么都没做。他根本就不在意你说的那些话。”

她摇了摇头，眼睛看着地板，似乎依然对自己做过的事感到羞愧。把责任推到一个母亲的身上总是那么容易。

一个坏妈妈，一个不称职的妈妈。

“他一直安慰我说那是个意外，我不是故意的。”妈妈说。

“一个意外。”我重复了一遍这个词，想起爸爸在玛格丽特出事后也在不断重复这个词，就像他想要给自己洗脑一样。

“他不愿意相信事情会糟糕到那个地步，”她继续说道，“亲爱的，这对他来说也很不容易。他是国会议员，伊莎贝拉，整个家族都是……他们的声誉太重要了，他很担心这些事会给家族声誉带来威胁。”

我不知道该怎么消化这些，不知道该怎么看待这个问题，我的爸爸把他的工作、声誉看得比家人的安全还重要。但与此同时，这并不能让我感到惊讶，一点都不。我们的生活就是在作秀，玛格丽特和我总是穿着配套的衣服，家里那些昂贵的家具也都是成套的。巨大的房子、修剪整齐的草坪，还有陌生人透过大门盯着我们看的样子，就仿佛我们也是房子里的陈列品，任人参观院子里的孩子、花园里的母亲。好像我们的存在仅仅是为了供人消遣，我们扮演的角色只是为了满足他们的好奇心。

我们的生活就像一幅画，完美到失真。

“太难了。他永远都在忙工作，留我一个人照顾你们，所以我总是胡思乱想。”

这话让我记起妈妈给我讲过的那些故事，那种脖子后的异样感，皮肤的刺痛感，以及被监视的感觉。这些故事存在的意义，就是为了合理解释她脑袋里的那些疯狂念头都是别人在给她传递的信息而已，那些可怕的事情都是别人指使她做的，并非她自愿的。

我突然想起了和梅森在一起的许多时刻，我的思绪经常游离在作为一个母亲永远不该踏足的阴暗角落。那些无眠的深夜，撕心裂肺的尖叫常常使我萌生难以遏制的冲动，想要不计后果地结束这一切；那些卑鄙的念头会在黑夜的掩护下钻进我的潜意识，我也会任由这些念头蚕食我的理智，就像偷偷溜进食品储藏室，用一种近乎疯狂的进食方式狼吞虎咽地吃到想吐。

然后，恐惧就像缓慢注射的针剂一样在我的体内扩散。我会强迫自己放下他，慢慢离开他的房间，说服自己，刚刚发生的那些是正常的，那些臆想也是正常的，不是吗？但谁能知道那算不算正常？谁知道除了臆想之外，我还会不会做什么危险的事情？

假如会……我该如何阻止这种可能性的发生？

第五十章

天刚蒙蒙亮，我就离开了。沿着车道开车出来时，后视镜里那些婴儿、天使和病态女人的石雕缓缓地向后退去，离我越来越远。知道了昨晚妈妈告诉我的那些事，以及爸爸的所作所为，或者更确切地说是毫无作为之后，我不确定自己是否有勇气面对他们。

当明白了一切以后，一种麻木感瞬间袭来。“我一直以为是我，”昨晚我这么对妈妈说，母亲歪着头好像听不懂我在说什么，“我一直以为是我把她带到那里的。也许我在梦游，她一直跟着我，试着叫醒我，于是我……就对她做了一些事……”

然后我意识到一件事，我从没真正说出过这句话，至少没有直白地说过。我只是说我脑海里有一些关于那天晚上的记忆，一些不合常理的记忆碎片，比如地毯上的水、干净的睡衣，还有脖子上的污泥。我跟他们说我想知道发生了什么，究竟发生了什么。但他们只是隔着客厅互相瞥了一眼，好像害怕隐藏得很好的伪装被我卸下，然后发现他们深藏的秘密。

他们的秘密，不是我的。

“亲爱的，不是，”母亲摇着头，泪流满面地说道，“没有，你没有做错任何事。我根本不知道你会这么想。”

“我怎么会不这么想呢？”我大喊道，“无论去哪里，玛格丽特总是跟着我，而我又总在奇怪的地方醒来。我这么多年都在想，她的死是我的错！”

我瞥了一眼副驾驶座上那个厚厚的文件夹。那是昨晚我木然无语地和妈妈从楼上下来后，她递给我的，说里面的东西能帮我想明白一些事情。我没有勇气打开它，至少现在还没有。我开着车，身体就像进入了自动驾驶模式，一刻不停地前行着。我甚至不知道整件事情究竟是谁的责任，我到底应该怪谁？把玛格丽特从睡梦中摇醒的是我的母亲。一手拉着她，一手拉着我，睁着空洞无神的双眼带着我们走在黑暗中的，是我的亲生母亲。是她勾着手指召唤她下水，跟她保证不会有事，保证我们很快就能得到解脱和快乐了；是她用手把她摁在水下，任凭她挣扎直到失去力气，之后又把手伸向我。

我脖子上那三道带着污泥的指印，仿佛是她最后一次试探我是否有心跳而留下的痕迹，她在等我的心跳慢慢消失。

是她的手，但又不是她。我知道不是。

我想知道对我爸爸来说，那到底是种什么感觉。半夜伸展胳膊却发现床上只剩下他一个人，于是他坐了起来，在一片黑暗之中努力睁开眼睛想搞清楚发生了什么，然后直觉告诉他，出事了。于是他立刻披上睡袍跑进厨房，以为她会在那儿捣鼓炉子上的什么东西，或者像有时睡不着那样在走廊里来回溜达。然后又跑去外面，他以为会看到她赤着脚站在沼泽边，像她之前一样，进屋后踩得地毯上满是带泥的脚印，再光着脚到我们的房间来看看熟睡的我们，走来走去的，弄得地板嘎吱作响。

但当他出去之后，便很快意识到发生了什么。

发生了在他的漠视和放任下必然会发生的。

在明亮的春潮月光下，他看到了我们三个人的身影。我们中的两个是站着的，第三个，也是最小的那个，脸朝下，像块木头一样在水面漂浮着。

我向波弗特国家公墓驶去，在太阳跃出地平线时停好了车。空气中浮动着清晨的雾气，还有每座坟墓前摆放的鲜花香气。我在墓碑中穿行，尽管在玛格丽特下葬那天之后我一直没来过，但我永远不会忘记她在哪里。很快，我来到她的墓碑前，俯身跪在草地上，潮湿的露水从牛仔裤的膝盖处渗了进来。

我凝视着她的墓碑，一块洁白无瑕的大理石上刻着她的名字、生日，还有忌日。

玛格丽特·伊夫林·瑞德

1993.05.04—1999.07.17

她的旁边是另一个墓碑，几乎一模一样。

埃洛伊丝·安娜贝尔·瑞德

1999.04.27—1999.04.27

两个人的生命都短暂得可怜。

我深吸了口气，身体后倾蹲在地上，硬生生把眼泪憋了回去。现在一切都说得通了，玛格丽特曾经问过我关于脚印的事，当时她的头歪向一边问：

“是因为之前发生的那件事吗？”

失去埃莉之后，我就开始梦游。这件事情带给我的创伤，触发了我内心某种自己永远也无法理解的东西。

但玛格丽特能理解。不知道为什么，但她能。

“我们不该谈论那件事的。”

因为我们不会谈论那件事。我们从不谈论任何事，即使到了今天，我的父母也在保守秘密、保持缄默，在闭口不言和令人感到不快的交谈间，他们毫不犹豫地选择了前者。他们从没跟我们提过这件事，甚至没有解释一下究竟发生了什么。他们剥夺了我们知情和悲伤的权利，只是简简单单地关上了埃莉房间的门，便想假装没事发生过一样，继续生活，然后等我的记忆把她从脑海里彻底抹去。

我想起玛格丽特去世后的那个早晨，或者说从那天之后的每一天，妈妈都无法说服自己面对我。然后某一天，家里来了一个男人，和她聊了聊，帮她把心里的痛苦通过哭释放出来。我想起爸爸抱着梅森，她呆呆地站在一旁，然后走开的样子，就像她觉得自己不配靠近梅森。

昨天晚上，在我们准备晚餐的时候，妈妈对我说：“你知道我爱你，你知道的，对吧？”

我的母亲从未恨过我，或者责怪过我。她恨的，是她自己。她亲手杀了自己的女儿玛格丽特，也差点儿杀了我。因为这个原因，她不愿再靠近我，觉得自己不配被我叫作妈妈。

我应该感谢爸爸的及时出现，他冲进水里把玛格丽特抱在怀里，并且在母亲溺死我之前护在我前面；感谢他帮我擦洗干净、换好衣服，把我带回卧室，就像之前每次晚上他发现我在房子里四处游荡时那样；感谢他在那个早晨，一字一句地教我应该怎么跟警察说。

感谢他辞掉了自己的工作，给妈妈找了心理医生，虽然不是光明正大的。

而是偷偷摸摸的，无人知晓的。

毕竟，那足以毁掉他。如果妈妈做的那件事被人知道了，他和父辈们所有的努力将瞬间化为乌有。瑞德这个名字再也不会作为高贵优雅的象征，被人们牢牢铭记了，相反，它将像这栋房子一样，成为死亡的代名词。

我回忆起那天早上，蒙哥马利警长几乎没怎么为难我，好像他原本就只需要我背上几句准备好的台词便够了。然后，他和爸爸在门廊的台阶上靠在一起，窃窃私语地编造出一个完美的故事：玛格丽特死于一场悲惨的事故，一个夏日常见的溺水意外，为意外死亡数据新添上一笔。警长内心深处肯定知道这不是真的，但他还是说服自己相信了。因为这个故事是他所希望的，也是更容易被人接受的。爸爸点头，然后抽泣。于是，一个新故事被创造出来，掩盖了原本的、真实的故事，成为一个所有人都更好消化的故事。然后他便一直坚守着这个秘密和谎言，不是为了保护我，而是在保护妈妈，保护他自己。

保护我们每一个人。

第五十一章

我在墓地一直待到牛仔裤裤腿完全被露水浸湿，才起身回到停车场。打开车门后，我坐回到驾驶室的座位上。

我又看了眼副驾驶座上放着的文件袋，伸手摸向袋子的封口。我的手被碎酒杯玻璃割伤的地方已经用绷带包了起来，掌心伤口处的微小神经剧烈地收缩着、跳动着。然后，我深吸了口气，把文件放到腿上翻开，仔细地浏览着医生在妈妈哭诉宣泄时做的记录。

她的正式诊断结果是产后精神病。这是女性分娩后可能出现的一种十分罕见的、严重但可治疗的疾病，如果婴儿死亡，带来的创伤、悲伤和孤独会使病情进一步恶化。妄想、失眠、偏执、多疑、怪异信仰等诸如此类的字眼从纸上一个个跃出，烙进我的脑海。

那时候，这些迹象和症状都很明显地表现出来了，如果有人足够细心关注到就好了。

我一直以为玛格丽特的死是我的错，因此，当得知带她去水边，把她推向无边黑暗的人不是我时，我着实松了一口气。但这种不安的情绪并未就此消失，而是转化成一种新的、不一样的东西。

我接着往下看。

产后精神病是一种临床急症，症状时好时坏，这意味着患者清醒时可以与人正常交谈，但很可能几个小时后会再次出现幻觉和妄想。5% 的自杀率和 4% 的杀婴率均与该疾病有关，而且家族中有这种病史的女性，如母亲或姐妹，患产后精神病的风险更高——

我一把合上文件，把它扔回副驾驶座，然后驶出了墓地。在高速上往回走时，我的思绪一直在游荡。也许我确实对梅森做了什么，就像妈妈对玛格丽特那样，这个想法令我毛骨悚然。也许我真的把那些可怕的念头付诸行动了，所以那天晚上，我从床上爬起来，走进了他的卧室，就像我的妈妈那样。

或者也许，只是也许，我又想错了。

假如我没有伤害玛格丽特，那么也许我也没有伤害梅森。说服自己去相信这一点的感觉太好，哪怕只是一秒。也许还有别的解释、别的原因，足以赦免我的罪责。

也许我可以和哈里斯医生谈谈，隐晦地问他问题，然后绝望地等答案。或者我可以再去保罗·海耶斯家一趟，弄清楚那个老头是谁，到底知道些什么。也许他说晚上看到我到处游荡，怀里还搂着梅森是在胡说八道，他只是想迷惑我、吓唬我，这样我就不会再问他问题，烦他了。我觉得找点事干总比无所事事强，因为现在我又回到了起点。韦伦不再站在我这边了，昨天在客厅，他清楚地说明了他对我谋杀了自己亲生儿子的怀疑。这意味着，我又是一个人孤军奋战了。

我又一次踏上了没有警察、本或任何人帮助的，一个人的寻子路。

不过，关于本，有些事一直在我的潜意识里不断作祟，虽然说不出为什么，但我们昨天的见面有种似曾相识的感觉。也许是近距离接触瓦莱丽的超现实感，让我意识到自己这么快就变成了曾经艾利森的角色，我不再是他的新欢，而是个被遗弃的旧爱。就像一个坏了的玩具，在他得到了更闪亮、更好玩的东西之后，便被他毅然决然地丢弃了。我想起她脚步轻快地走到门口的样子，小麦色的皮肤在他半透明的衬衫里若隐若现，就像刚从他的床上下来，然后在地板上随手抓起一件昨晚激情时他慌乱脱下的衣服套在身上。

我想起了她在厨房里呼唤他时，飘荡在大厅里清脆的声音。

“本，你在外面吗？谁来了？”

而他的回答让我感觉肚子上挨了一记回旋踢——“没有人”。

我开启了自动驾驶模式，这些熟悉的路会把我带回自己生活的城市。突然间，周围的景色似乎变得更明亮、更清晰，景物的边缘都被放大了，看着清晰得可怕，仿佛我嗑药了一样。

我知道那是什么，我知道是什么在困扰着我，我知道昨天是什么让我如此不安。

就是这句话。瓦莱丽的这句话解除了我内心深处关于另一段记忆的封印：在艾利森的追悼会上，本从我的身边挣脱，一把将我推到灌木丛里，小跑着跳上门廊台阶时，我内心充斥的负罪感和羞耻感。我就像一根被他丢弃的香烟，在草丛里孤独地燃烧着。当时我害怕地屏住了呼吸，任树枝勾住我的头发，划过我的脸，就像一只粗糙的手紧紧地捂住我的嘴巴，脏兮兮的指甲深深地嵌进我的皮肤，不让我出声。

当看到那个男人双手插兜，慢悠悠地走进后院时，恐惧在我胸口炸裂般地膨胀着。

“本，你在外面吗？”

我想起那个男人看到我的杯子时，我肩膀的肌肉不自觉地绷紧。香槟还在滋滋啦啦地冒着气泡，他把杯子举起来，仔细看了看杯口的口红印迹，好像发现了什么重要的线索。我没有看到他的脸，在他转向房子这边并且发现我之前，我就跑掉了。但我听到了他的声音，清清楚楚地听到了。当时我并不认识那个声音，但现在，我在任何地方都能听出来，自从他在飞机上跟我做了自我介绍，这两个星期以来，他一直和我坐在一张餐桌上，这个声音一直萦绕在我的生活中。那就是巨大的头戴式耳机里那个熟悉的声音。

那个男人，是韦伦。

我用力握着方向盘，踩在踏板上的脚像灌了铅。这么多年过去了，我从未对一件事如此确定过。我一直觉得韦伦的声音很熟悉，我知道我以前肯定听过这个声音，我确定，但就是想不起来在哪里听过。

现在我知道了，他当时就在本的房子里。这就是他一直隐瞒的，不想让我知道的，他的秘密。

他认识本。

我把车停在路边，翻出我的手机。本知道他在我这里吗？是他让韦伦来的吗？来打探些消息？来监视我？

我点开浏览器，在搜索引擎中输入他的名字，敲击屏幕时，我的手指都在颤抖。网页上全是关于播客的文章，还有《真实罪案》的相关采访，以及他参与破获的盖伊·鲁尼的案子。这些对我来说都没什么用，所以我改了一下关键词——韦伦·斯宾塞和本杰明·德雷克。

加载网页的时候，我感觉自己快要窒息了。

我还记得那天吃晚餐，我告诉他关于本和我们的过去时，那种紧张和不安。我讲了本的妻子自杀的事，讲了她生命的结束如何成为我们爱情的开端。我想起了叉子掉在地上发出的叮当声，以及我双手颤抖、情绪激动地解释她是如何死去的。

“难道你一点也不觉得她的死对于某些事来说，变得很……方便吗？”

韦伦来我家的第一个晚上，我们坐在餐厅，看着屋外的光线一分一秒地暗了下去。而后我盯着餐厅的那堵墙，木然地啃着手指，嘴里充满了皮肤被撕裂后流出的鲜血的味道。

“你为什么会选择这样的职业？”当时我问他，但我对他的回答没有丝毫心理准备。

他说，他的姐姐被谋杀了。

他的姐姐，就是艾利森。

第五十二章

我点开了网页上弹出的第一篇文章，是艾利森的讣告。我的眼睛快速掠过大段大段的文字和葬礼细节，用捐赠代替鲜花的请求，以及对她去世的粉饰性描述。那些语言含糊其词、无关痛痒，诸如：出乎意料地、平静的、安详的。然后，我看到了最后一句话。

艾利森的家属有丈夫本杰明、父亲罗伯特和母亲罗斯玛丽，以及弟弟韦伦。

我返回搜索结果，点开了另一篇文章——一份婚礼公告。我紧张地咽了下口水，这时，标题加载出来了：本杰明·德雷克和艾利森·斯宾塞。网页上有一张他们两人的合影，和他办公室摆着的那张一样，那是一张在一艘帆船上拍的照片，她手上那颗硕大的椭圆形钻石反射着耀眼的光。这让我的胃抽了一下，我不知道她娘家的姓氏，也从来没有问过，因为我们从不谈论她。婚前婚后，她都是我们话题的禁区，好像如果我们完全忽略她的存在，就能消除我们所有的过错，减轻满满的负罪感。

我想，这是我从我父母那里学来的。

我没法不让自己注意这张照片里的他们是多么般配：风华正茂、活力四射、眉开眼笑，就像曾经的我们。韦伦这个名字并不常见，但我必须确定，我必须百分之百确定。所以我继续往下划动着网页，浏览着艾利森父母的祝福和婚礼的细节，直到我看到最下面的全家福。没错，就是他们，我想找的所有人都在这张照片里。

本、艾利森、韦伦，还有他们的父母。美满幸福的一家人。

我的手机当啷一下掉在了腿上。这张照片证实了我的猜想，韦伦就是艾利森的弟弟。在艾利森的追悼会上，他就在那里，和其他亲属一起待在那个我不愿进去的房间里，与他的姐夫本，一起接受吊唁。然后又在我和本抱在一起时，刚好去了后院，浑然不觉地卷入了这场错误。

“她怎么了？”那时的我问道，甚至还为自己从未想过了解韦伦背后的故事而感到一丝尴尬。我想，我们都有故事，生与死、始与终、爱与失、乐与痛，这一连串的事件将我们的人生交织捆绑在一起，向一条未知的道路奔去。

“这就是我要找的答案，我从二十三岁起就一直调查的案子。”

不过艾利森的死并没有什么疑团，也不是什么引起广泛关注的悬案。她的父母也没有去《真实罪案》之类的节目，出卖灵魂博取眼球。和大部分正常死亡的人一样，她的死因是普通到没有任何爆点的服药过量致死。警察在她的胃里发现了药片，在已经成为冰冷尸体的她的手中，找到了写有她名字的空的处方药药瓶。是本发现了她，横躺在洗手间地板上的，瞳孔放大、面如死灰的她。

至少，他是这么说的。

我拿起手机，拨通了韦伦的电话，此刻的我根本顾不上考虑我们之前闹得有多不愉快。也许是我误解了他的话，也许是看到了监控录像上的我，也许是摇椅上那个老人说的那些话，再加上玛格丽特的死和梅森失踪之间的相似之处，而我恰好处于这两起事件的中心。我想，也许我只听到了我想听到的。

“没有外人进入这栋房子，伊莎贝拉。我知道，你知道，警察也知道。根本就没有什么非法入侵者！”

也许那时候我心里已经得出了结论，那就是我有责任。我犯了一个严重的、可怕的错误，自己却不记得了。但也许，就像我以为玛格丽特的死和我有关一样，这次我也错了。也许和那时一样，我并不是在寻找答案，我的心里已经有了答案，那就是我有罪，而我只是在寻找证据去证实而已。

寻找能够证明我自己认定的事实的一切蛛丝马迹，证明我是一个不合格的母亲，我没能照顾好我的儿子，就像我没有照顾好自己的妹妹一样。

“伊莎贝拉？”

韦伦的声音有些迟疑，又充满了好奇，好像在怀疑我是不是拨错了电话，所以怕听到我的声音。我瞥了一眼车上的时间，还早，还没到早高峰。随后便意识到我可能吵醒他了。

“韦伦，”我试着抑制住自己颤抖的声音，“你昨天跟我说的话……”

“我知道，对不起。”他打断了我，声音沙哑，呼吸粗重。我脑海里浮现出他躺在冷飕飕的汽车旅馆房间里，头发蓬乱地在黑暗中摸索着灯的开关。“我感觉挺不好受的，我的话太伤人了。”

“你认为是我伤害了梅森吗？”我打断了他，“你认为我杀了自己的儿子吗？”

“什么？”突然的吸气和变化的音调，说明了一切。我的话仿佛一桶冰水泼在了他的脸上，把他从睡梦中惊醒。“没有，伊莎贝拉！你怎么会这么想？”

我呼了口气，如释重负。

“我知道你是谁，”我说，“你是艾利森的弟弟，艾利森·斯宾塞，艾利森·德雷克。”

电话那头沉默了。我能听到他的呼吸声，他似乎在踌躇，在思考接下来应该说些什么。

"我没有生气，"我接着说，"我只是……想知道你来这里做什么。还有，你觉得自己对本有多了解。"

我估计外界一直都在猜疑本，就像猜疑我一样。毕竟，孩子的父母是最顺理成章的嫌疑人。但我从来都没有怀疑过他，总是坚定地站在他这一边，毕竟我们曾经生活在一起，一夜一夜地四肢缠绕着相拥入眠。

但同样，韦伦也问过我这个问题。

"所以如果你丈夫半夜起来了，你也不会知道，对吗？"

我想起玛格丽特瘦小的身体费力地从我沉重的胳膊下钻进来，我却毫无意识。醒来后，我对昨晚发生的事也没有丝毫印象。患失眠症之前，我睡觉一直睡得很沉……那么我又怎么能确定他一直在睡觉呢？我怎么知道他有没有半夜从被窝里出来，去做点什么事，一些不想让我知道的事。

也许我一直希望我们的口径是一致的。正如他被单独讯问时，我在墙的这边一直努力地想听见他说些什么，仿佛我们之间存在一丝的不信任，只是我从来都不愿承认。我也从来没问过艾利森的事，关于她究竟发生了什么事以及他的想法，好像我压根儿就不想知道一样。

也许我内心深处的那个小匣子，那个装着有关梅森、童年、母亲和埃洛伊丝的让人痛苦的记忆之匣，也装过这些疑问：艾利森的突然死亡、没有解答的问题、拙劣的谎言以及光速般的移情别恋。但我认为不去触碰，会感觉好过一点，或者毁掉重塑一个，更能使我感到轻松，就像手里的面团，可以随意塑造成我想要的样子。

"不是我觉得我有多了解，"韦伦的声音和缓而平静，"是我真的了解。他和我姐姐结婚十年，伊莎贝拉。我比任何人都了解他。"

"我们结婚七年了，我也很了解他。"我说。

"艾利森也是这么认为的。"

我的手指敲着方向盘，犹豫了。第一次，我把自己放在艾利森的角度思考问题。我试着想象如果本对我做了他对她做的，或者说，我们对她做的同样的事：比如跟我撒谎说在工作，实际上却在某个灯光昏暗的酒吧和另一个女人待在一起。他深情地注视着她，就像曾经充满爱意地望着我，嘴角还挂着坏坏的笑，仿佛在脑海里想象着我们在另一个私密的地方幽会；或者在我睡着以后给另一个女人发消息，我们的身体虽然紧紧相拥着，但他的心早就飞到了另一个女人那里。甚至在早上醒来我抱着他依偎缠绵的时候，他满脑子想的都是她而不是我，我会是什么感觉。

从这个角度来看，精神出轨似乎比身体出轨更糟糕。它更有所预谋，更费尽心机，更难以自拔。

"所以呢？"我问道，"你真的认为是他杀了艾利森？你真的认为他会杀人吗？"

"伊莎贝拉，"他的声音冷漠且无情，就像在宣读我的死亡判决，"是他杀了她，我知道。"

第五十三章

梅森大约六个月大的时候，我跟本提过一次工作的事情。

我从来没有刻意地停止工作，真的，一切都好像不知不觉，却又顺理成章。本很好地消化了我怀孕的消息，虽然意外，但也很兴奋，就像一开始的我。但他还是那么忙，工作压力依然很大，日程也一直很满，所以我必须转变身份。这是一个缓慢、渐进、似乎无法避免的过程，就像衰老。我一直没有意识到这个问题，直到有天早上醒来，我看到镜子里那张陌生的脸。

我的身份就这样从一个职业作家到自由撰稿人，再到职场妈妈，最后变成宝妈。我爱梅森，也享受当妈妈的感觉。我喜欢趴在地毯上给他讲故事，或者看着他在地板上爬来爬去的；我喜欢看他学着翻身、抬头，和他睁大眼睛观察周围的世界时眼里的惊奇。最初那种后悔的感觉消失了，我把他当作上天给我的第二次机会，让我像以前照顾玛格丽特那样照顾他。

母亲这项工作开始慢慢变得容易一些了，至少相对在我掌控之中了。但似乎还是少了些什么。

我时常会想起儿时的那种激情：手指轻快地划过院子的铜牌，眼睛如饥似渴地翻阅杂志，快速吸收着、学习着上面的文字。有时，我会找出《毅力》的旧刊翻看，重读自己的文章。我看着那些文字，就像喝光了最后一滴美味的饮品，吸管撞到杯底，空空作响。我几乎能听到自己疯狂的吸吮声，仿佛想在它永远干涸之前，再感受一下曾经的我。

在跟本提我想继续工作之前，我决定先看看有什么适合我的机会。再说了，可能我的工作能力已经退化了，毕竟我已经快一年没有写过任何东西了。于是我翻遍了以前工作的圈子，读了些我最喜欢的杂志上的最新文章。在梅森半夜喝奶的间隙，我浏览了无数社交媒体网站，我的手机在黑暗中闪着荧荧的光。最后，我看到了一篇关于北卡罗来纳州一个卖煮花生的人的文章，他家后院的煤气罐爆炸，让他失去了做生意的全部家当。当地一家小新闻电台报道了这件事，新闻只提到他损失了价值一万多美元的器材，但我觉得这篇报道可挖掘的内容还有很多。比如关于他家庭的专题报道，带人们深入了解，在这个鲜为人知的行业里经营了几十年的家族生意，却毁于后院的一场大火的背后故事。还可以从这种食物的历史作为切入点，聊聊它不被人们所熟知的起源，也许还能发起个什么筹款活动来帮助他东山再起。就像我为《毅力》写的那些我喜欢的故事一样，有意义、真实、接地气。

我和一家地方杂志社谈了我的想法，他们很喜欢，并且愿意支付三千美元的稿费加上旅费，让我完成这篇报道。

于是有天本下班回家卸领带时，我跟他说了我的想法。当时，我和儿子坐在床上，我把他放在我的腿上颠来颠去地哄他开心。我兴奋地说："这比我做自由撰稿人赚得还多呢，如果每篇报道都能赚这么多钱，我真的能以此为业……"

"我们不缺钱，你知道的。"他回答道。

"但是，这不仅仅是钱的问题……"

"你要去多久？"他面无表情，让我猜不透他的想法。这时，梅森开始烦躁地扭动着小身体，本指了指梅森，"他还那么小。"

“最多一个星期，”说着，我把他从一条腿挪到另一条腿上，“也可能只需要几天。我觉得你一个人可以的。”

我幸灾乐祸地笑着逗他，但他冷着个脸，没有笑。

“或者我可以每天早上去，晚上回来，但那样时间就都浪费在路上了……”

“不用，”说着，他解开衬衣领子活动了下脖子，“不用，如果这样能让你开心的话就去吧。”

“我现在也开心，只是……我想有点自己的事情做。你有你的杂志……”

我停了下来，感觉自己的脸有点发烫。我们从来不提和《毅力》有关的话题，就像从不提起艾利森一样。最好假装这些从未存在过，并且说服自己，我是自愿辞职的。尽管有时，我一想到本每天早上会在那间宽敞、漂亮的办公室工作；会经过我以前的办公桌，但椅子上坐着的却是另外一个人，墙上挂着的也是别人的名牌；会和我的老同事、老朋友们一起喝咖啡，我便感到一阵强烈的悲伤，就像积压了许久未曾哀悼过的死亡。

“你去吧。”他一边重复着这句话，一边向我走过来。我微笑着伸长脖子，噘着嘴等他吻我，但他没有。他一把抱起梅森，然后转过身消失在客厅里。“我说了，你开心就好。”

第五十四章

我把车停在河街一个计时收费的车位上，然后穿过几个街区，来到了一家名叫豆子的小咖啡馆。这里是本绝对不会光顾的那种十分简陋的小店，对他来说，这里太脏乱差了。要从塑料罐里舀出受潮的奶精和结块的甜味剂冲泡在一起，搅拌的勺子也五花八门，完全不配套。韦伦没有走，昨天我把他赶出去后，他找了个酒店住下。因为我们的争吵过于激烈，他没法集中精神开车回家。当我走进这家咖啡馆时，他已经在那里等我了。

“嘿。”我打了声招呼，然后把手提包扔到旁边的空凳子上。我们之间的气氛有些尴尬，就像刚复合的情侣一样，但我还是试着打破这种尴尬，“我要一个……”

我指着吧台准备点单，但他摆了摆手给我推过来一个杯子，像送我的和解礼物。

“这杯是给你的。”

“谢谢。”我笑了笑，在座位上坐下，然后拿起咖啡喝了一口。

“很抱歉，对你撒了谎，”说话的时候，他的手指在桌子上来回地敲着，“或者更准确地说，是刻意隐瞒了真相。但不管怎样，都很糟糕。”

我点了点头，又笑了下。忽然想起他第一次来我家，进门打招呼时那个奇怪的鞠躬。我想起他当时在屋子里来回扫视着，寻找着本的痕迹，以及在覆盆子餐馆里，他为了让自己不那么显眼所以低着头的样子。我想他一定很害怕吧，总是面临着随时可能吞掉自己的可怕的未知。假如当时本在家陪着我，他的身份立刻就会暴露。

“那么，”我用手指敲着杯子问道，“我们该从哪里开始呢？”

“从头开始。”韦伦呼了口气，活动了下脖子，像要打架似的，“艾利森和本是在高中认识的，他比她大几岁。可能她喜欢比自己年龄大一点的男人，那能让她感觉自己更成熟。”我想象着十几岁的本，在高中校园里四处闲逛，就像在办公室或天高餐厅里那样，目标明确，沉着自若。我相信他一定很受欢迎，他会穿着校队夹克衫，身边围着一群朋友。我估计他是给艾利森抛了个媚眼，坏坏地笑了一下，吸引到了她的目光。她可能会左看右看，不可置信地嘀咕“是我吗”，仿佛不相信他是在冲着她笑。

“我能想象。”

“他后来上大学去了，但每周都会回来看她。艾利森刚满二十岁就接受了他的求婚，二十一岁时嫁给了他。她从没和别人约会过，我的父母也很喜欢本。”

“但你不喜欢他。”

“我的意思是……”他耸了耸肩膀，“我那时候还小，所以他总是以姐姐男朋友的身份刻意示好。但我觉得我能看透他，我觉得他完美的性格只是他的人设。”

本总是善于让自己成为人群中的焦点，他知道什么时候说什么话，带着那股游刃有余的自信穿梭在人群中。他的手仿佛有一种吸引力，能把周围的人吸引聚拢到他的身边。但小孩子不吃这一套，他们似乎总能感觉到成年人感觉不到的东西。

“不管怎样，艾利森一直是个很有活力的人。她特别喜欢抬杠。”他笑着说，“她想当一个律师。”

“我不知道这些。”

“她本来有机会成为一名优秀的律师，但为了和他在一起，她去了本念的那所大学，一所著名的新闻学院。因为那是本想要的。她毕业的时候，本已经成功地说服她放弃自己的梦想，因为法学院很贵，他工作这几年攒的钱只够他们过上相对舒适的生活。她不断地退让，一味地牺牲，为了给他换来更多的发展空间。”

泪水再次溢满我的眼眶，我能体会这种感觉。当时我离开《毅力》，然后我的生活慢慢地只剩下了本，我给自己的催眠是：这不是他一个人的决定，而是我们两个人的选择。我还记得那天晚上公司聚会时，我和凯茜如何在背后议论艾利森，说她没有工作，只是个家庭主妇。她总是安静地陪在他身边，像个大号装饰品，忘记了她自己也有值得追求的梦想，她的擅长，她的热爱。

和我一样。

“看着她那样，我真的很难过，”韦伦接着说，“但也不是说他什么都不好。我说不出他们的关系有什么本质上的问题，他们在一起的时候，他好像对她也挺好的，他能让她开心。我想，如果他能让她开心的话……也许，我就不该多管闲事了。”

“感情是很难说清楚的。”我一边说一边用嘴吹着咖啡，给自己找点事做来掩饰尴尬。

“是的，但问题就出在这里。”他说着，调整了一下坐姿，“他们认识的时候我才九岁，艾利森比我大七岁，所以我不知道一段健康的感情应该是什么样子的。但当我长大了，我们都成年了以后，本和我成为两种完全不同的人。我逐渐意识到，无论一段健康的感情是什么样的，他俩之间的感情都绝对不是。”

我一直没说话。再次开口之前，我想让韦伦继续说下去，告诉我他所知道的一切。

“不管怎样，日子就这样一年年地过去了，艾利森一直在不断地妥协。有几次她想跟他谈谈去读法学院的事，想有自己的事情做，但他每次都有办法让她产生负罪感，然后再次放弃。仿佛她根本不应该有自己的生活，做好一枚可以任他摆布的棋子就好了。”

我想起了自己决定重新回去工作的那天晚上，当我跟他提起这件事的时候，我内心那种焦虑不安的感觉，就像自己清醒地知道，这是在玩火。后来本把梅森从我怀里抱走的样子，就像是一种惩罚、一个警告。

“你开心就好。”

但我还是去了。我去了北卡罗来纳州，完成了那个故事。我又开始工作了，虽然只是兼职，一个月出差一两次。但它点燃了我幽暗潮湿内心的温暖火花，我意识到我如果不对自己好一些，我就无法成为一个好人，一个好母亲。但现在的我在想，我执意重返职场是否也点燃了本内心那颗危险的火种。因为他从一开始就没想过要孩子，但我让他当了父亲，然后又一连几天把儿子丢给他一个人照顾。所有这些小小的反抗已经点燃了导火索，我们已经越来越接近爆点，而我却一点都没意识到。

“某天晚上我去城里探望家人，”韦伦继续说着，“然后我决定去喝一杯，就走进了一家酒吧，看到本一个人坐在那里。当时已经很晚了，大概已经下班好几个小时了。我以为艾利森和他在一起，只不过是去洗手间了，但就在我准备走过去打招呼的时候，我看到另一个女人在他旁边坐了下来。”

我的脸瞬间红到了脖子根，我知道他接下来要说什么。因为我们不想分开所以总也喝不完手里的酒，于是每次都会在酒吧里待到深夜。此刻，韦伦看着我的眼神就像第一次见到我一样，仿佛在回忆我缓缓坐回那张桌子的样子，我的手指划过本的肩膀，假装不经意地抚摸着他脖子上裸露的皮肤。然后我会故意不看他的左手，因为他总在摆弄着那枚戒指，不停地在手指上来回旋转，好像只要他一直重复这个动作，它就会自动消失。

“是你。”

“对不起，韦伦。”我把双手放在脖子后面，想给发烫的脖子降降温，但我手心里咖啡的温度使它更烫了。我能感觉到我的脸颊也在发烫，羞耻带来的生理反应正从我的每一个毛孔里拼命地外现着。“但我发誓，我们没有做过任何越界的事情，什么都没有……”

“我不是那个意思，”他挥了挥手打断我，“不过我整晚都在观察你和他。我发现他对你和对艾利森简直一模一样，他摸你胳膊的样子，还有你说话时他放下手中啤酒的样子。我能感觉到，他让你觉得自己很特别，就像他给她的感觉一样，仿佛你是艾利森的替身，因为你们连长相都几乎一样。”

我瞥了一眼别处，想找点东西来分散我的注意力，不让眼泪掉下来。我记起在韦伦电脑上看到的那张照片——本和我紧挨着坐在酒吧里，全然不知有一双眼睛正在注视着我们。

我从来没有像现在这样，觉得自己愚蠢、幼稚，可笑至极。

我曾天真地以为我们不一样——本和我，跟他和艾利森不一样——但实际上并没有。我们都是一样的。对他来说，我和艾利森并没有什么分别，可以相互取代。

“你不可能知道这些，”韦伦再次看透了我的心思，他把手伸过来放在我的手上安慰道，“这不是你的错。”

“是我的错，我明明知道他已经结婚了……”

“你当时还年轻，”他说，“你无法控制自己对另一个人的好感。而且他确实给人感觉很好，伊莎贝拉，他让每个人都有那种感觉。”

“所以呢，后来发生了什么？”我追问道，虽然我越来越确信我并不想知道这个答案，因为韦伦的表情已经说明了一切。开口之前，他的肩膀紧绷着，牙齿用力地咬住颤抖的下唇，他的眼睛湿润、眼神恍惚。他把手从我手里抽出去后，愤怒地擦了擦眼角的泪水，然后把目光转向我，一字一句地说：

“她怀孕了。几周后，她就死了。”

第五十五章

我依然能清晰地感受到，地板把我的腿硌得生疼的感觉。当我抓着马桶的边缘，仿佛连指尖都在冒汗，呕吐物像口香糖一样把我的头发黏在一起。我背靠着墙，一个人坐在浴室的地板上，盯着手上那两条粉红色的线。我记得自己歪着头，眯起眼睛仔细研究着，那粉红色淡得让人不禁怀疑，仿佛眼前的一切只是幻觉，稍微变换一下角度就可能消失不见。但我内心深处清楚地知道，那两条线是真的。我怀孕了。

紧接着，便是短暂的、转瞬即逝的后悔。

事实上，我们的生活并不如我想象的一帆风顺。本和我已经不再是初识时的我们了，至少，我不再是了。共同孕育一个生命就像是挽救我们婚姻的最后一根稻草，是试图扭转乾坤的回魂丹。虽然我知道这一切听起来很疯狂，但当我发现自己的生活就这样分崩离析时，那种绝望和无助让我想在它们消失得无影无踪前，把它们一片片捡起来，努力地拼凑成一个完整且美好的东西。

毕竟，为了他，我放弃了全世界。失去他，我便失去了一切。

但手里拿着验孕棒坐在地板上的那一刻，我才真正意识到自己做了什么。我创造了另一个生命，将自己和本永远绑在了一起。这样做可能不仅不会救我于水火——相反，还可能把我推入无尽的深渊。短短几秒钟，这些念头在我的脑海里疯狂闪现着。我想知道当艾利森发现自己怀孕的时候，是不是也和我一样，感觉自己被困住了，困在她的房子、她的婚姻里，以及她自己的身体里，她仅有的，如今也被剥夺占有的东西。

或许她是开心的，觉得这会是一个新的开始；或许她把那些不好的想法像胃里泛起的妊娠反应一样憋了回去，然后带着口中残余的恶心味道，勉强挤出一个微笑，以为这样就能解决他们婚姻中出现的问题。

"艾利森绝对不会明知道自己怀孕还服药过量的，"韦伦嘴唇颤抖着说道，"绝对不会。"

"你确定她知道自己怀孕了吗？我们办公室里没人知道这件事。"

"她知道。虽然还是孕早期，但是她告诉我们了，因为她是这个世界上最心直口快的人，她根本藏不住秘密。"

我想起她放在我手臂上的手，贴近我耳边的唇，屋顶上呜咽的风。这三合一的冲击瞬间让我汗毛倒竖，皮肤下面像钻进了什么异物一样使我头皮发麻。

"说实话，这条裙子实在是太紧了，我真不该穿它出来。"

我记得她一直拿着高脚杯在餐厅里转来转去，但她的嘴里没有香槟的酒味，只有漱口水的味道；她的手一直轻轻地放在腹部，似乎想让我知道，想让其他人知道。

"韦伦，我不该这么说……"我的声音越来越小，我不知道应该怎样委婉地表达我的意思，"很显然她内心一直在挣扎，所以她可能无法清醒地思考……"

"她不会那么做的，伊莎贝拉。"

我抿了下嘴唇，点点头，想起了我的母亲。我想起她原本也不会做那样的事情，假如有人愿意倾听或者帮助她的话。没人能理解被禁锢在母亲这个角色里的那种感受，那些自己不该被贴上的标签，以及像寄生虫一样深居在大脑里的所谓信念，真的很让人崩溃。

但同时，我又抑制不住地想。

这么多年来，我一直以为艾利森的死刚好避免了本在我们之间做选择。但现在我突然意识到了一些事，一些原本是那么显而易见的事情：本什么时候选择过顺其自然、坐以待毙？他什么时候放弃过掌握一切的主动权？他不会。他从不会听天由命，从不期望像我和艾利森那样，在生活中扮演被动的角色。所以，也许他是在做一个选择——也许，最后他选择了我。但有一天，艾利森把他叫进浴室，告诉了他一个消息，就像五年后的我，她给他看了那两条粉红色的线，然后双臂紧紧搂住他的脖子。那一瞬间，他也意识到，自己被困住了。

别人替他做了选择，只可惜那不是他想要的。

"他受够她了，伊莎贝拉。她已经不是他求婚时的那个女孩了，他夺走了一切使她成为她的东西，怎么能指望她永远都是曾经的那个艾利森呢？"

我想起那天晚上在天高餐厅他低头看我的样子。他的妻子怀孕了，而且他知道她怀孕了，但依然用那么暧昧的眼神看着我。现在，那些本留她独自在家，和我一起度过的时光突然变了味道，就像撕开了昂贵的壁纸，才发现墙面上满是霉菌。

"艾利森追悼会那天，我悄悄躲进二楼艾利森的卧室，为了能喘口气，短暂地逃离这一切。从窗户往外看时，我看到你们两个在房子的一侧，搂在一起。与她的追悼会只有一墙之隔。"

羞耻感充斥在我的血液中，就像有人给我打了一针一样。这种感觉像一种慢性毒药，缓慢地侵蚀着我的身体，从头到脚，从里到外。一想到韦伦当时的震惊和愤怒，我的脸便火辣辣的。他是怀着怎样的心情扒着窗台，看着我们在他姐姐的家里玷污她的回忆，然后情绪失控地冲下楼，跑到后院，故意打断我们不合时宜的耳鬓厮磨。

"先是在酒吧看到你们，然后在追悼会又看见你们在一起，那一刻我终于明白了，他杀了她！”

“韦伦，对不起……”我的手指用力地捏紧手里的杯子，指尖传来一阵尖锐的灼热。

“我来这里不是为了让你道歉，”他摇着头说，“这不是我的目的。”

“那你是为了什么？”

“我要让他付出代价。艾利森的案子我没有足够的证据，但我听说梅森失踪的时候，我就知道，他又故技重施了。”

我想起了韦伦公文包里的案件资料，笔记本电脑里的录音，还有我的照片，我们的照片。

他不是在调查我，是在调查本。

“那篇报道呢？”我想起了另一件事，“你电脑上有一篇关于玛格丽特的报道，那个和本又没有任何关系。”

“我只是好奇，”他有些羞愧地承认，“自打那天晚上在酒吧看到你。这么多年来我一直知道你的存在，但我实际上一点也不了解你。我知道本和你结婚了，还生了个孩子，但我想多了解你一点。想看看你是否值得信任，是否可以让你知道我是谁，以及我对本的看法。但每当我问起你的过去，你都闭口不谈。”

我想起他在覆盆子餐馆和我家餐厅，总是不断地问我一些私人问题，但每次我都迅速转移了话题。

“知道你娘家姓瑞德之后，我就在谷歌搜索了一下，然后找到了那篇文章。”他耸了耸肩，“抱歉，我不是故意要窥探你的隐私。”

我点了点头，一边用指甲敲着杯子一边思考着。还有一件事说不通，我也理解不了。

“他为什么要伤害梅森？”最后，我还是耐不住好奇，问道，“对，就算他不想和我生活在一起了……但为什么要伤害他？为什么要伤害我们的儿子？他做错什么了？”

“如果本的两个妻子都接连自杀了，你觉得大家会怎么看？”韦伦扬起眉毛问道，“那他就难辞其咎了。而且，你真的以为他会愿意当一个单身爸爸吗？”

我想起当自己因为工作原因仅仅离开几天的时间，让他独自一人照顾梅森时，他脸上的表情；又想起梅森失踪后，我们之间关系破裂的速度——我那么想为我们的婚姻努力，为我们努力——但他几乎立刻就决定结束我们的关系了，就像之前在心里盘算了无数遍一样。

“不会的，”我最后说，“不会的，他不会想要伤害梅森的。”

本从没想过要成为一个父亲，所以他并不想要梅森。我当然知道，但很多人成为父母之后，想法都会发生转变——我就是，在看到那双明亮的绿眼睛的那一刻，所有的后悔都烟消云散了。表面上看，本是个慈爱的父亲，但我确实把他困在了他不想要的生活里。

飞鸟怎么会甘居笼中？

“好吧，”韦伦说着，向后靠了靠，“我只是想通过到你家和你沟通，了解你的想法，也许我能弄明白一些事，然后找到足够的证据把那个浑蛋抓起来，让他不能再伤害别人。”

我不愿意相信，但同时，这一切都说得通。那晚没有外人进来，没有任何证据能支持这个推测。但是本知道婴儿监护器的电池没电了，他也能在不惊动罗斯克或者惊扰梅森的情况下，轻而易举地进入他的婴儿房。他可以从房间里面打开窗户，制造非法闯入的假象，然后从前门离开，不留下任何指纹。

他可以在完成一切之后若无其事地回家，钻回被窝搂住我的腰，紧紧地和我靠在一起。假装他一直都在，没有离开过。这突然觉醒的意识让我感到恶心，那种熟悉的味道再次涌了上来：金属的腥味，如同血液一般黏稠地覆盖在触碰到的一切上。

它灼伤了我的喉咙，染红了我的舌头，把一切变得如血般殷红。

第五十六章

我瘫坐在车里，盯着他拉上帘子的窗户。车没熄火，排气管的废气突突地往外冒。我使劲眨了几下眼睛，想赶走突然袭来的一阵困意，然后开始想象，离开我的他，现在在做什么，像以前无数次那样。

他们，在做什么。

现在还早，离杂志社上班还有半小时的时间。她也在，我知道她在。刚刚，我看到卧室窗帘上映着两个影子，他们一开始抱在一起，后来分开了，一个细长的手臂搂住了他的腰，像是舍不得他离开。他们现在可能正安静地喝着法压咖啡，吃着早餐。也许他会在浏览今日新闻时把手放在她的腿上，就像当时在天高餐厅和艾利森在一起时那样，手一直放在她的后腰上，仿佛她是一件怕被弄丢的珍宝。

我看了一眼时间，心想他应该很快就要出门了，就在这时，前门开了。过了这么久，我仍然清楚地记得本每天的作息时间。我看见他手里拎着公文包走了出来，瓦莱丽紧跟在他身后。看见他们在一起，依然让我有种奇怪的感觉，看着我的丈夫和另一个女人轻松地互动，就像在一面哈哈镜里审视我的生活。镜子里的我扭曲变形得不再像自己，而是一个毫不相干的陌生人。她穿着他的拖鞋，穿着他的超大 T 恤衫，头发随意地扎着，有种凌乱的美。她看似如此不经意且毫不费力地和他的衣服以及生活融为一体，着实让我恍惚了一下。

她轻而易举地取代了我的位置。

当我知道她的存在之后，每每想起她我都很痛苦，就像咬了一口柠檬，酸楚的感觉从我的嘴里迅速向全身蔓延开来。可现在我忽然意识到，自己就像是个小人、伪君子，因为她既善良又热情，她就是八年前的我。我不禁想，如果当时有人在我身陷泥淖之前，提醒我本是一个什么样的人，他会做什么，那么一切会是怎样的。如果有人跟我讲解一下男人的使用说明书，让我明白我们只是游戏中的一枚棋子，他们温柔的手会把我们放在对他们最有利的位置上。

利用我们，牺牲我们，精心导演着一场场披着浪漫外衣的权力游戏。

会不会有什么不同？我是会退缩，还是不以为意，继续我的生活？

或许还是后者，但我必须试一试。

本跳下台阶向右拐，朝办公室的方向走去。我弯下腰生怕被他看到，几分钟后，确认他不会返回我才坐直了身体。最后瞄了一眼后视镜，我把手伸进手提包掏出眼药水，在熄火打开车门之前，再给自己来点物理刺激。

我刚准备开门下车，脚还悬在半空。这时，我看到瓦莱丽出现在门廊，于是砰的一声关上了车门。她换了身衣服，穿着衬衫裙和凉鞋，锁上门后钻进停在离我几英尺远的一辆车里。

我来不及多想，立刻打火，系好安全带，跟着她驶出了车位。我远远地跟在她后面，直到她把车开到城市另一头的一个小区。

我看着她悠闲地走进路边的一间白色小屋。我想，这一定是她家。这让我想起了我的第一套公寓，想起了和本认识那晚回到家时，感觉自己是多么的幼稚。和这样一个比我年长、成熟和成功的人相处，更凸显了我的青涩和稚嫩。瓦莱丽家看起来是个普通人的家，门廊上放着一把铁摇椅，地上的塑料花盆里零散地长着几株细长的植物，旁边扔着块晒褪色的沾满花粉的地毯。她明显舍不得在家具上花钱，像是那种在路边捡别人扔了的沙发，然后配上新的沙发垫盖住上面污渍的人。我记得自己在她这个年纪时也和她一样，一无所有。我不知道她有没有带本来过这里，是不是也和当时的我一样觉得难为情。我还记得本看着我公寓里从宜家买的桌子、不配套的椅子、洗干净的一次性塑料餐具，还有攒着的买东西时的购物袋，他脸上的尴尬表情说明了一切。

我下车穿过马路来到她家门口，然后深吸了口气，登上台阶，在自己改变主意之前敲了两下门。门几乎立刻就被打开了，看到我手足无措地站在那里，她脸上露出了吃惊的表情。

“伊莎贝拉，”她试图掩饰住自己声音中的惊讶，“你在这里干什么？”

“我们能不能谈谈，就几分钟。”

“你怎么知道我住这里？”

我没说话，思考着该如何回答这个问题。因为我开车跟着你，这听起来不像是说服她让我进门的最佳理由，所以我接着说。

“有些事情你应该知情，关于本的。”

“不……不好意思，”她结结巴巴地说，显然被吓到了，“不好意思，但我觉得你该走了。”她准备关门，但在门被关上之前，我把脚伸过去挤开了门。

“这很重要，”我说，“我很担心你。”

“你担心我？”她的眼睛瞪得大大的，“请别见怪，伊莎贝拉，但我觉得你该担心你自己。”

“是本跟你说的吗？”我靠近她问道，“他是不是跟你说我们早就不幸福了？跟你说他想帮我，却无能为力？跟你说他是个好人，所以值得被爱？”

我看到她脸上的表情瞬间发生了变化，就知道是我刚刚的话戳中了她。我脑海里立刻浮现出本独自去做心理治疗时，泪眼蒙眬地跟她描述我，就像追悼会那天他在房子外面向我描述艾利森一样。当时，我将手放在他的脸颊上，心疼得快要窒息。他一定也把我描绘得十分不堪，一个支离破碎、事业失败，他曾试图挽救却无能为力的人。

瓦莱丽看着我，眼睛里充满了疑惑。我知道她想问我什么，她对我的好奇就像当初我对艾利森一样。我回想起自己和瓦莱丽第一次见面时的场景，回想起我跌跌撞撞地走进教堂那间屋子，她脸上的震惊。当时她看着我并且希望我留下来参加活动的样了，仿佛暗示着她也想了解我。

“他并不是你认为的那个人，我只想跟你谈谈。”

我站在她的角度，试想如果某天清晨艾利森站在我家门口，像我今天这样，我会愿意坐下来和她聊聊吗？我是否会背叛本，只为能一窥那小心翼翼遮上的帘子背后，他永远不会让我看到的画面？毕竟我已经在脑海里无数次地想象过他们的生活了，我相信瓦莱丽也一样。

我想起了艾利森停留在我胳膊上的手指，以及耳畔轻柔的话语。一个我日日夜夜渴望靠近和了解的人突然出现在我面前，我紧张得起了一身的鸡皮疙瘩。

我想我会的。我会让她进来的。

“瓦莱丽。”说着，我握住了她的手。她缩了一下，好像很害怕我，但沉默了几秒后，她似乎动摇了。就像融化的蜡，可以随意造型，好奇心最终征服了她，正如我所料。

接着，她打开门，眼睛低垂着，示意我进去。

第五十七章

我走进客厅，在一张铺着沙发巾的沙发边坐下。这间房子虽然小，但很温馨，壁炉和壁炉架凌乱的两个角上堆着的蜡烛和书，被上面悬挂着的串灯照得亮亮的。屋子中间有一张玻璃茶几，后面的墙上挂着许多用晾衣夹固定在绳子上的照片。

看起来，她拥有一个有趣的灵魂，不拘一格，无比年轻。

瓦莱丽坐在桌子那头的椅子上，目光穿过房间落在我身上。她脸上的表情看上去既不害怕也不疑惑，相反，她似乎有点警惕，仿佛我是个患有狂犬病的动物，让她不知该如何应对。

像是，怕我突然发疯咬人一样。

“首先，”说着，她把一条腿搭在另一条腿上，“我只想说我很抱歉，伊莎贝拉。我跟本说过，我们这样进展太快了……”

她突然停了下来，目光避开我投向地板，她十分清楚自己在这段复杂的多角关系中扮演着什么样的角色。

“你身上发生了太多事，”她继续说道，“如果我的出现增添了你的烦恼，我很抱歉。”

一时间，我不知道该说些什么。

“谢谢你能这么说。”我回复她。

“所以，你想告诉我些什么呢？”

她身子向后靠在椅子上，明显把我当成了她的病人。对于我要说的话，她保持着一种习惯性的警惕，做好了谨慎分析每个字的准备。

“这的确很难开口，”我开始说，并且努力控制着自己，“我只是想让你知道自己在做什么，和什么样的人在一起。”

“行，那你说说看吧，我洗耳恭听。”

“你知不知道他还有一段婚姻？我的意思是，在我之前。”

“艾利森，”她点了点头，“我听说了。”

听到那个名字，我尽量不想表现出我的吃惊。我以为本不会跟她提起艾利森的事情，省得麻烦。

“你知不知道她死了？”

“是的。我们这一行见过不少自杀的案例，挺可悲的。”

“确切地说，是服药过量，”我澄清道，“意外或者……其他原因。”

瓦莱丽眯起眼睛看着我，仔细思考着我的话：“你真的相信那是个意外吗？”

“说实话，”我鼓起勇气说，“我根本不信她会这么做。”

她歪着脑袋，似乎分不清楚我是在开玩笑，还是认真的。

“就在我和本刚开始交往的时候，她去世了。”我继续说着，语速加快了一些，“本有没有跟你说，那时候她怀孕了？他有没有告诉过你，他从来都不想要孩子？”

瓦莱丽眨了眨眼睛，面无表情。我等着她做出反应，或是说些什么，但什么也没有。

“事后看来，这似乎并不是什么巧合，”意识到她没有动摇，我接着说道，“特别是后来，我儿子又失踪了……而你，紧接着就出现了……当然，我并不是要把责任推到你身上。但本有让艾利森和梅森在他生活里消失的动机，这一点我们不能忽略。”

我看着她消化着这些信息，思考着我说的每一个字。

“我只是想让你对这些事有个清楚的认知，”我最后说，“这样你就可以做出正确的决定。”

“嗯，”她终于摇着头小声地说，“这……信息量有点大。”

“我知道，我知道这很难接受。”

“你知道你在说什么吗？”她打断我，“伊莎贝拉，你听听你在说什么，这像话吗？”

我的胃里又开始翻滚。每当本、我的母亲或是多齐尔警探像瓦莱丽现在这样，用怀疑、恐惧和不信任的眼神看着我的时候，这熟悉的痛感都会突然出现。

“我知道这听起来有些难以置信，但是瓦莱丽，他很危险。”

“不，”她摇着头说，“伊莎贝拉，危险的是你编造的这些疯狂的理论。你这样又会伤害到别人的。”

我一时语塞，这一点我确实无法否认。她说得对，我以前伤害过别人。在寻找答案的过程中，我迷失了自我，放弃了理性和逻辑，就为找到一个发泄口。

但这次不一样。这一次，我觉得自己找到了正确答案。

“我本想给你个机会，听听你想说什么，但我发现你需要专业的帮助，真正的、专业的治疗。”她继续说道，“伊莎贝拉，我帮不了你。鉴于我们之间的关系，我做不到，我希望我能，但很遗憾，我真的帮不了你。”

瓦莱丽站了起来，无声地暗示我该走了。

“本提醒过我的，”她像是突然想起了什么，“你的确和他说的一模一样。”

“他是怎么说我的？”我低声问，心却怦怦直跳。

“他说你病得很重，”她最后说，“几乎可以说是精神失常。”

我攥紧了拳头，指甲把手掌心抠得生疼。我终于愿意正视过去这十二个月的时间里消耗得所剩无几的、失了人形的自己。如今的我，像是某种夜行动物，背着壳在生活中艰难爬行，双眼迷蒙，精神癫狂，距彻底失控只有一步之遥。我不想花太多时间思考自己看上去是怎样的破碎不堪，现在，我只想试着还原本眼里的我：在餐厅里一坐几个小时，盯着满墙的图片，然后在脑海里演绎着各种可能性，继而说服自己那是真的。

彻夜不眠，或在附近游荡，像个无头苍蝇一样四处寻找，想找个人，任何人都行，只要能替我脱罪。

“伊莎贝拉，真的很抱歉，”瓦莱丽叹了口气说，“但你确实是在错误的地方寻找答案。”

我抠着指甲，眼睛盯着地板。这句话我听过太多次了。我突然想起爸爸编造玛格丽特去世的故事，只是为了让所有人都更容易接受。韦伦会不会也是这种情况？他编造了一个自己愿意信服的故事，说服自己艾利森绝对不会这么做，她不会自杀。也许在过去八年的时间里，他都一直在努力证明这一点，用自己的生命去了解死亡的真相，因为姐姐的死令他痛苦到无法承受。

也许他只是想找一个人背负罪名，就像我一样。或许我们都太渴望找到答案了，所以什么都愿意相信。

“我不会告诉本你来过，”瓦莱丽说，“如果他知道在你眼里他是这样的人，他会难过的。”

我轻轻点了点头，不敢迎接她的目光。然后我站了起来，再次环视了一下房间，准备表示抱歉然后离开。这时，角落里的一个东西吸引了我的目光。

是那面照片墙。站近了我才发现，那面墙上几乎全是本的照片。

我从门口走到那面墙跟前，一张一张地仔细打量着那些照片。我看见瓦莱丽和本坐在市中心的草地上，身后的西班牙苔藓像被掀开的幕布一样环绕着照片里的主角；还有一张是他们在音乐会的看台上，远处舞台上的七彩灯光不停地闪烁着；还有一张两人躺在沙滩上的照片，墨镜里看得到高高举起的手机。

“伊莎贝拉。”瓦莱丽还在劝我。我听到她靠近，并悄悄站到我身后。“我觉得看这些对你没什么好处。”

但我没有转身。此刻的我无法转身，我的注意力全部在本和他脸颊上深浅不一的胡楂上，以及瓦莱丽渐渐褪色的头发，慢慢长出约一指长黑发的发根。这些明显带有岁月痕迹的照片怎么可能是刚在一起的情侣的？

“你们不是在悲伤辅导小组认识的。”

现在看来，这个结论太明显了，我恨自己没有早点发现。毕竟，本和我，我们也有过同样的故事。但那不是真的，是他编造出来的东西，他虚构了一些东西来美化自己，而且我们的关系早在向外界公布之前就已经开始了。我还记得艾利森追悼会结束后的晚上，我们在我小时候的那张床上缱绻缠绵。他离开后，我的胃便一阵阵地难受，仿佛知道自己刚刚吞下了致命的毒药。

“我们的事不能告诉别人，暂时还不能。”

我转过身看着瓦莱丽。她站在我身后，睁着惊恐的双眼。他确实在我身上复制了我们对艾利森做的事。

他和瓦莱丽在我们分开之前就在一起了。

“多久了？”我上前一步问道，“你们在一起多久了？”

瓦莱丽摇了摇头，嘴唇在微微颤抖，向后退了一步，想和我保持一点距离。

“多久了？”

“我一直觉得很对不起你，”她说，“背着你和他在一起。但是他跟我说了关于你的事情……”

我记得这种感觉，内疚、自我开脱、自尊受挫，这些情绪全部湮没在本给我讲的故事情节里。为了让自己感觉好一点，我决定接受关于艾利森的故事，告诉自己，他们是他们，我们是我们。但这实际上是一种自我保护，我们用愿意相信的东西幻化了一个自己，但那终究只是虚无的假象，在远处不断闪动、千变万化。

在不同场合下，向我们展示着恰到好处的自己。

“多久了？”我又重复了一遍，语气坚决，“你和本究竟在一起多久了？”

房间里寂然无声。最后，她叹了口气。

“两年。”

两年。两年了。在这整整两年里，本都一直在和另一个女人约会。在梅森失踪之前，甚至在他学会走路之前，他们就在一起了。

我在想，梅森那时候多大呢？

“六个月。”我自言自语道。他们在一起的时候，梅森才六个月大，也就是那个时候，我又开始工作了。每个月都有几天，我会开车去北卡罗来纳州、亚拉巴马州和密西西比州，试图追寻这些年失去的生命的意义和珍贵的逐梦时光。

“你总是不在家，”瓦莱丽仍在努力为自己辩解，“他很孤独，伊莎贝拉。你一连好几天把他和儿子两个人扔在家里……”

“他很孤独？”一股怒火在我的心头翻涌，“他是这么说的吗？他说我总是出去？说我是那个永远不在家的人吗？”

“我看到了，”她的声音突然变得尖锐起来，“我亲眼看到他一个人辛苦地照顾梅森，你别想否认。”

“你看到了——”我低声说，突然间天旋地转，“哦，天哪。他把你带去我们家了？”

我往房子中间走了几步，大脑飞速地运转着。

“他把你带到我们家来，见了我们的儿子，而他在不断地长大，”我的语速开始加快，“梅森刚刚开始学说话。很快，他应该就会说点什么了，对吧？他就会告诉我，我不在家的时候另外一个女人来过！”

我想起自己经常给观众讲的那个故事，那个为了缓解紧张气氛，引导观众发笑的故事。关于梅森、本和他婴儿床上的玩具手机，关于他是如何学着念“霸王龙”这个词，并且念得一次比一次好。

“你觉得本没想过吗？”我问，“你不认为他发现……”

我停下来凝神思考，思绪逐渐变得清晰。所有这些看似毫无关联的细节突然汇聚在一起，拼成了一幅完整的图画。我能感觉到自己面部渐渐失了血色，就像被人划破了血管，即将失血过多、油尽灯枯。

真相就在这里，就在我的面前。我正直直地盯着它，和她。

“你做了什么？”我小声问，“你对我儿子做了什么？”

瓦莱丽安静地看着我。我们长得真像，尤其从远处看，胳膊和腿上健康的小麦色，咖啡色的头发和温润如玉的大眼睛。我想象着她在和本待了几天后，离开我家时，深夜一个人走在街上。她肯定把车停在很远的地方，以避人耳目，本也会为了避嫌而要求她这么做。他永远都说是为了避嫌。我几乎可以想象到，她大步经过路边的街灯时，每走一步都要耗尽自己最后一点力气的感觉，因为她心里清楚地知道，我正在回家的路上。她知道那天晚上我们会睡在一起，而她却独自一人待在这个忧伤的小房间里，眼睛盯着天花板，心里却控制不住地在想我们。和当时的我一模一样。每当本从酒吧的椅子上站起来，然后回到和艾利森的那个家时，我便是这样的。仿佛我是他藏着掖着的见不得人的秘密，是他只有在晚上才会出现的坏习惯，这种痛苦撕心裂肺。

也许突然间，路边嘎吱的摇椅声让她意识到自己不是一个人。于是她回头，瞥见了路边门廊处的老人，发现他正瞪着浑浊的双眼打量着不远处的她。

“我是伊莎贝拉。”她可能会停下脚步，微笑着这么介绍自己，说服自己相信，她就是我。她竭尽全力地扮演着我，哪怕就多一秒钟，假装自己是我，本的妻子，就像我一直幻想自己成为艾利森一样。仿佛如果她大声地说出来，渴望它成为现实，那么它就会成为现实。“你的邻居，伊莎贝拉·德雷克。”

第五十八章

“我不知道你在说什么。”

瓦莱丽依然理直气壮地看着我。我感觉胃液倒流进我的食道，胃酸侵蚀的灼热感不断升腾着。

“你知道，”我声音颤抖着说，“你带走了我的儿子。”

一定是她，拿着钥匙进了我家。就在那天，她从门口的垫子下面摸出本给她的钥匙，塞进手心然后紧紧握住。屋子里一片寂静，黑暗中罗斯克慢悠悠地向她走去。经过一年的相处，它肯定认识她了。她轻轻地揉着它的耳朵，安抚它回到自己的窝里。然后她悄悄地穿过大厅，向梅森的婴儿房走去。等她蹑手蹑脚地进入他的婴儿房后，她扯出衣袖包住手，推开窗户。伴着一阵凉爽潮湿的微风，她把他抱起来走出大门，并且不忘锁上身后的门。

我在想，是不是梅森和她在一起感觉有安全感，所以才没有哭闹。

“有些人就是不配做母亲。”她最后说，好像我应该理解她的这个解释。

“你对我儿子做了什么？”

她和本生活中的那些点滴一次又一次地被揉碎。那些真正的生活，而不是躲躲藏藏、偷偷摸摸的瞬间，一次又一次地被恣意抹去。或许，当她第一次踏进我们家，手指轻抚着我的梳妆台时，肾上腺素就开始在她体内急速飙升。她可能会故意用我的梳子梳头发，在梳子上留下她的发丝，和我的缠在一起，然后在心里嘲笑我永远也不会知道。她还会在我的衣柜里翻来翻去试穿我的衣服，照着我的镜子，欣赏镜子里的自己，想象和本在一起的是她，而不是我。

“你们俩都不想要孩子，”她说，“不是真的想。关键时候都不想负责任。”

我试想着她躺在我和本的床上，指尖在本裸露的胸膛上游走。这时，梅森的哭声从另一个房间传来，于是他不得不起来，把她一个人晾在那里。

他是个爱哭的宝宝。

“很多人都希望自己能有个孩子，”她说，“你无法想象，伊莎贝拉。为了孩子，他们愿意付出一切代价。但不是所有人都适合为人父母。”

她不愿意再与人分享本了，不愿和我、梅森，或者世界上任何一个人分享他。

“告诉我他在哪里！”我颤抖着双手质问她，然后向前迈了一步。她背靠着茶几，已经无处可退了。“如果你告诉我，我可以忘记这件事，也忘掉你。”

“这是最好的结果，对所有人都是。”她回答。

我继续向她逼近：“告诉我他在哪里！”

“本告诉过我，你对你妹妹做的事情，”她继续说，“所以你对你儿子做同样的事情也只是时间问题。你自己知道的，对吧？”

“告诉我他在哪里！”我大喊着，满腔怒火在我胸腔里熊熊燃烧着。就像上次，我的胳膊和手在肾上腺素的刺激下渐渐麻木，怒火越烧越旺，直到我完全失控。

“没关系的，”她笑着说，“伊莎贝拉，他去了更好的地方。”

这句话突然触动了一个按钮，弹出了一个清晰的画面——瓦莱丽在电脑上读着那篇关于我的文章，盯着我在台上的照片。我布满血丝的双眼淹没在观众的怒容和凝视中，只为寻求一丝丝的真相。看着台下的观众，我言辞恳切，最后连我自己都深深被他们的低语影响，相信了他们对我的怀疑。

但瓦莱丽知道真相，知道自己做了什么，知道她从我这里拿走了什么。但她仍然写了那条评论给我看，然后在恢复理智之后又删掉了它。

我想起她在教堂里歪着头望着我，指着黑暗中摇曳的蜡烛。她的眼里写满了假意的怜悯、厚颜无耻、嚣张傲慢。突然，我扑向她，甚至来不及反应自己在做什么，只记得我耳边响亮地回响着这句话。

他去了更好的地方。

我们突然厮打在一起，然后倒在茶几上。玻璃破碎的声音里，夹杂着令人毛骨悚然的骨裂声。

第五十九章

咚咚咚。

我一直盯着地毯上的一小块地方。那块地方原本没什么特别的，我却觉得意外的顺眼。我安静地听着耳畔的敲门声和自己的心跳声，这有节奏的回声仿佛躺在浴缸里来回滑动身体产生的律动。

咚咚。

我抬起头，眨了几下眼睛，那块地方已经消失得无影无踪了。

“伊莎贝拉？”咚咚咚，“伊莎贝拉，我看到你的车了。”

我突然意识到有人在敲门。罗斯克不停地叫着，尾巴把地板敲得砰砰响。我使劲闭上眼睛，试着缓解一下酸胀的感觉。

“好了。”我拍了拍它，示意它别叫了。这两天，窗外的世界飞速运转着，时间就像延时摄影画面一样匆匆流动。尽管我已经知道门口站的人是谁，尽管我一直在等待这一刻，等着他，但当我伸手开门时，心口还是一阵发紧。

“多齐尔警探。”说着，我推开门。门廊上出现的，是那个熟悉的身影，结实的四肢和冷酷的眼神。“很高兴见到你。”

“嗨，”说着，他又把大拇指伸进了皮带圈里，“我在门口站了五分钟了。你没听见我敲门吗？”

“我睡着了，”我微笑着扯了个谎，“不好意思。”

“我可以进去吗？”

“当然。”我伸手，把门开得更大了些，然后回到客厅在沙发上坐下。

“你这里怎么了？”

我顺着他的目光看向自己手上缠着的纱布，那块布紧紧地包着我的手掌，上面渗出了一些早已干掉的血渍。

“酒杯划的，”我把手抬起来，“划得有点厉害。”

“嗯。”

他一直盯着我，眼睛在我脸上和手上来回地扫视着。

“你找我有事吗？”我试着转移话题。

“有新的……进展，”他说，“关于你的那个案子，所以我想亲自过来告诉你。”

我抬头看着他，眼睛酸涩，就像刚刚在放满漂白粉的浴缸里睁着眼睛泡了一会儿一样。过去的四十八小时里，我一直处于一种麻木和紧张的奇怪混乱感之中，就像我的身体忘记了该如何运转。两天前，我在瓦莱丽家的客厅缓缓起身，脚下嘎吱的玻璃声和自己粗重的喘气声震耳欲聋，险些将我吞没。我低头看着她一动不动的身体，锋利的碎片像几十把匕首散落在地上。在那之后，我就一直这样。

那双眼睛，像瓷器一样闪着光，殷红的鲜血如花朵一样，慢慢绽放在她的周围。她的胸口，彻底停止了跳动。

“什么进展？”我问，虽然心里已经有了答案。

“我相信你已经看到新闻了，”说着，他向前迈了一步，“瓦莱丽·谢尔曼的谋杀案。”

“是的，”我点头说，“当然了，这是最近最火的新闻，到处都在报道。一个年轻漂亮的女人惨死在家中，倒在一片血泊之中。我听说是入室盗窃。”

“初步判断是的，因为屋子里一片狼藉，茶几也碎了。但是越深入调查，我们越觉得不是入室盗窃，而是伪造的现场。”

我攥紧了拳头：“伪造的现场？”

“像是有人刻意伪造了一个入室盗窃的现场，”他看着我，继续说，“和刻意打开窗户伪造绑架现场一样。”

我能感觉到自己的心跳得飞快，掌心也汗湿了。

“为什么告诉我这些？”

“我相信你已经知道瓦莱丽和你丈夫有过一段关系，并且持续了相当长一段时间，那时你们还没离婚。”

“是的，”我点了点头，回答道，“是的，我知道。”

“我们在她家发现了他的照片，还有其他……类似他的东西。”

我没说话，安静地听他说。他问我，我才开口。这是爸爸教会我的。

“她死亡的消息传出来以后，我们接到了她的一个客户的电话。”他最后说，“瓦莱丽是一名心理治疗师，她每周在市中心的大教堂组织一个悲伤辅导的活动。她有不少常客。”

我点了下头。

“据这位客户说，他在梅森守夜活动的当晚看到你们有互动。”

我想起了那个拖着脚走进来的男人，他的出现，打断了我们还没来得及开始的谈话。他一瘸一拐地走过去坐下时，眼中流露出一丝歉意。我记得他静静地坐在一个角落里，小心地留意着、听着我们的对话。

“你当时知道她是谁吗？知道她和你丈夫的关系吗？”多齐尔警探问我。

“不，”这是我今天说的第一句实话，“我不知道，完全不知情。”

“所以，你只是碰巧在你丈夫的情妇被谋杀的两周前遇到了她？”

“我不知道该怎么跟你说，可能是巧合吧。”

他又扫了一眼我的手，然后目光回到了我的脸上。

“这就是你今天来这里的原因吗？”我最后问，尽量让自己的语气听起来比较愤怒，尽量表现得仿佛任何怀疑我和这件事有关系的想法，都是荒谬的、离谱的，牵强得可笑，“就她的谋杀案来质问我？”

多齐尔警探看了我一眼，然后摇了摇头，叹了口气。

“不是的，我来，是因为这个客户给我们提供了一个名字。”

“一个名字。”我重复了一遍，试着掩饰内心的疑惑，这个聊天内容是我没料想到的，“谁的名字？”

“一个曾经参加过悲伤辅导的女人，但梅森失踪后就没再去过了。”他说，“一个不能生育的女人。”

我死死地盯着他的眼睛，瞬间回想起瓦莱丽曾经说过的那些话，那些为自己的所作所为做的开脱，仿佛她给全世界帮了一个大忙。

“很多人都希望自己能有个孩子。”

“他一开始并没有多想，在得知瓦莱丽被谋杀，又听说了她与你丈夫的婚外情后，他决定报警。”

我快速消化了一下他说的话，最后我意识到，他想告诉我的是——一个女人和梅森同时失踪了，而这个女人没有生育能力，并且和瓦莱丽认识。

“这又能说明什么问题呢？”我慢慢地靠在沙发上问，“她是谁？”

“我不希望你私自采取任何行动，”他伸出手警告我，另一只手从屁股口袋里掏出一张小照片，“也有可能和案件无关，但我们正在调查。你见过这个女人吗？阿比盖尔·费希尔，这个名字听起来耳熟吗？”

我拿起照片，看着照片上那个女人，她有一头棕色头发，眼神谦和，看起来比我大一点，四十多岁的样子。我在脑海里反复回想着这个名字，希望可以唤醒与此相关的记忆。过去的十二个月里，我的大脑里存储了太多的名字。这时，我突然望向餐厅，然后起身走到桌子旁，寻找墙上贴着的《真实罪案》的观众名单。

“阿比盖尔·费希尔，”在那份名单里找到这个名字后，我用手指用力地敲着它，试图压制内心满怀希望的悸动，但声音却流露出无法掩饰的兴奋，“在这里。阿比盖尔·费希尔，她去了节目现场！”

我看了眼多齐尔警探，然后又低头看了看照片，突然回忆起这双眼睛。我见过这双眼睛，也记起上次看到这双湿润且恍惚的眼睛时，她看着台上的我，无声地重复着我说的每一个字，眼泛泪光。

“哦，天哪！”说着，我冲到笔记本电脑前，打开了它。我突然记起自己读过的那篇文章上有观众照片，当时我还研究了那张照片，因为相机的闪光灯让所有人的眼睛都泛着奇怪的光，仿佛将这些人变成了某种神秘且奇怪的物种。

那个女人盯着我的样子让我不寒而栗，就像我的身体直接对某种大脑还无法理解的危险做出了反应。

“阿比盖尔·费希尔……”我又重复了一遍这个名字，在文章加载的时候，我的心脏在胸腔里跳得厉害。文章加载完之后，我敲着屏幕转过身来。手指发疯似的舞动着，同时观察着多齐尔警探脸上的表情变化。他的目光从我转移到了那些观众身上，然后落在她的脸上，他的眼睛在电脑前排的那个女人和他给我的照片上来回地扫视着。

屋子里的空气仿佛凝固了，这历史性的一刻同时撕扯着我们两个人的神经。过了这么久，我们终于得到了一个特征，一个名字，一次机会。

“阿比盖尔·费希尔，”他重复道，并且无奈地点了点头，“是她。”

第六十章

一周后

一阵嗡嗡声响起，我抬头，看着面前那扇笨重的金属门被打开。我的眼睛感到一阵刺痛，不过不是因为睡眠问题，或者准确地说是睡眠不足的问题，而是头顶上廉价的荧光灯正发出刺眼的光。

“伊莎贝拉·德雷克？”

我看了看门口站着的狱警，举起手，腼腆地笑了一下。我手掌上的伤口已经基本愈合了，之前裂开的口子上结了细细的、皱皱巴巴的痂。我还记得那天在我家客厅，多齐尔警探盯着它，同时又反复打量我的样子。他在努力拼凑细节，为了一窥事件的原貌。

“最后一件事。”我陪他走到门口时，他突然转身说。他目不转睛地盯着我手上那个血红色的伤口。他脑子里肯定在回想着，躺在一堆碎玻璃上的瓦莱丽的尸体，那些像刀片一样锋利的碎片，以及怒火中烧的我，仿佛我的愤怒之火会在瞬间失控，将我吞没。

“瓦莱丽夺走了很多属于你的东西，”说着，他把身体的重心从一条腿移到另一条腿上，好像突然觉得不舒服似的，“你是什么感觉？”

我面无表情地看着他，轻描淡写地说道：“她绑架了我的儿子，”我指着他手里的照片，“你觉得我是什么感觉？”

“我们还不确定。”他回答道，尽管我已经从他的脸上看出了肯定。一个不计代价想要得到一个孩子的女人，和另一个不计代价想要一个孩子消失的女人，多么完美的巧合。和我一样，他肯定也能想象到，瓦莱丽在每个星期一晚上听着阿比盖尔哭诉的时候，是怎样哀叹命运的不公。她声音里的渴望和绝望一定让瓦莱丽想起了梅森，想起了本对她说的那些我不称职、不配为人母的谎言。只要从我的身边带走梅森，便可以解决当下身边人所有的问题了。

“这是最好的结果，对所有人都是。”她当时说。

多齐尔警探叹了口气，我听到他的舌头在嘴里发出无处安放似的声响，他的指甲不停地抠着裤子，显得坐立不安，犹豫不决。

“我会随时告诉你事情的进展。”他最后说道。在那一刻，我知道我的计划成功了。

我站起来，看着被警卫带进访客区的本，试想他看到仅仅相隔一周，却变化如此之大的我是什么样的感受。来监狱之前，我在自家走廊的镜子里看了眼自己，我的脸又重新恢复了生气，就像在水里滴进了红色颜料，慢慢晕开后把周围都染成了粉色。我的眼睛大了、亮了、有神了，眼睛下面的黑眼圈也像瘀伤一样慢慢消失了。

至于本，他的变化也很大。

“你还好吗？”我们都坐下之后，我侧着头问他。终于，我在他脸上看到了别人眼中曾经的那个我——倦容深刻，一夜苍老。他的皮肤蜡黄且毫无血色，像是慢慢枯萎凋零的生物。“没休息好吗？”

本看着我，用手揉搓着自己的脸，手指不停地扒拉着胡楂。我忍不住一直盯着他手上紧紧箍着的手铐。

“伊莎贝拉，”他终于开口，声音嘶哑着说，“我没有杀人。”

我回想起在瓦莱丽家的那个清晨，我站起来望了望四周，她的躯体一动不动地躺在地上，我冲动行为的严重后果此刻铺天盖地地笼罩住我的全世界。我使劲眨了眨眼睛，想要清除我视线中的盲点和脑中的眩晕。我的意识会回来的，它总会回来的。我知道，我是一个被丈夫嫌弃的妻子，一个无奈绝望的母亲，一个在拼命寻找答案时失去理智的疯女人。

“警察在她的沙发下发现了你的戒指，就在她的尸体旁边。她全身上下到处都是你的DNA，连指甲缝里都检测出了。这些证据对你很不利。”

“因为那天早上我们在一起。”他沮丧地用手捋着头发，好像重复了很多次同样的话。

我记得最后一点肾上腺素从我身体消失时，我抽搐的手指，就像运动过量的肌肉感到力竭一样。当我低头看着瓦莱丽的尸体思考的时候，手指习惯性地伸进衬衫，摆弄着本的戒指，就像以前无数次那样。

那枚我悄悄收藏的，刻着他名字的戒指。

“那枚戒指，我不知道那枚戒指怎么会在那里，伊莎贝拉。我真的不知道！我根本不戴那个戒指。也许是她从我公寓里拿走的，我不清楚。”

“你知道她对梅森做了什么吗？”我轻声问，“因为如果你知道，我不会怪你。换我，我也会这么做的。”

“不！”他说，“天哪，伊莎贝拉！我发誓，我不知道！对不起，真的对不起，我对发生的一切都感到抱歉。但我没有杀人。”

看着面前的丈夫，我内心赞叹着自己布下的完美结局。我记得自己在瓦莱丽家的客厅里，将那枚戒指在衬衫上擦拭了几下后，滚落到地板上。我精心挑选了证据、事实，然后将这些拼凑成一个故事来解释发生的一切。我知道一旦警察找到它后事情的走向。这枚戒指将会成为在撕扯中被拽掉，然后滚落到沙发下落满灰尘的物证。

一个已婚男人和他的情妇。我知道人们会怎么渲染这个故事。

“男朋友是比较容易被怀疑的对象，”我说，韦伦的声音在我耳旁如心跳般规律地跳动着，我要让他付出代价！“就像人们总是喜欢把责任推到妈妈的身上一样。但是，你知道我一直搞不懂的一点是什么吗？我一直想不明白的是什么，你知道吗？”

“什么？”他不耐烦地问。

“瓦莱丽怎么知道婴儿房的监护器没电了？”

我注意到他的下颌在抖动，还挪了下腿，因为脚链发出了轻微的声响。他咽口水时，喉结上下起伏，为他即将脱口而出的谎言做好了一切生理准备。

“她知道那里有监控，”我继续说，“她以前去过我们家，但从来没有进过梅森的婴儿房。因为她知道如果她进去的话，我在手机上能看到她。”

“我不知道。”他回答，声音很小，“我真的不知道。”

“但她肯定提前知道了那天晚上监护器不能工作，就像有人专门告诉她一样。”

桌子那头的本一言不发地看着我。

“就像有人跟她说好了，应该在哪天晚上到我们家来。”

四周的空气仿佛凝固了，直觉告诉我，我的推测没错。我可以想象，在我不在家的某个晚上，他们躺在我们的床上，我似乎听到梅森的哭声从门下传来，本叹了口气，离开时嘴里嘟囔着婴儿房的监护器电池没电了，但我一直懒得换。此时，独自躺在床上的瓦莱丽大脑开始飞速运转，而他刚刚的话，则成了运转所需的润滑剂。

“跟我说说艾利森吧，”最后，我身子前倾靠近他问道，因为他需要知道他为什么会在这里，“她是怎么死的，本？”

他脸上的最后一抹血色也消失不见了，面色苍白得可怕。

“什么意思？”他问我。

“我想你知道我是什么意思。”

“她是自杀的，伊莎贝拉，她……”他停了下来，咽了下口水，微微扭了扭脖子，“你不会认为是我对她做了什么吧？”

我在猜想，本是如何迫使艾利森吞下那些药片的，可能是他把药片碾碎了放进咖啡里，或者神不知鬼不觉地藏在她的食物里。

“伊兹，”他恳求道，“天哪，我从来没有杀过任何人。”

他确实不需要亲自动手，毕竟，语言就是他的武器，一直都是。他深知，控制一个人最好的方法就是在他们的大脑里植入一个想法，然后让他们坚定不移地相信，这就是他们自己的想法。他就像一个擅长入侵别人大脑程序的黑客，一个接一个地篡改着你的原始数据，直到你不再是你自己，而是一个完全陌生的你，再也回不去的你。他知道如何将一个人逼到绝境，饿死、溺死他们的灵魂，将他们推到悬崖边，再一步，便是万丈深渊。当他们抬起脚，悬在半空，那种下坠感便是一种解脱。

这样的恶，也该受到惩罚，不是吗？

我思索着，怀孕的艾利森在那些深夜，知道自己的丈夫和别人出去了，一定和我一样感到孤独和懊悔。黑暗中，自己的人生像电影一样一幕幕地闪过她的脑海——在高中的走廊里本认定了她，把她拉进自己的生活，并给了她想要的一切。本将她的生活引向了另一条截然不同的道路，并将她独自一人留在那里，困在那里。与此同时，另一个生命开始悄悄地在她的体内生长。

想象着她噙着泪水走进浴室，一只手轻抚着小腹，他看似无意放在台子上的药瓶无声地与她对峙着，像种沉默的挑衅。于是她拿起药瓶，紧紧地握在手中，因为她知道，这是他故意放在这里的，她知道他想让她做什么，于是她慢慢说服自己，这也许也是自己想要的。

毕竟，暴力总是以我们意想不到的方式出现，疾如闪电，悄无声息，善于伪装。本太知道想要逃脱惩罚，杀人时便不要以己之手扣动扳机这个道理了。但他不知道的是，有时，你只需将子弹上好膛，然后静待它走火即可。

第六十一章

终　曲

“给我讲个故事吧。”

玛格丽特趴在客厅地板上跟我说的话，依然回荡在我耳边。她的腿在空中一晃一晃的，面前摊开的那些光鲜亮丽的书页，像一本人生的故事书，发生在别的地方、别人身上的故事。当我大声朗读那些文字的时候，我仿佛进入了其他人的生活，成了另一个人。

“你很会讲故事。”

和韦伦在那架飞机上相遇时，我紧闭着双眼，感觉到他在朝我这边看。当飞机起飞时，我们脚下的地板开始晃动。

“那不是故事，是我的生活。”

但是，我们的生活不就是自己讲给自己的故事吗？一个我们虚构的完美的故事，然后穷尽一生试图去演绎它、重现它。这个故事是如此生动和真实，以至于我们自己都信了。

我从八岁起就开始编写自己的故事了，就像在编织一张充满谎言的网，而我的生活让这张网变得日益坚固、纵横交错，网上的细小丝线又黏又结实，能困住生命中的所有美好，然后把它们全部吞噬。我曾经病得不轻，血管里涌动着恶与毒。那栋房子仿佛给我烙上了某种邪恶的烙印，滋生了强烈的怨念，因此眼神冰冷到绝望。我的故事始于那天清晨玛格丽特在我耳旁悄悄说的那句——“你每次那样我都很害怕”。在那之后，这句话对我的影响越来越大，一切也变得越来越混乱。一言一语间，定义了我的存在，我的人生。

地毯上的那些脚印，意味着我的大脑无法控制自己的身体。这种消耗感，就像沼泽的晨雾蜂拥而至，将我吞没。

有时候，我们虚构的是关于自己的故事；有时候，是关于别人的。但只要我们相信，并且说服别人相信，它们就有存在的价值，就是真的。

此刻，我抬头看了看韦伦。我看到了我们之间不停闪烁的那盏绿灯，也感受到了头上戴着的耳机的重量。我们终于在节目里揭露了所有疑团，有关本和艾利森，以及警方一度怀疑过的有关她自杀的真相。我们谈到了多齐尔警探一直怀疑，却没有找到任何可以给他定罪的证据，所以艾利森去世后，尤其是我们的儿子也离奇失踪后，他总是远远地跟踪他，守夜活动的时候钻进树林里观察他，包括审问他的妻子，想从我这里获得一些有价值的信息。

多齐尔警探试图发现他的漏洞，拆穿他的谎言。

我想起上周多齐尔警探看到我时，目光一下就落到了我包扎着的手上。内心深处，他一定知道瓦莱丽是怎么死的，他清楚得很，就像蒙哥马利警长清楚玛格丽特到底发生了什么一样。但他不太想知道事情的真相，也不想知道到底发生了什么，只想听一些自己更容易相信的东西。所以他问了我几个合适的问题，听我背完我的答案，然后在自己的脑海里勾勒了一个更好、更省事的真相。在这单薄的谎言被戳破之前，他将它紧紧地护在胸前，就像捏着个滑溜溜的东西，生怕它会在下一秒溜走。

我们在节目里揭露了本和瓦莱丽，以及他们的计划；也讲了他遗落在沙发下面的戒指，以及他如何利用她让自己回归没有孩子的生活，然后在事成之后杀死她以绝后患，并将现场伪造成入室盗窃。凯茜同意接受我们的采访，详细地讲述了本表现出来的控制欲。我们谈到了她如何眼睁睁地看着我，在梅森失踪之前就开始慢慢改变，以及他如何将我生命中的每一个人剥离我的生活，直到我的世界只剩下他一个人。

本被捕的消息传出以后，保罗·海耶斯也来到我家，要我替他保守一个秘密。

“你那天见到的那个男人是我的父亲。”他说话时，声音紧张得发抖，“他现在和我住在一起，因为他的日子不多了。但我们都有前科，有不怎么光彩的过去。”我想起多齐尔警探曾告诉我，由于毒品，他进过监狱。即使他们是家人，但窝藏另一个罪犯仍然违反了保罗的假释条款。所以他把父亲藏在屋子里，拉上百叶窗，关上了灯。他父亲每天都躲到天黑以后，十分安全的时候再出来透会儿气。

“爸爸跟我说他那天晚上看见你了，”他摇着头说，“所以一直以来，我都以为是你干的，但我没办法在不暴露自己的情况下告发你。”

我想起守夜活动上鬼鬼祟祟的他，想起了在他家门廊看到我时，他眼中的愤怒。因为他以为我是凶手，我亲手杀了自己的儿子，而他的父亲是这个世界上唯一一个知道真相的人。他看着我每天逍遥法外，这种罪恶感一定将他折磨得不轻，只有他才能将我绳之以法。但最终，他还是选择了家庭，用沉默和谎言来保护自己和父亲。

还有我自己的家庭。默默扛着负罪感的母亲，和因为让我们失望而感到羞愧的父亲。从那以后，他们一直尝试着修补我们之间的裂痕，毕竟，他们已经失去了两个女儿，不想再失去第三个了。但我知道，重新认识彼此，原谅他们做过的和没做的一切，需要时间。但至少玛格丽特、埃莉，以及那栋房子里发生的所有可怕的事情，不再是不能言说的秘密了。

那些我们谁都不愿想起的记忆，现在在我的脑子里复活了，永远无法忘记。

我摘下耳机，看着韦伦拨动开关，关掉录音灯。我们的故事很快就会传遍世界，在其他人的耳朵里回响，然后成为真相。故事之所以能成为真相，是因为他们相信这是真的，是因为这就是为了迎合他们的感觉而修饰加工过的事实。在错误的地方寻找真相的碎片，然后硬生生地把它们拼凑成一张根本不存在的图片。

“经过这么多事，你还好吗？”韦伦一边把那些电线在手腕上绕好塞回箱子里，一边问我。

我看了一眼窗外，夕阳在天空洒下橘黄色的光。三周前，落日对我来说还意味着开始，又一个漫长而孤独的夜晚的开始。但现在这种感觉更像是结束，一个我终将醒来的噩梦的结束。

“是的，”我点点头，“我很好。”

“你所做的一切，都值得了。”

我笑了笑，把韦伦送到门口，然后和他挥手告别。他走后，家里再度恢复了宁静，罗斯克躺在地板上打盹，炉子上温着晚餐。此刻，夕阳恰巧从窗户照了进来。我望向餐厅，想起了后来撕掉的墙上的那些名字、照片和剪报，想起了参加过的那些会议，给多齐尔警探打过的那些电话，还有自己在黑暗中盲目搜寻过的那些线索。

我想起了那个神秘出现又离奇消失的评论。

他去了更好的地方。

这句评论给整个故事画上了句号。即使被删除了，警察仍然能够追踪到它。但顺藤摸瓜摸到的不是瓦莱丽家，而是阿比盖尔·费舍尔的住处，一个毫不起眼的出租屋，她跨越半个国家的藏身之处。他们在那里找到了她。她就像在那里等着被抓一样，静静地坐在满是玩具、毛绒恐龙和书的婴儿房里。

摆满了一个孩子快乐健康成长必备品的、有爱的房间。

我仍然在设想她当时的处境，一个没有孩子的女人，本想治愈悲伤继续生活，但她做不到，她的生活无法继续。相反，她死死地抓住过去不肯放手，把它放在心里翻来覆去，直到某天深夜，瓦莱丽告诉了她一个故事。

一个小男孩和他不称职的母亲的故事，并且告诉她，这个男孩如果交给别人照顾会更好。

某种程度上，我能理解她，真的。悲伤会让人失去理智，让人冲动行事，让人坠入谎言的陷阱。瓦莱丽只是说了她想听的话，她便信了。她相信，对每个人来说，这就是最好的安排。然后在那天晚上，她收起了她的内疚和恐惧，当瓦莱丽在黑暗中把梅森递给她时，她用手抱起了他小小的身体，他的毛绒小恐龙一不小心从他手中滑落，掉入泥潭。

接着，她把梅森放在汽车儿童座椅上，迅速离开了现场，消失在无尽的夜幕中。

我穿过客厅，朝梅森的婴儿房走去，走近那扇我一直关着的门。我像以前那样把手放在门把手上，之前每次做这样的动作都会让我害怕到不敢转动它，不敢往里看，不敢一次次地确认我失去的东西。但现在我不再害怕了。我轻轻地打开门，朝里面看，他就在那里，像我想象过无数次那样，梅森坐在他的床上，看到我时，咧着嘴开心地笑。他怀里抱着原来的那个毛绒小恐龙，从物证中移除并交还给我们之前，上面的泥土已经被清理干净了。这是和我有关的记忆，但我知道他可能已经忘记了。

毕竟他离开我身边整整一年了，永远也追不回来的一年。

故事的结尾原本可以是这样的——阿比盖尔·费舍尔带着梅森疾驰在州际公路上，之后他们搬进了新家，开始了新的生活。梅森会在另一个母亲的抚养下长大，他幼儿时记忆里的我会被时间的潮水完全抹去，那些记忆的零星碎片只会偶尔像一个模糊的梦境、一个遥远的回声一样突然闪现，并且这仅存的零星记忆会随着时间的流逝而扭曲破裂。他甚至可能会很开心，不管阿比盖尔编了个什么样的故事给他，都会在他心中扎下根，变成现实。但她开始每天在新闻里看到我，并且恳求带走他的人把他还给我时，她开始陷入自我怀疑，于是去听了我的演讲。她发现我并不是瓦莱丽口中描绘的怪物，而只是一个不顾一切寻找自己孩子下落的伤心绝望的母亲。于是她记住了我说的每一句话，并且在现场痛哭流涕。她知道自己犯了一个错误，但仍然努力说服自己相信瓦莱丽编造的故事，说服自己做了正确的决定。

她说服自己，他真的去了更好的地方。

后　记

如果你还没读到故事的结尾，那么我建议你先回去看完整个故事。因为接下来的内容肯定会颠覆你之前的认知。

这本书出版之前，只不过是我脑海里的一个想法而已。我在试着感同身受地体会一个严重失眠的母亲深信自己孩子的失踪是她的错，是种什么样的感觉。当我想要一探她究竟为什么会如此认为的时候，残酷的现实给了我重重的一击。因为母亲们，或者说几乎所有女性，都天生习惯性地对身边发生的一些事情感到内疚。我们总是把责任归咎到自己的身上，我们总是觉得应该为自己的行为感到抱歉，比如做得太多或太少，太大声或太安静，太努力上进或太安于现状。

不顾一切地想要孩子或者压根儿不想要。

说实话，在我自己成为妈妈之前，我不太敢涉足和母亲有关的书。我在这部小说中发表了一些较为强势的言论，我担心这些言论没有个人经历的支撑，会显得单薄。而且关于母亲，说实在的，有很多事情我都无法共情。在这种情况下，我只能依靠调查研究，与已为人母的朋友及家人沟通和交谈，来帮我理清一切。我承认，某些情感和经历我还无法完全理解，但我相信每个女性都懂得这个称呼所暗含的期待。从孩子诞生的那一刻起，母亲这两个字赋予我们生命的重量，似乎就这样伴随我们一生了。不仅如此，一旦我们自己做出某个决定，就会有许多人对我们指手画脚，进行一番评论，所以我们常常觉得这个话题不该被提及。

在这个人多势众的战场上，我们单枪匹马，孤军奋战。

意识到这一点后，我便想在这本书里呈现各种不同类型的女人。她们有性格缺陷的、心思复杂的、混乱不堪的，她们的种种做法肯定会招来奚落和嘲笑，但这恰恰就是重点。我希望借助伊莎贝拉，展示来自社会的压力和期望究竟能对单独的个体造成多大程度的伤害。她算一个完美的母亲吗？当然不。那她会犯错吗？那肯定了。她就像所有的母亲一样，时而纠结，时而挣扎，对那些完全正常，但自己却不知道的想法和情绪感到极度内疚。可如果始终没人愿意谈论这个话题，她又怎么会知道呢？尽管她如此爱她的儿子，然而，这份爱永远不足以在舆论的法庭上，甚至她自己的内心里为她脱罪……她已经习惯了，平静地接受每一个人对她的指责。

当涉及伊莎贝拉的母亲时，我尽量在这个脆弱敏感的话题上谨言慎行。我做了很多关于产后精神病的研究，伊丽莎白这个角色很大程度上源自安德烈·耶茨[1]。对她越了解，我内心关于她行为的天平就越从恐怖向心疼倾斜。这位精神崩溃的母亲极度渴望得到身边人的帮助，却从未看到过伸出的援手。惨剧发生后，她一个人成了众矢之的、遭千夫所指的存在。当然，她的所作所为无可辩驳，可怕又可悲——但同时，如果妈妈们的心理健康，没有如此轻易地被忽视或无视的话，这一切本该可以避免的。就像伊丽莎白。

在这个故事中，艾利森、瓦莱丽、凯茜和阿比盖尔也是有着复杂情感的女性，她们在面临不同的人生抉择时做出了不同的决定，好的抑或坏的，对的抑或错的。但我认为，大部分的选择实际上是介于两者之间

1　二〇〇一年，身患产后精神病的安德烈·耶茨在浴缸里溺死了自己的五个孩子，其中最大的七岁，最小的仅六个月大。

的。在现实生活中，简单的非黑即白是奢侈品，所以在这个故事中，我尽量保持真实，让每个角色尽可能丰满。我希望这些人物能激发一些有启发性的话题——或者，至少让你获得有趣的阅读体验。

最后，如果你对自己或你所爱的人的心理健康有一些担忧，请记住，有专业人士可以为你提供帮助。美国国家精神卫生研究所就是一个不错的选择，他们的网站是：www.nimh.nih.gov/health/find-help.

致 谢

致谢部分是一本书里最让我纠结的内容。

一方面，我特别希望唤起人们对每本书幕后英雄的关注。在进入这个行业之前，我从来都不知道出版一本书需要团队付出多大的努力。所以说，封面只呈现一个人的名字着实让人感觉虚假。但另一方面，虽说把每个人的名字都写上不太现实，可漏掉任何一个都会让我无比愧疚与自责。所以我在此声明，无论你是谁，为这个故事付出过怎样的努力，我都心怀感激并诚挚感谢。

致我的经纪人丹·康纳威：没有你，就不会有这个故事。你改变了我的生活，给了我创作的自由。我对你的感激之情无法用语言表达。

致哈伊姆·利普斯卡、佩吉·布洛斯-史密斯、玛雅·尼科利奇、杰西卡·伯杰、凯特·博格斯，以及作家屋（Writers House）的所有成员：继续创造新的奇迹吧！能和大家共事我感到无比荣幸，谢谢大家的辛勤工作与付出。

致我的编辑凯利·拉格兰：和你的每次对话都让我收获颇丰，感谢你在推动故事发展上为我提供的无私帮助。致包括爱丽森·齐格勒、莎拉·梅尼克、赫克托·德让、玛德琳·胡博德、保罗·霍克曼、大卫·罗茨坦在内的圣马丁牛头怪出版社（Minotaur，St. Martin’s Publishing Group）、麦克米伦出版公司（Macmillan）的全体员工，感谢你们孜孜不倦地付出。还要对安迪·马丁和珍·埃德林为我提供这个宝贵的机会表示由衷的感谢。

感谢我的英国编辑朱莉娅·威兹德姆，以及包括利兹·伯勒尔、苏珊娜·佩登和马迪·马歇尔在内的哈珀柯林斯英国出版公司（Harper Collins UK）的所有工作人员。感谢你们再次将我的书，还有我推向海外市场，帮我实现了我的梦想。

致我的电影经纪人，威廉·莫里斯经纪公司（WME）的塞尔维·罗比诺：谢谢你为把我的故事搬上银幕所做的一切，很高兴能再次与你合作。

致图书管理人员、书商、博主、评论家、线上读书俱乐部、书友会以及在线阅读社区，我不知该如何表达对你们的感激之情。在为《呼救》（*A Flicker in the Dark*）写致谢时，我并没有意识到你们会对我的工作和生活产生如此巨大的影响。但这一次我真切地感受到了你们的力量，感谢你们对我的作品、故事和角色的接受与包容。谢谢你们喜欢我的故事，并把它们分享给身边的朋友，使我能够透过文字和世界上那么多优秀的读者建立联系。对你们的无私付出，我表示衷心的感谢。

感谢世界各地的独立书店，特别是巴克斯顿书店（Buxton Books）、流浪文学书店（Itinerant Literate），以及查尔斯顿乡村书店（The Village Bookseller）：你们是一个从小梦想着将来能在书架上看到自己名字的人的梦的起点。

感谢我的丈夫布里特：起初，我没想到你会一直支持我，但在过去的十二个月，你让我知道了自己是多么的幸运。谢谢你不论发生什么都一直在我身边支持我，也谢谢你总是随时愿意陪我勇敢尝试和冒险。我爱你。

还有我的父母，凯文和苏，感谢你们一直愿意做我的头号粉丝。也请大家不要误认为我对不正常家庭题材的关注，与我自己的家庭有任何的关系。

感谢我的姐姐马洛里，给我糟糕的初稿提供宝贵的反馈。和你一起成长的经历，给了我让这个故事变得鲜活的有关姐姐的记忆。谢谢你愿意让我像一个（不那么安静的）小影子一样，一直跟着你。

感谢布莱恩、劳拉、阿尔文、林德赛、马特，以及我所有家人们，感谢你们一直以来给予我的热情与支持。

感谢我所有的朋友，谢谢你们在听了有关这本书的奇怪想法之后，还始终如一地支持我、鼓励我。我无法在这里一一列出你们所有人的名字，但那些给了我远超一切支持和关爱的人，我在此不得不提及：丽贝卡、凯特琳、艾希莉、伊琳、科尔本、杰里米、凯拉、贾斯汀、蒂娜、诺亚、伊莱、劳拉、艾比、约翰、博比、里德、彼得、梅甘娜、杰奎琳和卡洛林。

马科，谢谢你的陪伴。

道格拉斯，感谢你的鼓励。

最后，感谢你们，我最亲爱的读者们。假如你是在看完《呼救》以后又选择了我的这本书，感谢你一如既往地支持与喜爱。但如果这是你第一次读到我的书，也谢谢你，给了我如此珍贵的机会。